當家主母

上

文創風 273

于隱 著

目錄

序

于隱

都說女人是感情動物，如果讓女人許三個願望的話，必定有一個是關於愛情的。

假如讓我許願，也會如此。我希望我愛的人能愛我如初，愛我到永遠。我知道這個願望有些不現實，因為相愛容易，但想永遠保持初愛時熱烈醇濃的味道，一輩子不厭不煩，是幾乎不可能的。

就因為難得，所以人人渴望。

無論是高貴的女王，還是卑微的醜小鴨，我相信，她們都企盼有一份完美的愛情。可是，這只是願望而已，現實生活中，總有那麼多不如意，那麼多錯過，或傷害，或無奈。

在這一夫一妻制的現代社會裡，想要「一生一世一雙人」都是那麼艱難，一份感情不知要經歷多少周折、多少創傷，或許最後能白頭到老，或許……各奔東西，彼此永遠不聯繫。

倘若生活在古代三妻四妾的社會裡，想要一份不受傷害的愛情，就更加遙不可及了。

之前我寫的兩本（注）都是種田文，男女主角的愛情都比較順遂，因為他們是在鄉下生活，並沒有涉及納妾之事，身邊也沒有太多的誘惑，他們的願望就是夫妻相依相伴，過著安康的生活。

注：已出版，文創風196-198《在稼從夫》、224-225《福妻稼到》。

但在這本書裡，女主角李妍穿越成為鄴朝的宰相夫人，而男主角徐澄有三個妾室，個個貌若天仙，背後還都有靠山。徐澄是一人之下、萬人之上的尊貴男人，他後院的女人也必定不簡單。

李妍如何能與這些女人周旋或抗衡，所以她只想圖個安逸的生活，不想與這些女人爭風吃醋，對男主角也不想付出情感。她心裡十分清楚，倘若對一個擁有眾多女人的男人動真感情，就等於是在作踐自己。

可是事與願違，徐澄氣場太強大，他所擁有的人格魅力、他身上耀眼的光環，都深深吸引著李妍，她一直在抵抗，卻仍然不知不覺對徐澄暗生情愫。即使她知道徐澄心裡有她，她也沒法接受自己的丈夫在愛著她的同時，還擁有一堆美妾。

愛情是排他的，她沒有辦法做到和這麼多女人同時擁有一個男人。在這個社會，男人有著三妻四妾是稀鬆平常的事，可他們忽視了一點，他們給予女人的不是愛情和幸福，而是傷害，讓女人們殘酷地互相鬥爭的傷害。

直到她得知徐澄對三位妾室都沒有愛意之時，她才敢敞開心懷去愛他，為他排憂解難，與他做一對和美恩愛的夫妻。

可是，隨著徐澄顛覆王朝，她的處境又變了，以至於她不得不攜著丫鬟逃跑。她固執地堅持自己的原則，倘若這個男人不能做到三千弱水只取她這一瓢飲，她便不願再做他的女人，她寧願在外面過自己孤獨的日子，寧願放棄這個男人。

因為，她認為這不僅是她想要的愛情，也是做女人該有的尊嚴。
最後她到底何去何從，徐澄後院的那些女人又各自有著怎樣的人生，還望細看正文。
謝謝大家。

第一章

正值寒冬，天上飄舞著鵝毛大雪，宰相府一片銀裝素裹，瓊枝玉樹，煞是妖嬈。

若憶往昔，府裡的哥兒姊兒們定是要出來踢雪球、堆雪人的，非得嬉鬧好一陣子才肯歇歇。而眼下，整座宰相府寂寥得很，且不說嬉鬧，在這兩個月裡主子們無人展眉說笑，下人們則是連大氣都不敢出一聲的。

李妍躺在暖炕上，掃了一眼屋內雅致精美的擺設，最後眼神落在一道古色古香的屏風上，恍著神。

崔嬤嬤坐在炕前，手拿著檀色絹帕直抹淚。「夫人，老爺被圍困在焦陽城足足兩個月了，前段時日就有傳言，說焦陽城斷糧，無以為繼。如今又這般天寒地凍的，老爺如何捱得過喲。」

崔嬤嬤因焦慮過甚，抹淚之時，那雙布滿褶皺的手始終顫巍巍的。

李妍自黎明時分穿越過來，就聽得崔嬤嬤嘮叨了不少，加上自己對這副身子的原主人李念云的前塵往事也略有記憶，便對如今的處境知曉了八、九分。

到底是何處境？其實就是……她或許要當寡婦，或許會成為刀下鬼！

李妍不自覺地伸手摸了摸脖子，還是當寡婦划算一點吧，反正她與宰相徐澄並無半點情分，甚至還未親眼見過他一面呢。

徐澄或生或死，她不是很關心。可是，並非她想當寡婦就能當得了的啊！

兩個月前，徐澄奉皇上之命，為犒勞治旱有功的焦陽城知府大人韋濟而遠赴八百里外的焦陽城。韋濟乃徐澄的開蒙先生，這對師生雖情誼深厚，但為避嫌已有十年未相見。

徐澄這一去恰逢韋濟五十大壽，皇上見這對師生從不結黨且克己奉公，便派人八百里加急為韋濟送了賀禮，並准許徐澄為韋濟慶賀大壽。

本以為師生相見定是淚灑壽宴，感人肺腑。不料，他們卻遭遇昭信王謀反，所有賓客皆被圍困在焦陽城。昭信王乃當今皇上的四叔，平時皇上與他十分親密，整日「皇叔賢德、皇叔仁義」不離口的，他們簡直是「天下第一好叔姪」，誰會想到這位好皇叔會謀反呢？

身為宰相的徐澄是否早已知曉昭信王的陰謀？這個誰也不曉得，反正他與韋濟被圍困了兩個月是事實。據說，來為韋濟祝壽的只有徐澄是朝廷中人，其他賓客皆為商賈或隱士，因為韋濟向來潔身自好，從不拉攏官員。

這兩個月以來，皇上明面上沒有下達任何旨意，暗地裡是否有所行動也無人知曉。如此一來，朝中眾臣皆暗喜，因為他們只須觀望，無須出力。當然，也有人早已覬覦宰相之位，這會兒正盼著徐澄被昭信王砍頭呢。

焦陽城內只有一萬兵卒與三萬老百姓，即使徐澄與韋濟使出渾身解數，與昭信王的十萬大軍對抗起來，也如同以卵擊石。

論理，徐澄等人只有兩條出路——開城投降；或是誓與城池共存亡，戰到最後一兵一卒。

既然糧盡援絕，最後結局到底如何，怕是也快揭曉了。

李妍著急啊，她若是降賊的夫人，皇上能放過她、放過徐家？她定是要陪著徐家老小一起做刀下鬼的。

穿越到鄴朝，身為堂堂宰相夫人，她沒能過一把官夫人的癮，卻擔心著脖子上的這顆腦袋，真是有夠倒楣！

李妍腹誹道——宰相大人，你可不要貪生怕死而開城投降啊，否則你是可以活命了，但是徐家恐怕會被皇上誅九族的。你的夫人其實已經被你連累死了，你不要再連累我這個替身好不好？

你若是為國捐軀，徐家老小的命都能保住，我這個當寡婦的也能把日子過好了，雖然二十七歲就當寡婦有些可惜，但我實在沒興趣與一個陌生男人做夫妻。儘管你徐澄才剛滿三十，正是意氣風發的年紀，聽說你還足智多謀，平時是皇上不可或缺的左膀右臂，還……

等等！不對呀，徐澄既然文武雙全，又足智多謀，怎麼就被昭信王輕輕鬆鬆給圍住了？唉，看來徐澄也只是一介凡夫俗子罷了，那些傳言言過其實了。

李妍揉了揉太陽穴，頭暈得很，算了，不尋思這些了，一尋思起來便沒完沒了。忽然，她感覺到胃裡一縮一縮的，十分難受。

「夫人，您哪裡不適？」崔嬤嬤見李妍眉頭緊擰，表情甚是痛苦，便緊張地起了身，伸手來摸她的額頭，以為她是頭疼。

李妍暗想，難道這位宰相夫人有嚴重的胃病？她才尋思到這兒，肚子便咕嚕咕嚕叫了起來。

崔嬤嬤離得近，也聽到了一陣咕嚕聲。「夫人，我聽您肚子裡這般動靜，莫非是餓了？」

李妍有些不好意思地點了點頭。「確實餓得胃難受，早膳是不是還沒用過？」

崔嬤嬤頓時激動得語無倫次。「夫……夫人，您終於記得吃飯的事了！這兩個月來您壓根兒沒正經地吃過一日三餐，而這兩日您已是一粒米都未進了！」

崔嬤嬤年近五十，曾是李念云的奶娘，看著李念云長大。李念云從蹣跚學步的小姑娘長成妙齡少女嫁給了徐澄，再到為徐澄生兒育女，成為人人羨慕的宰相夫人，這些都是在崔嬤嬤的相伴下完成的。她們主僕二人相依相伴了二十多年，感情早已超越一般主僕。

崔嬤嬤招呼著候立在門邊的晴兒和綺兒。「晴兒，妳速去膳堂，叫老何做碗易消化的粥和幾碟小菜！綺兒，妳趕緊把許大夫叫來，讓他給夫人再好好把一回脈。」

晴兒和綺兒之前都是懨懨地站著，這會子見夫人終於惦記著吃飯的事了，她們歡喜得立馬飛了出去。夫人若能康健如初，她們這些依附夫人而活的下人們怎能不高興？

李妍尋思著，人是鐵飯是鋼，無論接下來她會是什麼下場，還是先填飽肚子再說吧。

少頃，綺兒滿頭大汗地跑回來了，且神色慌張。

崔嬤嬤見綺兒被雪花落得滿頭滿身也沒有心思拍打掉，納悶地問道：「綺兒，外頭凍得滴水成冰，妳怎麼還冒了一頭大汗，許大夫呢？」

綺兒瞧了瞧暖炕上的李妍，暗忖著夫人才剛好了些，可不能再讓夫人憂心。她朝崔嬤嬤使了個眼色，崔嬤嬤領會其意，便同綺兒來到了外間。

崔嬤嬤小聲地催問：「綺兒，到底出了啥事，妳怯成這般模樣？」

綺兒是崔嬤嬤的親姪女，因家裡貧寒，十歲那年便被崔嬤嬤領進府來服侍李念云。雖然今年她才十四歲，但舉止伶俐，心思敏慧，做事也是個謹慎的。

此時她神色凝重，咬了咬下唇，擔憂地說道：「大姑，適才我去妙醫閣，未尋到許大夫，卻見曾大夫陪著章姨娘在清點藥材，聽說許大夫昨夜裡將好些藥材都給捲走了！不僅是燕窩、鹿茸、阿膠、麝香這等名貴藥材被洗劫一空，就連太夫人和夫人近日裡常喝的人參、白朮、黃耆也一丁點都不剩了！往後太夫人和夫人倚靠什麼來將養身子？」

崔嬤嬤驚愕地半張著嘴，臉色漸漸變得鐵青，乍回想起昨日黃昏許大夫來為夫人把脈時那一臉的奸詐相。當時夫人氣息微弱，崔嬤嬤嚇慌了神，根本沒察覺出許大夫要作祟的端倪來，這會子她想起來真是後悔莫及，怪自己當時太疏忽了。

她忿忿地啐道：「這個忘恩負義的狗奴才！遭天殺的賊子！見老爺遭了難他便做出這等齷齪之事來。人在做天在看，他遲早要遭現世報！每道門都有人看守，指不定他還有同夥，否則這些貴重東西沒那麼容易帶出去，章姨娘查出這個許賊子是從哪道門出去的嗎？」

綺兒搖頭道：「章姨娘說待清點好了藥材，她就會徹查此事。」

崔嬤嬤忽然想起一事，又問道：「太夫人和夫人的藥可不能斷了，章姨娘吩咐林管事去採買藥材了嗎？」

綺兒欲言又止，在崔嬤嬤凌厲的眼神催促下她還是說了。「章姨娘還沒騰出空來吩咐此事，她見我去了，只問了聲夫人今早身子是否好了些，之後便自顧自忙去了。」

崔嬤嬤哼了一聲，心裡忖道——這個章姨娘應該先辦緊要的事才對。每日不能斷的藥她不急著去買，難道不怕耽誤了太夫人和夫人養病？那個許賊子的同夥若不儘快揪出來，就不擔心今夜又有人捲帶東西逃出府？剩下那些不值錢的藥材待有空再清點不成嗎？夫人自病倒後把府中之事皆交給她打理，她便這般顛三倒四，不知輕重？

崔嬤嬤覺得沒必要在姪女面前發牢騷，只是問道：「許賊子捲帶的那些名貴藥材可值好大一筆銀兩，絕不能就這麼輕易放過了，章姨娘打發人去報官了嗎？」

綺兒立馬點了點頭。「我進妙醫閣時，撞見管事房的馬興急匆匆地往外跑，聽說章姨娘已吩咐他去報官了。」

崔嬤嬤暗忖，報官的事章姨娘還記得，這點倒又有些像她平時辦事精明的樣子了。崔嬤嬤還算是個沈得住氣之人，便道：「綺兒妳莫慌，待伺候夫人吃了粥，我去找章姨娘，採買藥材的事不能耽擱，太夫人和夫人是離不了藥的。」

崔嬤嬤轉身進了內室，綺兒忙去小耳房命人燒水，等會兒她要伺候夫人洗漱。

李妍見崔嬤嬤進來了，隨口問道：「剛才妳不是吩咐綺兒去喊許大夫了嗎，他怎麼沒來？」她並不是在意許大夫為何沒來，而是想知道到底出了啥事。

崔嬤嬤知道夫人是個心思重的人，若是知道了這些亂糟糟的事，怕是又要傷神。既然夫人把府裡的事暫且交給了章姨娘，她不想夫人再為這些事煩憂了，便扯了個謊。「聽綺兒說許大夫病倒在床，一時來不了。待會兒我讓她再去一趟妙醫閣把曾大夫找來，曾大夫向來只能為下人們看病，這回怕是要委屈夫人了。」

李妍覺得事情應該沒這麼簡單，她也懶得刨根細問，只道：「如今都這般境況了，還講究這些做甚，既然同為大夫，誰來把脈都是一樣的。」

崔嬤嬤點頭稱是。「夫人說得甚是在理，曾大夫在府裡待了七、八年，平時也謙虛好學，或許他的醫術並不比許大夫差多少。」

崔嬤嬤說話時已搬來一個小炕桌架在炕上，是為李妍等會兒吃早膳準備的。

李妍覺得自己除了餓得胃裡難受，並沒有其他痛處，應該並無其他的病症，她不想坐在炕上吃飯，想多挪動挪動身子，一直窩在炕上實在憋悶得慌。「嬤嬤，我還是坐在桌前吃飯吧。」

李妍說著就掀起被子，準備起身。

崔嬤嬤嚇得趕緊過來為她蓋上被子。「夫人，您才剛好了些，哪能起炕？若著了寒氣可就遭罪了。」

李妍壓根兒不肯再躺下。「嬤嬤，我清楚自己的身子，有妳和綺兒這般細心服侍，我已將養差不多了，並無大礙。」

崔嬤嬤見李妍說話利索且氣息有力，完全不像昨日那般氣若游絲，便沒再阻攔，而是扶著李妍起了身。

幸好有崔嬤嬤和綺兒伺候穿衣，否則李妍面對這些繁複的衣物，根本不知該怎麼一件一件往身上穿。

崔嬤嬤見李妍不僅能起得炕，還能來到梳妝檯前坐下。她忽然眼一熱，老淚又流了下來。「夫人，您在炕上躺了兩個月，今日總算是能起得炕了，眼瞧著身子該是要大好了。」

李妍見她那般模樣，柔聲道：「瞧妳，一會兒的工夫妳都抹兩回淚了。」

崔嬤嬤趕忙拭淚。「我這是為夫人高興的。」

李妍端坐著，瞧著鏡中少婦的容顏，她不禁一怔，這個李念云生得還真是端莊秀麗！她病了兩個月，除了眼周有些黑眼圈，臉色也稍顯蒼白之外，完全沒有她想像的那般憔悴不堪或面黃肌瘦，難道是她的靈魂駐入了這副身子，從而帶來了鮮活的生命？

鏡中的女人長著一張頗具古典美的鵝蛋臉，柳眉如畫，雙眸如墨，鼻挺唇豐，嘴唇雖有些乾燥，但也瞧得出唇形很不錯。

之前她或許有些發福，臉龐較圓潤，但如此大病一場，消瘦了不少，倒把五官襯托得立體起來，臉頰上的肉似乎不能再增一分也不能再減一分，穠纖合度。

雖然談不上天姿絕色，也稱不上風姿綽約，但說她麗質天成，端莊婉約，絕對不算是誇張。

二十七歲的女人，放到現代的話，或許還沒交上男朋友，但在這裡她已育有一雙兒女了。可她與現代二十七歲的女人相比，並未顯得有多老成。看來她平時十分注重保養，只要稍加打扮，便能將少婦時而婀娜多姿、時而成熟端莊的氣韻發揮到淋漓盡致。

李妍知道，在古代，有些女人才三十左右便要當奶奶了，她本以為這個李念云也人老珠黃了，沒想到她生得如此美貌，還頗顯年輕。此時她心頭一陣暗喜，又精神了好幾分。

此時粗使丫頭雪兒端來了水，紫兒往火盆裡加足了銀霜炭，忙完了這些，她們倆便一道出門去小耳房了。夫人屋裡的精細活是輪不到粗使丫頭來做的，她們倆平時也就做些燒水、熬藥以及掃灑抹桌等活兒，近身伺候夫人的活兒都是由崔嬤嬤、綺兒、晴兒三人來做。

崔嬤嬤端來一杯水遞給李妍，綺兒捧著漱盂立在邊上。李妍微怔了一下，立馬就明白過來了，她們這是在伺候她漱口。

李妍漱了口，綺兒又將巾子放在溫熱的水裡打濕了，然後擰乾遞給李妍。李妍被人這麼伺候著還覺得有些彆扭，但轉念一想，既然來到這裡，就得適應這裡的生活，她便理所當然地受了。

李妍漱口洗臉皆畢，然後坐在鏡前由綺兒為她綰髮。

因徐澄身陷圍城，凶多吉少，府裡沒有哪個敢打扮得太招搖，更何況她是正室夫人，平時打扮以端莊得體為主。

綺兒為她梳妝多年，也知道她的喜好，便為她綰了個凌雲髮髻，插一支纏枝銀釵，再為她描了淡眉，略施脂粉。

雖是極為簡單的梳妝，李妍卻頓覺自己更有氣韻了，果然是宰相夫人的派頭，端莊大氣，又不失少婦該有的秀麗。

梳洗打扮完畢，便見晴兒提著一個梨木食盒快步走來。晴兒見夫人起了炕，還打扮得甚是精神俐落，她驚喜地呆望了一陣，然後趕緊小心翼翼地將粥碗和小菜從食盒裡端了出來。

李妍由崔嬤嬤扶著來到飯桌前坐下，晴兒遞過來一雙夫人專用的銀箸。

筷子是銀製的？李妍拿在手裡掃了一眼，頓覺自己活像鄉巴佬，不就是一雙銀筷子嘛。再瞧著眼前一個精緻小巧的牡丹白瓷碗裡盛的是蓮子百合粥，另外有兩碟小菜，一碟切丁黃瓜，一碟櫻桃蘿蔔。

膳堂的老何對她的口味早已知根知底，何況她已兩日沒進食，這一開吃，定是要少量且清淡的。

李妍雖然餓急了，但尋思到自己身為宰相夫人，也知道該端著姿態，便一小口一小口極優雅地吃著，綺兒和晴兒還在旁為她布著小菜。

小菜清爽可口，蓮子百合粥也甘甜醇潤，李妍都很愛吃。但是在還未吃飽的情況下，她就放下了銀箸，碗碟裡各剩了些許。一個抱恙之人，且在炕上躺了足足兩個月，若是突然食慾大開，會叫人匪夷所思的。

崔嬤嬤和綺兒、晴兒見夫人每樣都吃了大半，心裡皆是歡喜。

早膳用畢，崔嬤嬤又端來一杯水讓李妍漱口，綺兒像剛才那般捧著漱盂立著，然後再為李妍遞上一塊小方巾擦嘴。

之後她們這些下人就該輪流去膳堂用飯了，崔嬤嬤讓綺兒幾人先去，她自己則扶著李妍在屋子裡走動了幾步。「夫人，您的身子確實大好了，步伐也穩健了，待歇息一會兒要不要去給太夫人問個安？太夫人這兩個月來也一直病得不輕，昨日說話已是含糊不清了。」

李妍以自己那些模糊的記憶，覺得李念云平時對她的婆婆是十分孝順恭謹的，便感慨道：「老爺突然遭此大難，太夫人都這般年紀了怎能扛得住？待會兒咱們一塊兒過去，既然我能下炕了，晨昏定省就不能免。」

崔嬤嬤點著頭，為李妍沏了一杯茶。李妍接過來抿了幾口，頓覺清香宜人，沁潤心肺，渾身甚是舒暢，心裡暗道一句——好茶！

綺兒和晴兒很快就用過了早膳，速速結伴回來，替換崔嬤嬤去膳堂。

崔嬤嬤出門時吩咐著她們。「夫人等會兒要去太夫人那兒問安，妳們先為夫人預備著避風寒的厚實衣裳吧。」

晴兒與綺兒忙去找來一件海棠色的厚實褙子，再拿一件帶有貂鼠毛帽的紺紫色斗篷，久久未穿過的木屐也放在邊上備著。待李妍臨著火盆倚在榻上稍歇息了一會兒，她們倆便準備服侍李妍穿上。

此時聽見外面響起腳步聲，她們以為是崔嬤嬤用完膳回來了，卻聽得雪兒在門外小聲稟報道：「夫人，宋姨娘和紀姨娘來了。」

李妍聽說宋姨娘和紀姨娘來了，趕緊絞盡腦汁將模糊的記憶拎出來，在腦子裡快速過了一遍，如此方能應對自如。

徐澄這位宰相大人還真是豔福不淺，有一妻三妾，個個姿貌不凡。正室李念云乃武將李祥瑞之長女，李祥瑞是泥腿子（注）出身，被抓當了兵丁後一直跟著前任大將軍徐昭打仗。因李祥瑞勇武忠心，渾身是膽，被徐昭一路提拔，幾年後便成為徐昭的副將。徐昭過世後被追封徐國公，李祥瑞則被封一品靖遠將軍，如今一直駐守在西北大營。

徐昭就是宰相徐澄的父親，說來徐家對李家有知遇之恩，若沒有徐昭提拔賞識李祥瑞，李家或許至今還什麼都不是。

可是，徐澄在娶李念云之前，徐母已打算讓自己妹妹的女兒章玉柳嫁給長子徐澄的。後來徐母得知她的夫君與李祥瑞在軍營中早已將徐澄與李念云的親事定下了，無奈之下，徐母只好讓章玉柳做徐澄的妾室。

本來章玉柳也可另許他人的，奈何她的爹娘看中了徐家這種門第，又覺得徐澄將來必是鄴朝的棟梁之才，實在不捨得錯過，甘願讓女兒當徐澄的貴妾。何況，他們還打著如意算盤，很多女人年紀輕輕便去世了，若李念云死得早，章玉柳不也有了扶正的機會嗎？

章玉柳就是在藥堂忙碌的章姨娘，此時她並沒有來見夫人。

徐澄與李念云成親兩年之後，他還不是宰相，而是由禮部侍郎榮升為禮部尚書。那時的宰相是宋謙大人，宋謙與徐澄交情匪淺，或許宋謙也瞧出了徐澄往後必成大器，非要將自己的庶女宋如芷給徐澄當妾，徐澄盛情難卻，便納下了。

宋如芷就是雪兒剛才稟報時說的宋姨娘。

徐澄與李念云成親七年後，他被任命為當朝宰相。皇上在為他賜宴時，隨口指了一位新進秀女紀雁秋賜給了徐澄。皇上金口玉言，徐澄不敢違逆，幸好這位秀女還未被賜位分，更未侍寢過，否則徐澄是萬萬不敢受的。

紀雁秋是工部一位從五品官員的女兒，本來她一心想入宮為妃的，沒想到卻被皇上打發到這裡給徐澄當妾，表面上她不敢有所埋怨，內心或多或少有些不平。不過徐澄可比皇上年輕俊朗得多，這多少彌補了她的遺憾。

這麼一來，這三位妾都是貴妾，個個來頭不小。章姨娘是太夫人的外甥女，也就是徐澄的表妹；宋姨娘是前任宰相的女兒，雖然是庶女，但也是出自簪纓世家，不可小覷；紀姨娘的父親雖然官職低了些，可她是皇上賜給徐澄的女人，但凡是御賜的東西，誰也不敢含糊對

注：泥腿子，農民的俗稱，有時帶點貶抑。

待，更何況她還是個人呢。

這麼多年以來，李念云一直寬懷仁厚，善待三位妾室，明面上和誰也沒紅過臉。在太夫人面前，李念云更是誇讚三位妹妹賢慧能幹，說她們不僅將老爺伺候得體貼周到，還能幫著她打理府中諸多雜事，能與她們三位共侍一夫可是她的福氣呢。

李妍心裡一陣陣發緊，媽呀，她可沒有李念云這般胸襟啊，這三個女人怕是沒一個好拿捏的，她如何對付得了她們？

繼而她轉念一想，以徐澄現在這般處境，八成是回不來了，她們這些女人的後路到底如何都還不明白，或許同在府裡待不了多少時日，那就暫且敷衍著吧。

宋姨娘與紀姨娘前後腳走了進來，跟過來的下人們都立在外間的門邊上。她們倆一個如小家碧玉般秀氣，一個如彩珠般明豔動人，雖未精心打扮，臉上也都布滿了愁容，卻掩蓋不了如花般的嬌顏。特別是紀姨娘，瞧上去還不到二十歲，那張臉嫩得簡直可以掐出水來，所謂膚如凝脂，說的就是她這樣的女人吧。

李妍心裡不得不深深感嘆一句，家裡有這麼多美女環繞著，徐澄的腿是怎麼捨得邁出府門的？

宋姨娘與紀姨娘皆驚詫地瞧著李妍，簡直不敢相信眼前這個女人是夫人！雖然早上丫頭們見了綺兒就都回去向各自的主子稟報，說夫人今早精神好了些，她們倆已經有了心理準備，但壓根兒沒想到夫人竟然能下炕，她這是大病初癒了？

在李念云病倒的頭一個月，她們還來晨昏定省，偶爾也侍候著李念云喝湯藥。只是後來李念云見她們都因老爺的事寢食難安，而她自己也恍恍惚惚的，就不讓她們來了，理由是不想把病氣過給了她們。既然她們不是真心想來問安和伺候她，老爺也不知能不能回得了家，她們彼此又何必做這些場面事呢，免得徒增怨氣。

所以這一個月來，她們倆都沒見過夫人，章姨娘倒是每隔五、六日會來一趟，因她管著府中的事，有些事還是需要商議的。

今日乍一見，她們倆皆心中一凜，本以為夫人會一病不起，過不了多久府裡就要辦喪事的。沒想到夫人不但死不了，氣度還更勝往昔。無論是臉龐還是身段，如今都是恰到好處，透出的那股大家風範不由得讓人對她敬畏幾分。

她們忙蹲身行大禮，齊聲道：「夫人萬福！」

李妍作勢要扶她們。「兩位妹妹請起。」

她們倆起了身，李妍命綺兒給她們倆看了座。

宋姨娘望了望李妍，眼眶忽然就濕潤了，閃著晶瑩的光，她柔聲細語地說道：「夫人福澤深厚，病已初癒，本是大喜事一樁，府裡該慶賀的。可是，老爺他……他……妾身若能伴在老爺左右，哪怕只是分擔一絲一毫，死也甘心了。」

她一說到老爺，淚珠就立刻滾出了眼眶。李妍撇開其他心思，光看著宋如芷這般柔弱嬌俏的模樣，倒有幾分病西施的美態，覺得她還真是值得男人憐愛。

此時坐在一旁的紀姨娘眨了眨那雙如星亮眸，不溫不火地接話道：「可不是，如今咱們待在這府裡，每日惶惶不安的，與死又有何異？」

李妍微微點頭，嘆氣道：「妹妹們說得甚是在理，老爺若真有不測，咱們這些女人也只能死了乾淨。只是……縱有一死，還是不要死在焦陽城為好。但凡被逼到斷糧的境況，將士們無以填腹，那是什麼事都有可能發生的。不知妳們是否聽過『殺妾饗卒』之事？實在是慘烈之至。」

宋姨娘與紀姨娘聞聲愣住，頓覺毛骨悚然。宋姨娘右手拿著絹帕，左手不自覺地緊緊握住椅子的扶手，身子僵硬地端坐著。

紀雁秋看似比宋如芷要膽大得多，她只是緩了緩神，掩帕輕咳了一聲，然後轉移話茬兒道：「何止咱們幾個心如明鏡，府裡哪個不是看得透透的？昨夜裡出了許大夫一事，就怕有些心術不正之人跟風仿效，接下來府裡還不知會出哪些么蛾子呢。」

李妍剛才已猜測到許大夫不可能是病倒在床，便問道：「許大夫怎麼了？」

紀姨娘聽聞李妍這般問話，就知道她肯定被崔嬤嬤等人隱瞞住了，她驚訝地問：「夫人竟然不知？」

立在李妍身後的綺兒著急了，她知道，依夫人的性子，知曉了此事指不定會傷心成什麼樣子，肯定會說老爺若是回不來這個府就要散了諸如此類的話。夫人徒然傷神，又病倒了可如何是好？

可綺兒畢竟只是一個小丫鬟，此時又不好插話。

恰在這會子崔嬤嬤進來了，她剛才在外頭已將屋裡的話聽了去，她一進來就向宋姨娘和紀姨娘福了福身。「二位姨娘來了，綺兒、晴兒，妳們咋愣在那兒？還不趕緊著給二位姨娘看茶。」

宋姨娘、紀姨娘見崔嬤嬤這般說，不好再提許大夫的事。崔嬤嬤在府裡是最受敬重且最年長的嬤嬤，她們倆平時在明面上也是敬著崔嬤嬤的。

宋姨娘連忙應道：「嬤嬤客氣了，我和雁秋妹妹都是自家人，又不是客，哪裡還需看茶？」她說話時已起了身。「我們倆還要去太夫人那兒問安，就不在這兒耽擱了。」

李妍遂道：「我已兩月未見太夫人，在妳們來之前也準備要去呢，如此也好，咱們三人一道吧。」

綺兒、晴兒趕緊服侍李妍穿褙子，宋姨娘見勢拿起放在一旁的紺紫色斗篷，走過來極輕柔地為李妍披上。

紀姨娘在旁看著不動聲色，心裡暗忖——這個宋姨娘真是不知高貴自己，她們是貴妾，又不是賤妾，哪需這般腆著臉伺候夫人？即使做妾的應當服侍夫人，可這屋子裡還有這麼些下人呢，根本輪不到她們。

穿戴妥當後，宋姨娘與紀姨娘及崔嬤嬤、晴兒、綺兒簇擁著李妍出門了，來到門外時，宋姨娘與紀姨娘的丫鬟們也為各自的主子披上斗篷、穿上木屐，一群人就這麼浩浩蕩蕩地向太夫人的翠松院走來。

大雪下了一早上，路上積雪很深。

紀雁秋雖然由兩個丫鬟攙扶著走，仍是小心翼翼的，忍不住埋怨道：「那些灑掃的小廝都去哪兒躲懶了，雪已小了些，怎麼還不見人來掃雪？」

宋如芷唉了一聲。「大概這些奴才們沒料到這般大雪之日還會有主子出門，便尋思著能躲半日是半日了。」

紀雁秋小聲應道：「也是，只要他們沒尋思著偷逃出府就算萬幸的了。」

宋如芷聽得身子微頓了一下，之後便繼續往前走，沒再出聲。

李妍懶得在意紀姨娘說什麼偷逃出府之事，以這般境況，不要說下人們生歪心思了，即使她們這些當姨娘的心生邪念，她也不會覺得奇怪。人不為己，天誅地滅，她可不相信她們倆對徐澄會愛到願意以性命相陪的境界。

她們不疾不徐地來到了翠松院，還未跨進門檻，就聽得裡面一陣劇烈的咳嗽聲，緊接著就聽到一位僕婦的聲音。「太夫人，夫人和宋姨娘、紀姨娘來了。」

「夫人？妳說的是……念云？她……她……起得炕了？」太夫人的聲音極為虛弱，顫巍巍的。

這位僕婦是王婆子，進府有十五個年頭，也算得上是府裡的老人了，她輕聲應道：「夫人不僅起得炕了，瞧那模樣估摸著病也大好了。」

李妍跨進翠松院的內室，遠遠就瞧見暖炕上躺著一位滿頭銀髮的老婦。她走近炕前，見太夫人神色懨懨，雙眼暗淡無光，恍惚游離。

李妍和宋姨娘、紀姨娘一齊道著萬福，之後李妍便坐在炕邊上，宋姨娘和紀姨娘則站立兩邊。

太夫人眼神不好，模糊地瞧著李妍，卻沒能認出李妍來，她氣息微弱地說：「玉柳……是妳嗎？妳倒是來得勤，只是駿兒和玥兒……今日怎的沒來看我這個祖母了？」

李妍頗為尷尬，太夫人將她認作章姨娘，心裡惦念的也是章姨娘的兒女。剛才王婆子明明說是夫人來了，太夫人自己問的也是念云能起得炕的事，這會子卻又認成是章玉柳，看來太夫人不僅眼神不濟，腦子也糊塗了。

李妍正要開口解釋自己是李念云，卻見太夫人眼裡落下老淚，哽咽地唸道：「澄兒……我的澄兒，娘還能見著你嗎？玉柳啊，妳可要好好教養……教養駿兒，他是澄兒的長子，將來是要承繼大任的。」

太夫人此言一出，空氣頓時凝滯，除了崔嬤嬤面露難色，其他人皆如看戲般瞧著李妍。

李妍這下完全不知道該說什麼了，太夫人看重自己的外甥女也不算過分。何況府裡還有一件十分尷尬的事，那就是夫人有一雙兒女，章姨娘也有一雙兒女。當初李念云剛生下長女徐珺才兩個月，章玉柳便生了長子徐駿。兩年後，李念云生下嫡子徐驍，章玉柳生又生了女兒徐玥。

如此說來，長子是個庶子，而嫡子卻排行老二。當然，府裡沒有哪個敢大少爺、二少爺這麼稱呼，都是叫著駿少爺、驍少爺，這樣就避免了許多尷尬。

論理，即使嫡子不是長子，祖蔭之位也該是他的，這個無可厚非，誰也不該惦記。偏偏太夫人極喜愛她的這個庶長孫，緣由有三，徐駿是徐澄的長子，徐駿是章玉柳的兒子，徐駿還像他娘一樣懂得變通，八面玲瓏的人緣極好，待人接物皆周到妥貼，才剛滿十歲便深諳人情世故。

而嫡子徐驍則是真性情之人，傷心的時候就哭，高興的時候便笑，不太顧忌他人眼光，與徐駿相比，他確實不會討好人，在讀書方面，也沒能勝過徐駿。

宋如芷倒有兩個兒子，只是大的才六歲，小的才三歲，又都是庶子，想爭也是爭不來的，所以她平時十分低調，只要兩個兒子得徐澄喜歡就行。

紀雁秋進府四年，並未育有子嗣，倒是落得一身輕鬆。

徐澄開城投降的可能性較小，若他真的殉國了，皇上定不會薄待他的兒子，肯定會恩賜世襲爵位，所以府裡將來會有個世子。

此時太夫人如此一說，這個世子之位就變得撲朔迷離了。

李妍暗忖，不管這個婆婆是真糊塗，還是裝糊塗，既然把她認作是章姨娘，那她就應下吧。「太夫人，我會好好教養駿兒的，他向來是個懂事的，您勿操心，只需靜心養病就是。」

太夫人瞇著眼睛瞧了李妍半晌，有些迷糊。

李妍沒再出聲，這時王婆子端來一碗湯藥，這藥還是昨日領來的，僅剩這一點了。

王婆子見李妍並未解釋自己不是章姨娘，可是章姨娘每逢來了，若碰上太夫人要喝湯藥，都是由她親手餵的。

王婆子猶豫了一下，還是把藥遞給了李妍，她自己則與兩位丫鬟扶起太夫人，讓太夫人靠著枕頭。

李妍端著藥碗，心裡極不舒暢，這個老太太把她當成章姨娘也就算了，還要她服侍餵湯藥？即使她善心突至，願意動這個手，可這個老太太也不會念她的好，心裡還當是章姨娘行的好事呢。

忽然，李妍心生一個念頭，想測一測這個老太太到底是真糊塗還是裝糊塗，反正現在閒著也沒事，就當玩唄——其實她承認自己真的心存那麼一絲懷疑。

李妍先作勢餵了一口藥，見太夫人老態龍鍾的模樣，再尋思著她平時暗地裡肯定沒少給李念云氣受，便咳了兩聲，這一咳，端碗的手也跟著一抖，湯藥便灑出來一些，還不偏不倚灑在太夫人胸前。

崔嬤嬤嚇得慌忙跑過來，一邊擦著太夫人胸前的湯藥，一邊說道：「夫人，您怕是剛才招了寒氣才致咳的，我來餵太夫人喝藥吧。」

王婆子不好意思讓崔嬤嬤代勞，畢竟崔嬤嬤從未服侍過太夫人，她便自己上前來接碗。

李妍將碗交給了王婆子，隨後掏出絹帕子掩住嘴，接著又重咳了兩聲。緊接著一直候在外間的晴兒、綺兒聞聲小跑著進來了，她們緊張地問夫人怎麼了，哪裡不適？

李妍搖了搖頭。「無礙，就是嗓子眼有些癢。」

李妍由綺兒、晴兒扶著自己坐在一旁的羅漢椅上，還朝太夫人瞄了一眼。既然這麼多人都喊「夫人」了，太夫人會聽不見？即使假裝聽不見，現在換成王婆子來餵藥，太夫人會是睜眼瞎？哪怕她真的是睜眼瞎，以為是章玉柳咳嗽又灑了藥，她總該關懷一下自己的外甥女吧？何況剛才太夫人說了那麼些還算清醒的話，她不至於又聾又瞎還沒有任何知覺，以至於湯藥灑在胸前被崔嬤嬤擦著也不知道。

李妍坐等著太夫人作出反應，只見太夫人稍稍斜眼瞧了她一下，然後幽幽嘆了一口氣。

「這藥真……真苦。」

李妍在心裡暗道一句——老奸巨猾！

在大家的注目禮下，太夫人咳一陣，再喝一陣藥，接著又是咳一陣，拖拖沓沓地好不容易將一碗湯藥喝淨了。

李妍見太夫人仍然「玉柳……玉柳啊」叫她，她先是硬著頭皮答應著，之後實在有些不耐煩了，便又一聲一聲地咳嗽起來，咳得眼淚都出來了。

崔嬤嬤和晴兒、綺兒慌了，趕忙攙扶著李妍回自己的錦繡院了。宋姨娘、紀姨娘見李妍在太夫人的炕邊只坐那麼一小會兒就咳得厲害，都怕病氣過給了自己，也都緊跟著回各自的住處了。

一回到錦繡院，綺兒、晴兒就哭哭啼啼的，說夫人才剛好了些，不該出這一趟門的，還拐彎抹角地說可能是太夫人的咳病過給了夫人。畢竟夫人才是她們正經的主子，她們自然向著夫人了。

何況剛才在翠松院時，太夫人把夫人認作是章姨娘，還說庶子駿少爺該承繼大任，對嫡子驍少爺隻字不提，這也讓她們忿忿不平。

崔嬤嬤倒是不著急，薑還是老的辣，她似乎看出了些許端倪，覺得夫人不至於這麼快就染上咳病。不過，萬事還是謹慎些好，這會子該催章姨娘派人去買藥材了。她啥話也沒說，隻身前往妙醫閣找章姨娘。

李妍見她們對自己如此忠心，甚是欣慰。崔嬤嬤自不必說，綺兒和晴兒看似也把她當作唯一的主子伺候。來此當了一回主子，還有人忠心耿耿地服侍，想來都是一件快事，有她們盡心盡力為自己做事，往後當寡婦的日子應該不太難熬。

至於應對太夫人與姨娘們，她得好好籌謀籌謀了，這些女人個個都是人精，可別被她們謀害死了，自己還不知是怎麼死的。還有她的「兒子」徐驍，她也得護著，既然做了他的母親，就得盡母親之責不是？唉，看來自己還真是任重而道遠啊。

崔嬤嬤到了妙醫閣，並未見到章姨娘，聽小廝們說章姨娘去了管事房。

崔嬤嬤又來到管事房，見大門敞開著，沒什麼動靜，便往裡走。來到庫房門前時，見好多人圍在一起。她上前探著腦袋一瞧，頓時嚇丟了魂，只見地上躺著一個人，如同死了一般。

崔嬤嬤腿有些發軟，愣在邊上緩了好一會兒勁，再湊身過去仔細瞧著，認出躺在地上的是林管事。昨夜是林管事和孫登兩人當值看管庫房，既然林管事出事了，那孫登呢？

章姨娘黑沈著臉坐在一旁，命小廝們趕緊掐林管事的人中，曾大夫則蹲在一旁給林管事號脈，慌亂成一團。

章姨娘見崔嬤嬤來了，只是瞅了她一眼，並未與她說話。

此時在管事房打雜的幾個小廝們都嚇得跪了一排，哭著說孫登昨夜裡請他們喝酒，明明沒喝多少，可是他們回到住處後一躺下便睡著了，直到這會子才清醒過來。

章姨娘大聲喝斥道：「老爺不在府，你們這些奴才們就蹬鼻子上臉，把規矩扔到爪哇國去了？除了慶賀之日，下人們一律不得飲酒鬥牌，你們明知故犯，把我當成擺設了？」

小廝們聽了大感不妙，嚇得渾身哆嗦，一個勁兒地磕頭求饒。

章姨娘掃了一眼他們可憐巴巴的模樣，厲聲道：「沒有規矩不成方圓，懲戒不明必出禍亂！今日若不嚴懲你們，豈不是叫人笑話堂堂宰相府裡沒有主子了？來人！」

四名家丁在她身後齊聲應道：「在！」

章姨娘毫不猶豫，命道：「將他們拖下去，每人打五十大板！」

她話音一落，就有一位跪著的小廝嚇暈了過去。府裡的這種大板子他們可都見識過的，挨五十大板，不死也得半殘。即使家丁們手下留情落杖輕些，沒個百日也是下不來炕的。

家丁們忙著往院子裡抬凳子、找杖棒。那嚇暈的小廝也沒能逃過去，硬是被他們給掐醒了，再被抬到條凳上去。

崔嬤嬤不想看這等血腥場面，章姨娘發這麼大的脾氣，莫非是孫登將庫房洗劫了？庫房裡可存放著徐家幾代積攢下來的家當啊！

崔嬤嬤雙腿打著顫，往庫房裡走了幾步，見銀庫和珠寶庫裡橫躺著七、八個小箱子，五十萬兩的金銀和幾十箱珠寶就只剩下這些了？

她腦袋嗡嗡作響，再往另一頭掃了幾眼，發現物庫和古董器玩庫好似沒動。這些東西拿出去也不好典當，因為好些是皇上賞下來的，明白人一眼就能瞧出是徐府的。孫登不過一個小雜役，平時看起來並不是聰慧之人，甚至有些愚笨，怎麼這次如此機靈，竟然沒敢動古董器玩庫和物庫？

更蹊蹺的是，以孫登這等低聲下氣之人，到底是誰借給了他熊心豹子膽，敢洗劫宰相府？

崔嬤嬤聽見院子裡已響起一陣沈悶的「砰砰」之聲，夾雜著痛苦的哀號聲，她低著頭快步離開管事房，藥材之事待晚一些再來說吧。

章姨娘掃了一眼崔嬤嬤的背影，手裡揪著一塊湘妃色絹帕，呆愣了好一會兒，聽著杖棒下一聲聲慘烈的嚎叫，忽然又喝道：「給我狠狠地打！」

家丁們得了令，手裡的杖棒抬得更高了，落下去的時候沒再聽到哭嚎聲，被打的小廝已經疼得暈過去了。

繼而章姨娘又對身旁的丫鬟說：「把昨夜守門的幾個人全都給我找來！」

小丫鬟趕緊跑著尋人去了，馬興剛才已去衙門將許大夫偷藥材之事報官了，這會子才回來，發現府裡出了更大的變故，嚇得趕緊又跑去報官。林管事被人抬到管事房的一張值夜的炕上，他雖然醒了過來，但神志仍不清醒。

府裡出了偌大的事，且蹊蹺得很，崔嬤嬤也不敢再瞞著夫人了。都鬧成這樣了，想瞞也瞞不住。

她回到錦繡院，正要向夫人稟報此事時，恰巧見到大小姐和驍少爺來這裡看望他們的母親，這會子正哭哭啼啼說著什麼……

第二章

徐驍雖然才八歲，知曉此事後，也知道府裡出大事了。這些日子以來，他得知爹爹似乎快要沒了，傷心得痛哭了十幾日，近來一直茶飯不思，書也讀不進去，總尋思著自己是不是該去焦陽城營救父親大人。他的庶兄徐駿倒是正常得很，雖然憂思也重，但並未影響讀書，每日先生交代的功課，徐駿都不曾落下。而徐驍，近來連筆都沒提起過。

如今庫房的金銀珠寶又沒了，意味著徐家要敗落了，他小小年紀，真的承受不住這些。

本來他要與姊姊先去太夫人那兒問安的，此時他已顧不了那些規矩，在來的路上，碰到姊姊徐珺，姊弟倆就一起趕過來了。

姊弟倆一邊抽泣一邊將他們聽來的事情告訴了母親，崔嬤嬤、綺兒、晴兒在旁聽了都跟著小聲啜泣起來。老爺遭了大難，府裡又被洗劫一空，這日子是沒法過了。

李妍聽呆了，良久不說話，心裡卻如翻江倒海，她可是才穿越過來就陷入徐府的水深火熱之中啊。

剛才她還在慶幸，往後的日子應該不難熬，現在突然出了這等事，莫非她將來也要過苦日子了？

她的第六感告訴自己，今日鬧出這事絕不可能是孫登一個人謀劃出來的。偷藥材之事尚可認為是許大夫貪心，庫房的五十萬兩金銀和幾十箱珠寶竟然也有人敢劫走，絕對有幕後指使者！

李妍雖然不善推理，但至少腦子清醒。以她看來，林管事是受害者，而且他的婆娘和兒女都還在府裡沒有逃走，此事絕不可能是他幹的。

既然孫登平時是個老實人，他能將那些金銀珠寶拉出府，還能將他的婆娘與孩子們帶得無影無蹤，若背後沒有厲害的角色，他根本沒辦法藏得住這些東西。

府裡厲害的角色有誰呢？除了太夫人與她，那只剩三位姨娘了。

李妍穩了穩心緒，抬眼瞧著徐珺、徐驍。雖然突然有了一對兒女讓她有些不適應，但她莫名地對他們有著難以言喻的親近感，好像天生就是一家人那般。

她見姊弟倆可憐兮兮的模樣，很是心疼。她伸出雙手，一手拉一個，將他們拉近身前，掏出手帕為兩人拭淚。「好了，別哭了。有娘在，你們別擔憂，一切都會好起來的。」

徐珺、徐驍都還是孩子，對母親有著本能的心理依賴。他們見母親的身子已大好，又這麼安撫他們，頓覺事情沒那麼可怕了，心裡踏實許多。崔嬤嬤與綺兒、晴兒也都止住了啜泣聲，不想讓夫人聽得鬧心。

李妍將徐珺、徐驍攬在懷裡，抬頭問崔嬤嬤。「既然已經報官了，官府派人來查案了嗎？」

「應該快來了，馬興已經跑了兩趟。章姨娘的父親就是承天府督辦的總領，應當會派人盡心查辦這個案子的，不過……」崔嬤嬤欲言又止，有些事是不能妄加揣測的。

李妍一驚，章姨娘她爹竟然是承天府督辦的總領？那這個案子如何結案、是否能追查到許大夫和孫登，豈不是由章姨娘說了算？

管事房的幾個小廝都被打得昏了過去，然後讓家丁們抬到西北角的偏院裡去了。

守門的小廝們被找來後，章姨娘對他們又是一通劈頭蓋臉的喝斥。小廝們有口難辯，昨夜裡他們一個個不是瞌睡得睜不開眼，就是肚子鬧得厲害，以至於不停跑茅房，壓根兒就沒見著有人拉箱子出府。

看管馬車和餵馬的人也被找來，他們更是一頭霧水，因平時府裡過於太平了，他們沒有警覺心。丟了三輛馬車後，他們嚇得傻愣愣的，至於馬車是怎麼被盜走的，他們連個蛛絲馬跡都說不出來。

章姨娘哪能饒得了他們，又賞了每人五十大板，管事房門前的地上濺了一行行鮮紅的血，甚是刺目。

在旁的下人們開始還敢直視，之後都低著腦袋瑟瑟發抖，目不忍睹。

領板子的人太多，以至於夜裡當值的低等小廝們都排不開了，章姨娘只好命人把一、二等家丁都排上去。

「雖然家財一夜盡失，但宰相府的威嚴不能辱沒，你們都給我打起精神來，誰再敢出差錯，定不輕饒！」這是章姨娘離開管事房前扔下的話。

「是！」下人們齊聲應道，大多數人應聲時嗓音都是顫的。他們知道，所謂不輕饒，那就是要杖斃的，他們的家眷或許還會被發配到蠻夷之地做最下等賤奴。

以徐府這境況，如今根本養不起這麼多下人，應當遣散為宜，下人們剛才都盼著章姨娘開口說將他們賣到別家，如此至少能求得一席安身之地。可是章姨娘完全沒有這個意思，反而變本加厲地管教他們，接下來一日三餐能否吃飽且先不顧，可別一個不小心丟了性命啊。

章姨娘繃著臉回到拂柳閣，此時已巳時了，她才得出空來吃早膳。她將一碗粥吃下肚，承天府便派人來查案了，因為此事重大，她的父親章總領親自來督辦。

章總領帶來的一干人分別去了藥堂和庫房，進行現場勘查。其中一個小督頭本想將那些當值小廝帶來問話，可是那些人都被打得要麼昏厥未醒，要麼痛得說不出話。

小督頭束手無策，來到章總領面前，等著吩咐。

章總領五十歲左右，長得極為富態，肚子猶似懷胎八月的婦人。他先「嗯」了一聲，然後沈聲道：「聽說宰相府的章姨娘早上已盤問過當值的下人，並且有家丁在旁做筆錄，將筆錄拿來仔細推敲，案子便有跡可尋了。」

小督頭知道章姨娘是章總領的女兒，他欣喜地拱手道：「有總領大人親自督案，此案定能水落石出。」

章總領並未答話，也未動任何聲色，只是背著手來到他女兒的拂柳閣。

章姨娘放下手裡的碗筷，來門口迎接父親。緊接著章姨娘便支走丫鬟和婆子們，理由是她要和她爹說些體己話。

此時父女兩兩相對，無任何閒雜人等在旁，確實是說體己話的好時機。

章總領瞧著自家閨女，嘆了一聲氣。「徐澄此次定是九死一生，即使有一成的活命希望，那也只能是降了叛賊。依爹所見，以他對大鄴的忠心，是絕不會投降的。如此一來，妳的下半輩子只能……和駿兒、玥兒相依為命了。」

他想到女兒才二十六歲便要過孤寡的日子，還要拉拔一雙兒女，不免心酸。

章姨娘近來盡力不去尋思徐澄的事，如此也能安穩度日，這會子聽爹這麼一提，淚珠便湧了出來。

章總領見女兒傷懷，立即又道：「事已至此，安排好後路才是緊要的。玉柳啊，此事妳怎能只和妳娘商議就行動了？這麼大的事也得跟爹商定方可出手不是？」

章姨娘抹掉淚。「爹，您去嶺州辦案一直未歸，女兒是怕遲了會被宋如芷和紀雁秋搶了先，才急著動了手。即使她們倆不行動，女兒也不能坐以待斃，若是李念云的兒子得了世子之位，到時候家產怎麼分自然由李念云說了算，那我和駿兒、玥兒只能低聲下氣過著由她施捨的日子了。」

她雙眼含著憤懣，這些年作為妾室，她不甘心啊。如今徐澄大難臨頭，就要跨進鬼門關了，她沒有必要再看李念云的臉色了，便出了這個險招把徐府大部分家產先奪到手，讓李念云和她的一雙兒女哭窮去。
到時候再攛掇太夫人暗使幾個人在皇上面前周旋一下，世子之位便是駿兒的，以後她就可以騎在李念云和她的那雙兒女頭上作威作福了，或許還可以找個藉口，把李念云母子三人趕出府去。
章總領懂得女兒的心思，氣憤地說道：「當年妳與徐澄的親事本來是板上釘釘的事，妳才應當是宰相的正室夫人。誰知道徐國公與李祥瑞那個臭泥腿子竟然在軍營裡草草結了親家，讓妳受了這麼些年的委屈。只是，昨夜之事妳過於……」
章姨娘心下一緊。「聽爹的意思，莫非女兒做錯了？」
章總領兩眼冒著寒光，陰惻惻地說：「不是妳做錯了，是妳還不夠狠，過於婦人之仁了，若妳直接把李念云做掉……」
章姨娘聽得雙手一抖，再凝眸望了望她爹那張老謀深算的臉，搖頭道：「女兒……女兒不敢謀害人的性命。」
章總領見女兒心裡生了怯，不免有些失望。「李念云若是去了陰曹地府，徐驍到時候便是無父無母毫無倚恃的毛孩子，這宰相府自然由妳說了算，妳還需費盡心思把家產挪出府去？至於世子之位，他們夫妻倆命斷黃泉已護全不了嫡子，誰還敢與駿兒爭？何況太夫人也是向著駿兒的。唉，妳不敢謀害她的性命，所以這事就得大費周折了。」
章姨娘往她爹面前一跪。「爹，無論多費周折，既然女兒已經動了手，就不能再挽回了，你可得把那些錢財珠寶藏得緊實一些，那可是我和駿兒往後的依靠啊！」

章總領扶起她。「傻閨女，爹自然有辦法，此事若被外人知道了，可是連爹和妳的兩位兄長都會被牽連的，爹定當萬分小心。除了在周邊幾個州買鋪子和大宅院外，剩下的金銀珠寶則深埋地底下，絕對隱秘得很。至於此案如何了結，爹也會想辦法做得天衣無縫，妳無須擔憂。」

章姨娘回到自己的座椅上，端起茶杯淺啜一口，心緒方安穩了些，說道：「下午女兒會去太夫人那兒討個主意，將古董器玩庫和物庫的東西拉出去典當了，就這些也足夠府裡熬個一年半載的，另外再催她趕緊尋人在皇上面前多提一提駿兒。駿兒作為長子向來很有擔當，不像那個徐驍整日意氣用事，讀書又不肯下工夫，哪裡是能當大任的？」

章總領微微點頭。「只能這樣了，若不出意外，此事應當能順利達成的。只是爹仍要提醒妳一句，若李念云成了妳的絆腳石，絕不能心慈手軟。她的老子李祥瑞及兄弟們都遠在西北邊疆，鞭長莫及，妳無須忌憚。」

章姨娘怔了怔，應道：「女兒記下了。」

之後她便把家丁做的筆錄交給了她爹，送他出門。

章姨娘轉身回拂柳閣時，被紀雁秋閣裡的一個僕婦叫住了。這個僕婦是張春的婆娘，而張春又是徐澄身邊的隨從，平日裡頗得徐澄信任，所以章姨娘對張春的婆娘也挺客氣，至少不會擺當家姨娘的譜。

張春家的跟上前來，先恭恭敬敬地行了個蹲身禮，再道了聲萬福，又扯了些姨娘這些日子太辛苦的話，之後才委婉地說紀姨娘明日一早得去宮裡一趟，還說三個月前玉嬪就與紀姨娘約好了，這個月的下旬會挑個好日子進宮。

當初皇上將紀雁秋賜給徐澄時就已說過，玉美人與雁秋是表姊妹，兩人親密得很，以後紀雁秋可時常進宮探望表姊。

這四年來，玉美人已晉了位分是玉嬪了，近來頗得皇上寵愛，而紀雁秋每隔三個月必定要去一趟皇宮的，雷都打不動。這是皇上准許的，誰也不敢說一個不字。

章姨娘滿口答應了，只是讓張春家的回去跟紀姨娘囑咐一聲，先別將府裡的事告訴玉嬪，免得皇上知道了大怒，責怪徐府當家的不會治家。

張春家的前腳剛走，侍候宋姨娘的僕婦也來了。這僕婦的男人是朱炎，朱炎是老爺身邊的得力侍衛，章姨娘向來會做人，便客客氣氣迎著朱炎家的。

章姨娘平時想到老爺將他身邊得力之人的婆娘分撥給宋姨娘和紀姨娘，便心懷不滿。不過想到在自己身邊伺候的婆子是李慶家的，倒也不吃虧，因為李慶是府裡的大帳房。

朱炎家的是個心直口快之人，她一來便說了宋姨娘下午要回娘家之事，因為馳少爺和驕少爺這幾日鬧得很，說想念外公、外婆了，吵著要去宋府。

章姨娘啥也沒說，直接允了。她知道，這兩位姨娘急著出府，都是找人商議對策去了，若是明面上不答應，她們暗地裡也會託人出去傳消息，還不如給個順水人情，也就都答應了。

此時的錦繡院也不平靜，徐珺、徐驍被李妍哄回了他們自己的住處後，李妍便讓崔嬤嬤去暗地裡打聽事情，為了往後的日子，也為了徐驍，她不能坐以待斃。

崔嬤嬤在府裡幹了這麼多年，人脈頗豐，在臨近午時，她已將章姨娘與她爹面會的事，還有宋姨娘、紀姨娘要出府的事都打聽清楚了，然後一一向李妍稟報。

「夫人，這兩個月來是章姨娘在當家，前一段日子她打理得還將就著，沒出什麼岔子。可這兩日來，您瞧府裡都亂成什麼樣了，她除了打小廝們的板子，染紅了管事房，啥也沒查出來。她父親帶人來了一趟，也不知是否查出個一二。夫人的身子已好了些，正好可以趁此把府裡的當家之權拿回來，您才是正經的當家主母啊！」

李妍腦子有些亂，她對宰相府的大大小小事根本不清楚，很多事回憶起來都是模模糊糊的，現在又出了這等亂子，她還不敢肯定誰才是幕後主使者，也不知府裡到底藏了多少眼線。

她覺得自己首先不能亂了手腳，必須要穩住，便搖了搖頭道：「不行，府裡現在是個大爛攤子，即使我接手過來也不可能把金銀珠寶追回來，只會惹一身麻煩，先等個幾日，看清形勢再說。」

用過午膳後，李妍躺在炕上小憩著。

崔嬤嬤和綺兒、晴兒見夫人沒再咳了，便躡手躡腳地去外間候著。她們三人圍著火盆而坐，小聲說話。

晴兒是個直性子的姑娘，她嘟著嘴道：「夫人的身子看似真的大好了，嬤嬤妳能否別急著催章姨娘派人去買藥？太夫人是否缺藥與夫人又不相干，咱們沒必要去勞那個神。」

崔嬤嬤哼道：「可不是，章姨娘是太夫人的外甥女，她都不惦記著太夫人的藥，旁人更無須勞神了。」繼而又嘆起氣來。「只是……若哪日真的由駿少爺做了世子，章姨娘就更囂張了。倘若她以府裡缺銀兩為由，把夫人、驍少爺及大小姐屋裡用的順手那些人都賣掉，只留一些笨手笨腳又不會體貼主子的奴才，往後的日子就越發艱難了。」

晴兒聽後著急了，滿臉脹紅地說：「夫人才是正經的當家主母，章姨娘一個妾室算哪門子的主子呀？可是夫人又不想趁此將當家之權要回來，難道就任由一個姨娘欺凌夫人和驍少爺、大小姐不成？要不……待夫人醒來了，咱們勸一勸夫人可好？」

崔嬤嬤橫了晴兒一眼。「晴丫頭，妳可得穩住心性，別心急火燎地瞎攛掇。夫人已經說了，府裡如今是個大爛攤子，接過來只會惹禍上身，須見機行事才是。」

綺兒剛才一直沒吭聲，但她是個聰穎之人，這時憋不住也開口了。「大姑說得對，咱們得沈住氣，夫人一直不焦不躁，心裡定是有主意的。如今老爺回不了府，太夫人又向來都是偏袒章姨娘的，夫人自然要吃虧。若夫人想要回當家之權，章姨娘卻厚著臉皮不肯讓，還藉此機會撕破臉，或暗地裡謀害夫人，那這個府就徹底成章姨娘的了。」

謀害?!晴兒聽得目瞪口呆，心臟突突了好一陣，有些害怕。細細思量，覺得綺兒說得在理，若章姨娘真的要害夫人，而夫人的娘家人都遠在西北，在此無依無靠的，真的鬥不過太夫人和章姨娘。

崔嬤嬤也才剛剛慮及這一點，她沒想到小小年紀的綺兒竟也能想到此處，不禁對自己的姪女刮目相看。「以後夫人、少爺及大小姐的飲食咱們得謹慎點，不僅飯菜，就連糕點、茶水都得仔細驗過才行。妳們倆趕緊去驍少爺和大小姐的屋裡囑咐一聲，林管事家的和鄒林家的也都是府裡的老人，只需稍稍點撥一下，她們自然懂得，會護好驍少爺和大小姐的。」

綺兒和晴兒連忙起身出去了，這事可是一刻都不能耽擱的。

待她們再回錦繡院時，李妍已醒了過來，雖然躺了一個多時辰，其實她也只睡著那麼一會兒，不過也解睏不少，身子還算舒坦。

只是她一醒來，腦子裡便是府裡這些亂七八糟的事，若不能保全一雙可愛的兒女，不能讓自己過得舒適安逸，那她這個正室夫人豈不是成了大炮灰?她不想當炮灰，可又想不出對應之策，心裡頗為著急。

晴兒、綺兒正在為她整理衣裝，就聽得雪兒在門外稟報，說章姨娘來了。

李妍倒想見見章姨娘到底是啥模樣，聽崔嬤嬤上午對她的描述，應該是個厲害的人物。

章姨娘進來後，卻讓李妍有些詫異。只見章姨娘一臉恭謹，神態柔和，她對李妍施了大禮後，還來攙扶李妍坐下。李妍剛才想像的潑辣蠻橫與圓滑世故，從章姨娘此時的言行舉止上竟然一丁點都瞧不出來。

章姨娘那雙丹鳳眼極其靈動，眸光閃爍，像會說話般。她長著一張小巧的嘴，唇很薄，還未開口說話，旁人就能感覺到她的伶俐。而李妍的眼眸清澈，神情沈靜自然，兩人坐在一起，倒是對比鮮明。

晴兒在旁氣嘟嘟地瞧著章姨娘，心裡暗罵了一句——笑裡藏刀的貨！

綺兒輕輕碰了碰晴兒的手肘，遞給她一個眼神，兩人便一道出去了。綺兒是怕晴兒言語不當，惹出禍事，便把她帶出去，只留崔嬤嬤在裡面伺候。

章姨娘眼帶笑意地瞧著李妍那越發端莊妍美的容顏，再掃了一眼在旁給她沏茶的崔嬤嬤，心裡憤恨得如同一把匕首，恨不得戳向她們的心窩。

她早就盼著李妍一命嗚呼，沒想到李妍不但沒死，反而活得神采奕奕，再想到李妍身邊有這麼幾個忠心耿耿的下人，她暗暗哼了一聲，腹誹道——我遲早得找出這幾個奴才的差錯，讓她們趕緊給老娘滾蛋！

崔嬤嬤迎著章姨娘的目光，無所畏懼，還不鹹不淡地說：「章姨娘是越來越有當家主母的風範了，那些小廝們被打得連聲兒都不敢出，是死是活就看他們自己的造化了。」

章姨娘知道崔嬤嬤話裡話外都是在諷刺她一個妾室不配為當家主母，真正的當家主母可是在邊上坐著呢。

她順著崔嬤嬤的話說道：「我哪裡算得上當家主母，只不過夫人瞧得起我，願把府中之事交給我打理而已。我也好趁此機會獻個殷勤，為夫人分些憂罷了。府裡突然出了這等禍事，不知夫人是否怪妹妹……」她愧疚地低下頭，似乎覺得沒臉見夫人一般。

李妍忙道：「妹妹放心，我怎會怪妳呢？即使是我當家，我也阻止不了這等禍事，反而是妹妹操持著府中諸多大小事，實在是辛苦了。聽崔嬤嬤說今日之事已報官，妳也不必過於擔憂，承天府辦案向來雷厲風行，肯定能將咱府的銀兩及珠寶追回來的。」

章姨娘聽得臉有些僵硬，不過只有那麼一瞬間，片刻之後便釋懷一笑。「有夫人如此體諒，妹妹心裡好受多了。我來這一趟，是有要事想與夫人商議的，雖然有承天府為咱府查案，可眼下府裡有一百多號人，吃喝拉撒樣樣都得花錢，一日都不能斷了銀兩。孫登那個賊子只留了三千兩銀錢，還不夠府裡一個月的花銷，所以……我尋思著要不要從古董器玩庫及物庫挑些值錢的物什給當了，這些估摸著也能當個四、五萬兩銀子，夠府裡撐上好一陣子了。」

李妍剛才見章姨娘並不為府裡缺銀兩而發愁，就知道她打著這個主意，點頭道：「妹妹思慮得是，典當換些錢解燃眉之急吧。若承天府沒能破案，往後府裡還可以謀些營生，天無絕人之路，總歸會有法子的。」

章姨娘見李妍看得這麼開，有些吃驚，夫人以前當家時，經常會為一些小事而傷神，怎麼病了一場，器量忽然變大了呢？她甚是不解，但見夫人好似沒有對她起疑心，她也放心不少。

章姨娘再與李妍閒話了幾句，便起身退了出去。

當她走出院門，回頭細瞧著這個比拂柳閣足足大了一倍的錦繡院，她暗自發誓——老爺在府時，她不敢做出僭越之事，如今老爺不可能回來了，她定要奪回屬於她的東西，這般富麗堂皇、氣派雍容的錦繡院，本就該是她的！

再看到雪兒、紫兒與兩個小廝在院子裡鏟雪，小臉凍得通紅，卻仍幹得十分起勁，她狠狠地瞥了這等人一眼。

跟隨她來的李慶家的和一個丫鬟一直攙扶著她，李慶家的見章姨娘這般神情，遂小聲道：「姨娘，要老奴捉一捉錦繡院奴才們的把柄嗎？」

章姨娘讚許地瞧了李慶家的一眼，微微點了頭。

李妍目送章姨娘出門後，坐在桌前撐著腦袋尋思事情，章姨娘剛才那般淡定的模樣實在叫人費解。

李妍朝邊上的崔嬤嬤招了招手，崔嬤嬤趕緊湊了過來，她覺得夫人似乎瞧出了些許端倪。

李妍附在崔嬤嬤耳邊小聲問道：「平時跟隨章姨娘出去辦事的那些家丁裡，有與妳私下十分相熟的嗎？」

崔嬤嬤想也沒想便道：「有，馬興就是。不知夫人是否記得，當年馬興得了一場大病，在西北偏院裡躺了十日，差點病死了也沒人管他，大家謠傳他得了疫病，連曾大夫都不敢過去為他看病。我和我家那口子實在看不下去，拿著十兩銀子半夜裡去求曾大夫，再為馬興熬了幾日湯藥，他算是命大，竟然活過來了。因為這事，馬興一直惦記著我的好哩，平時章姨娘那邊的事情，大都是他告訴我的。」

經崔嬤嬤這麼一說，李妍腦子裡似乎有些片段記憶，點頭道：「嗯，好像是有這麼回事。妳待會兒偷偷去見一見他，他明日若跟著章姨娘去當鋪，讓他緊盯著章姨娘。章姨娘去了哪些地方，有哪些舉動，都讓馬興用心記著點。」

崔嬤嬤愣了愣神。「夫人懷疑……」

李妍點頭道：「只是有幾分疑心，也不敢肯定。我瞧著她應當是十分在意金銀珠寶之人，可府裡都快被人盜空了，她卻不著急，妳不覺得蹊蹺嗎？」

崔嬤嬤經李妍這麼一提醒，頓覺章姨娘實在太可疑了，她鄭重地說：「夫人放心，馬興平時辦事細心謹慎，為人也是可靠的，若章姨娘真的做出喪盡天良之事，馬興定能察覺出異樣。」

章姨娘一進翠松院，立刻扭著腰肢跑到太夫人面前噓寒問暖，再為太夫人揉肩捶腿。章姨娘瞧上去確實夠孝敬體貼，果真是太夫人的好外甥女。

太夫人這會子似乎清醒了些，章玉柳一進來，她便認清了是自己的外甥女。「玉柳啊，府裡是不是出了啥事？我咋聽到外面有大動靜，與往常不大一樣呢？」

章姨娘之前已經派人來翠松院囑咐過，府裡出了賊子之事絕不能讓太夫人知道。她雙手握成小拳，輕輕地捶著太夫人的腿。「太夫人，肯定是您聽岔了，哪裡有什麼動靜，您前兩日不還說耳朵裡一陣嗡嗡聲的忒鬧人嗎？那是您耳鳴所致。」

太夫人想來也是，便沒多加追究，她神色哀戚，幽幽地說道：「今兒個上午，駿兒來我這兒比往常遲了些，聽他說話也是心事重重的。他才十歲，便要承受這麼些磨難，隱忍著痛苦，真是難為了他。不像驍兒那般，一說起他爹，就哭哭啼啼的沒個擔當。」

她說話時伸手朝王婆子和兩個丫鬟揮了揮手，她們幾人趕緊退了下去。她們也算得上是太夫人的心腹了，看來太夫人有十分隱秘的事要跟章玉柳說，以至於連心腹都要屏退。

太夫人將一隻手伸向枕頭底下，掏出兩封信。「玉柳，妳將這兩封信分別交給宮裡的黎公公和菁兒。黎公公在宮外有個院子，就是元宜街最北頭的黎府。還有，妳去王府將信交給菁兒時，不要被寶親王瞧見了，妳要切記，行事一定要小心，妳自己親自去送信，不要再經他人之手。」

章姨娘將信接了過來，雙手微顫。她知道，這事攸關她兒子的前程與命運，她此次來本是想催太夫人趕緊辦這一事，沒想到太夫人倒是與她同樣著急。

她將信放入袖中收好，心中暗喜，為太夫人捶起腿來更帶勁了。

就在此時，太夫人的二兒子，也就是徐澄的弟弟徐澤跑了進來，朝太夫人喚了一聲母親，神色驚慌，想說什麼，卻又嚥回去了。

徐澤今年二十二歲，在兵部任司務一職，平日裡很是繁忙，因為兵部最近在研製火炮，十分機密，朝裡大臣也沒幾個知曉。他已有一妻一妾，住在宰相府斜對面的老國公府裡。

太夫人不僅育有徐澄、徐澤兩個兒子，還有一個十八歲的女兒徐菁，已嫁給了與皇上一母同胞的弟弟寶親王，算是風光無限的王妃，因為皇上平時最疼惜的弟弟就是寶親王，自然對寶親王妃也不會差了，特准徐菁可以自由出入皇宮，與皇上的幾位愛妃來往密切。

徐菁與章玉柳是表姊妹，她也是偏向自己表姊的，所以太夫人才讓章玉柳給菁兒也捎一封信。

倒是二爺徐澤向來比較敬重大嫂，並無偏頗。

老國公府裡不僅住著二爺徐澤，還有徐國公的小妾伍氏及伍氏的一雙兒女。伍氏當年是太夫人的貼身丫鬟，在太夫人生育徐澤時，這個伍氏乘虛而入，爬上了老國公的床，理所當然做成了徐國公的小妾。伍氏的兒子徐修遠今年二十一歲，只比徐澤小幾個月，徐修遠的妹妹徐蕪才剛十五，還未出閣。

太夫人雖然老眼昏花，這會子認人卻絲毫不含糊。「澤兒啊，你今日來得怎的比往日要早？」

徐澤每日從兵部回來後，都會來宰相府看望母親，此時他的眼眶裡閃著晶瑩的淚光，望了望母親，實在不忍心說出口，便隨口應道：「母親，兵部今日無要事，我便早早回來了。」

太夫人是何等聰明之人，她知道兵部得知焦陽城的消息總比旁人要早些，此時又見徐澤惶惶不安的，大概猜到大兒子活不了幾日，她即將要白髮人送黑髮人了。

她閉目沈鬱了片刻，或許這兩個月來老淚淌多了，此時她並無大異樣，只是問道：「近來伍氏母子三人是否刁難了你及你的妻妾和孩兒們？」

徐澤不太愛管家中雜事。「母親放心，我與他們雖同住國公府，卻分東西院而住，各過各的日子，平時連面都不見的，他們又如何刁難得了我？」

這時太夫人又有些激動了。「澤兒啊，母親早就為你出了個好主意，趕伍氏及她的兒女出國公府，你卻懷著婦人之仁不肯下手。伍氏出身奴籍，她與她的兒女哪裡夠身分住在國公府？真是辱沒了徐家門楣！」

伍氏是太夫人一生的痛，她恨不得拆了伍氏的骨頭，抽了她的筋。每次一想到伍氏母子還住在國公府，她就咬牙切齒，恨不得立刻找人把他們轟了出去。

因怕自己頂個妒婦的名聲，明面上她對伍氏還是客客氣氣的。而暗地裡她謀劃了好幾條計策，徐澤卻偏偏不肯實施，一拖再拖，以至於伍氏母子們在國公府逍遙了這麼些年。

太夫人想到自己的大兒子就要殉國了，二兒子還只是個兵部司務，而伍氏的兒子徐修遠已是吏部主事了，在仕途上已經超過了徐澤。如此下去，徐修遠肯定會比徐澤越來越有出息，叫她這位葉氏大世族出身的太夫人情何以堪啊。

「兒啊，你若不願見娘死不瞑目，就儘快將伍氏母子趕出國公府！」太夫人黑著臉，沈聲道。

徐澤已不是第一回聽他母親提及此事了，他像往常一般，應道：「兒子定會盡力。」

此時他內心因兄長而萬分傷痛，哪有心思尋思伍氏之事，他沒停留多久，便跌跌撞撞地出去了。他就要失去大哥了，不想再失去母親，所以他對徐澄之事一字未提就這麼失魂落魄地走了。

太夫人望著兒子的背影，知道靠他怕是等不到那一日了，便對章玉柳說：「玉柳，伍氏一事就拜託妳了，妳有空常去對面的老府串串門子，早些將伍氏母子給治了！另外，妳明日送信之事，只能妳知我知，還有菁兒和黎公公知，絕不允許被第五個人知曉。以後徐家就靠駿兒這一脈了，一定要在氣勢上打壓伍氏，不能讓那個賤奴生的兒子入了皇上的眼。」

章姨娘知此事關乎徐家的未來，她鄭重地點頭。當她出翠松院時，被王婆子給追上了。

章姨娘見王婆子追了上來，遂問：「嬤嬤有何事？」

王婆子面露焦急之色。「姨娘，太夫人每日必喝的幾味藥都斷了，不知……」

經王婆子這麼一提醒，章姨娘才想起太夫人每日要喝三頓藥之事，她隨口扯了個謊。

「我已吩咐人去採買了太夫人的藥，妳且先等著，應該很快就回來了。」

王婆子聽後放心了，便轉身進了屋。

章姨娘去了管事房，催人趕緊從府裡僅有的三千銀兩裡拿出五百兩銀子，先採買太夫人這一個月的對症之藥及補藥。

管事房裡幾個辦事的人問了一句要不要買夫人的藥，章姨娘慍道：「你們都瞎了狗眼嗎？夫人的病已經好了，還需喝哪門子的藥？你當夫人真的是藥罐子，頓頓把藥當飯吃？」

「那……那補藥呢？」一位耿直的小廝問道。

章姨娘立馬又擺出一張溫和的臉。「你如此關懷夫人，真是難得，府裡要的就是像你這般時刻為主子著想的奴才。只是……府裡銀兩如此緊張，實在沒有多餘的錢買補藥，要知道那些血燕、阿膠可得四百兩銀子一斤呢，真的吃不起，就暫且停了吧。」

章姨娘說完頭也不回地出了管事房，那小廝被其他幾個拉在一邊小聲嘀咕著，嘲笑他不會看人臉色，遲早會被章姨娘打發出府。

徐澤本是要回老國公府的，恰巧在路上碰到去管事房領銀霜炭的雪兒，便詢問了夫人的近況。聽雪兒說夫人身子忽然好了許多，還起了炕，他再想到兄長之事，覺得自己應該去錦繡院看望一下大嫂，大嫂乃兄長的元配夫人，這麼大的事他不應該瞞著大嫂的，何況兄長的喪事得提前預備著，這都得大嫂來操持才是。

他折身準備去錦繡院時，卻碰到了章姨娘。

「二弟！」章姨娘快步跟了上來。「你這是要去錦繡院嗎？」

徐澤閉口不言。

「二弟，這麼些年來，你都沒直呼我一聲嫂子，你忘了小時候我經常領你去府外玩了？

唉，真是枉了我當年那麼疼你，你心裡卻只惦記著夫人。夫人品貌端方，寬厚仁慈，我平日裡也是十分敬重的，可我好歹是你的親表姊，你應當與我更親近一些不是？」

徐澤頷首垂目，朝章姨娘作了個揖，喚了一聲表姊。

章姨娘知道徐澤的心思，叫她表姊而不叫她嫂子，不就是覺得她身為妾室擔不起「嫂子」這個稱呼？

她知道得罪這位小叔子兼表弟對她可沒好處，也就懶得跟他計較，仍擺著一副表姊疼愛表弟的模樣，柔聲道：「聽你這麼叫我，好似咱們一下子回到了小時候一般，你不知道你在孩童之時有多淘氣，每次出府玩都把我累得半死。對了，你去夫人那兒有何事？還有，你今日回得這麼早，是不是從兵部得知了你兄長的近況？」

徐澤一聽問起兄長之事，剛才一直抑在眼眶裡的淚水再也憋不住了，如急流般湧了出來。

在章姨娘的記憶裡，徐澤只流過兩次淚，一次是他小時候在外瘋玩找不到家了，再一次便是他的父親徐國公在剿餘賊時中了毒箭，一到家便毒發身亡。

是的，在她的記憶裡徐澤只哭過兩回，現在他哭的是第三回，還是一臉痛苦難抑的模樣。章姨娘還需再問嗎？她明白，徐澄怕是活不過這兩日了。

雖然徐澄平時待她淡如水，可她是真心深愛著他，何況徐澄待誰都是淡淡的，即便對嬌豔欲滴的紀雁秋和明媒正娶的夫人李念云都沒有特別之處。如此說來，徐澄也不算薄待了她。

儘管這兩個月來，大家都知道徐澄十之八九是回不來了，可真正得知徐澄將死之時，章姨娘仍然承受不住，再尋思到自己有兒有女，想另嫁男人也不可能了，便失聲痛哭起來。

忽然，她想到李念云，便哭著催徐澤。「你兄長之事不可瞞著夫人，你快去錦繡院。」

徐澤低著頭拖著沈重的步子往前去了。

章姨娘望著徐澤落寞淒涼的身影，暗自忖道——你大嫂聽到此噩耗若是不當場悲痛欲絕而猝亡，怎能對得起她對老爺那番情深意重？

徐澤來到錦繡院，坐在李妍面前，哽咽地將徐澄如今的處境說了。

昭信王勾結的東北拉蒙大營、西南鞠瑤大營、東南伢兀大營全都趕過來了，離焦陽城不足百里。以前昭信王與這些大營的將領也只是泛泛之交，只不過比一般人要稍稍親近些罷了，而皇上向來防備著大臣們與軍營大將領結黨，所以明面上昭信王與他們都保持著公事公辦的距離，不敢深交。當然，他們私下交情如何無人知曉，平時也無人彈劾。

沒想到這兩個月裡他們都受了昭信王的挑撥，各自帶著十幾萬大軍偷偷向焦陽城進發，直至昨日，這些大軍突然大張旗鼓，揮舞著昭信王的大旗。有的大軍雖然是朝焦陽城進發，指不定還會突轉矛頭向京城襲來。

李妍聽了，她知道自己應該痛哭流涕的，自己的夫君這兩日就要被叛軍活捉或砍頭，她這個當夫人的若是不哭也說不過去。

雖然大家知道徐澄遲早會死，捱不了多少時日，可是一旦知道就是這一、兩日的事，還是難以承受。

李妍確實哭了，她與徐澄沒有交情，更毫無感情，只好為自己哭。眼見著這個朝廷也保不住了，她這是要做亡國奴了？起初只以為是徐澄不能活命，現在看來，連朝廷都岌岌可危了，往後一日三餐還能保證嗎？能過上安逸的日子嗎？

府裡的這些人還在為家產和世子之位爭奪，若是二爺徐澤跟大家說了這些，他們該尋思的應該是跑路，而不是這些身外之物吧？

李妍哭得夠壯烈、夠悽慘，肝腸寸斷，昏天暗地。連她自己都被感動了，因為她哭得確實撼天地泣鬼神。老天爺啊，祢既然讓我來到古代，怎麼也不替我挑一個和平年代，讓我體驗一番富貴且安寧的日子呢？

徐澤顧不上自己傷心了，和崔嬤嬤一起安慰李妍。

李妍看似就要哭斷氣了，忽然，她止住大哭，一抽一噎地問道：「二弟啊，聽你這麼說，叛軍勾結的大軍或許就要打到京城來了，怎麼皇上還沒有動靜，也沒下任何調兵遣將的旨意？還有，那些大軍已經到了焦陽城不足百里之處且揮旗吶喊，朝廷才得知此消息嗎？難道不是他們一旦動身或是稍有舉動就有探子來報嗎？」

這也是徐澤百思不得其解的事。「大嫂，皇上他……」

他揮退了李妍身邊的嬤嬤和丫鬟，才小聲地說：「皇上不是沒有任何動靜，也下了一道旨意，就是讓兵部和壩下軍營拚命造大炮，另外調了琅下大營過來。可是就憑幾十枚大炮和八萬大軍，如何阻擋得了昭信王勾結的幾十萬大軍？論理，皇上肯定暗地裡安排了探子在那些大軍的營地裡，可誰知直至昨日才將消息傳來，也不知是探子辦事不力，還是皇上疏忽了。」

李妍簡直想吐槽，莫非這個皇上是昏君或是大大的庸才，否則不至於把事辦成這樣呀？或許他早就當厭了皇上，巴不得等叛軍來奪他的皇位，取他的頭顱？真是活得不耐煩了！

徐澤是極忠於皇上的，辯解道：「皇上向來是謹慎且深謀遠慮的，這次他或許是大意了。聽上朝的大臣們說，前幾日皇上還在朝堂之上安撫大臣們，勸慰他們不要憂心，像往常一般理朝政就行。還說昭信王那點軍力根本打不到京城來，失了小小的焦陽城不足為懼，昭信王遲早會內部起訌，自取滅亡的。」

李妍對這個皇上真是無話可說，失了小小的焦陽城不足為懼？他不知道焦陽城裡還有宰相徐澄和知府韋濟嗎？不知道有一萬兵卒和三萬老百姓嗎？他可以不顧及這些人的性命，難道也不知道打探昭信王的底細，以至於幾十萬大軍都來大門口了，然後坐等滅國？

她不信！皇上肯定另有陰謀！

徐澤之所以萬念俱灰，是因為兵部向來消息靈通，以前凡遇戰事，幾乎所有可靠消息都會比別的部門要先得知，皇上若真有所行動，他覺得自己應該會知曉的。只不過他忘了，他只是一個小小的司務而已，有些頭等機密大事，是不可能讓他知道的。

「大嫂，妳儘快備著大哥的事吧，妳乃正室夫人，此事就不要讓章姨娘操辦了。其餘之事我也不想插手，誰當家也不該是我這個叔弟過問的，但是辦……喪事……乃關乎我大哥的威望，我擔心章姨娘會……」他覺得他大哥之事不該由一個妾室來操辦，但又不好直說。

李妍領會他的心意，一邊哭一邊說：「二弟，你放心，府裡別的事我暫且不會接手，但老爺的事我無論如何都要親手操辦的。何況到時候皇上肯定會派人來協辦……不對，皇上怕是顧不得這些了，叛軍一來，估摸著整個京城的人都得往外逃命了，咱們徐府和國公府是否……」

其實李妍是想問徐澤，他們是不是也得趕緊逃命？雖然她堅信皇上另有計謀，可勝算如何誰也不敢保證的，她想活命啊！

徐澤懂李妍的意思，他目光堅毅，神情視死如歸。

「大嫂，有些事妳應當和我一樣十分清楚，曾祖父大人跟隨鄴始帝征戰了大半輩子，而父親大人又跟隨先帝圍剿反賊，打了十多年的仗，父親大人還因此送上性命。如今我和大哥為皇上效命，為鄴朝效命，怎能惦記自己的生死？我們兄弟二人不能辱沒祖先，誓死也要捍衛鄴朝，捍衛皇上！」

李妍被徐澤說得一愣一愣的，心裡十分著急，依徐澤這意思是要將生死度之身外，與鄴朝共存亡？難道她得自己想辦法，先逃命再說？

徐澤忽而又說：「待大哥入土為安，我會想辦法安排宰相府和國公府的女眷逃離，至於男眷，一律不得離府。」他說完後，背著手走了。

李妍驚魂甫定，還好還好，徐澤不愧為大男人，知道護著女眷和孩子們。

第三章

接下來整整一夜，李妍都在尋思著逃命時，女眷們該逃往何處。

徐家好像有幾家親戚在瀝州那一邊，家境也都還行。她是跟隨大家去投奔親戚，還是帶著一雙兒女去西北投奔她的娘家？

雖然她對這裡的父母很陌生，但他們畢竟是李念云的爹娘，對她和孩子們應該不會差，而且她爹李祥瑞是一品靖遠大將軍，怎麼說也不會苦著她和孩子們。

次日清晨，她剛用過早膳，就吩咐崔嬤嬤去將章姨娘叫來，她要和章姨娘商議如何操辦徐澄的喪事。只是章姨娘還沒找來，徐澤卻興沖沖地跑來了。

昨日他是拖著步子失魂落魄而來，而今日他則興奮得像個孩子，先是去了太夫人那兒一趟，再三步併作兩步跑向錦繡院。

「大嫂，大哥他……他沒有性命之憂了！那幾撥大軍突然攻入昭信王的大營，他們是來助大哥和知府大人的，是擁護鄴朝和皇上的，他們並不是叛軍！據說他們之所以舉著昭信王大旗，是為了迷惑昭信王，這一切早在皇上的掌控之下！皇上果然英明神武，是我們錯怪了！」

徐澤激動地說了一大串，李妍明白了，昭信王自以為馬上就要得到天下了，沒想到他終究敵不過皇上，他的那些盟軍早與皇上串通好，假裝與他合謀，其實大家早已謀劃好了要為皇上除害。

這位好皇叔死到臨頭了！

李妍忽然覺得，皇上或許早就知道昭信王有謀反之心，便派徐澄去焦陽城做誘餌。不都說徐澄是皇上最得力的臣子了，他離朝去了焦陽城，昭信王便捺不住性子想將徐澄抓住。何況焦陽城向來是兵家相爭之地，昭信王一時沒忍住，便落入了圈套，他太相信他的那些「盟軍」了。

而皇上和徐澄合謀了此策，然後將昭信王一網打盡。

當然，這全都是李妍的猜臆而已，可能她在前世看多了歷史劇，不免會往這方面想。

這時章姨娘被崔嬤嬤請來了，本是來商議老爺的喪事，沒想到竟然得知老爺不會死，焦陽城幾撥大軍正在圍攻昭信王，老爺指日就可凱旋而歸！

章姨娘驚喜得語無倫次，一遍又一遍地問徐澤。「真的？準確無誤？老爺真的要回來了？」

緊接著想到自己轉移府中財產之事，她忽然眼白一翻，嚇暈了過去。

她怕徐澄，怕他的精明，怕他的睿智。他乃皇上身邊最得力之人，是一人之下、萬人之上，她能不怕嗎？她自認可以逃過任何人的眼睛，卻一定逃不過徐澄的眼睛！

本以為徐澄必死無疑，她確實很傷痛，因為她心裡有他，他是她一雙兒女的親爹啊。現在得知徐澄不會死，就要回來了，她本該高興的，可是……她感覺該死的是自己了。

崔嬤嬤和綺兒趕忙上前扶住癱軟的章姨娘，李妍有些始料未及，章姨娘看上去頑強得如同「小強」一般有著旺盛的生命力，就算泰山壓頂她也不會驚嚇至此，怎的這般容易暈倒？

徐澤在旁束手無策，他只聽說有人嚇暈過去或極度悲痛而昏厥過去，章姨娘突然暈了過去是什麼情況？

李妍坐下來抿一口茶。「沒事，章姨娘這是高興得暈過去了，綺兒，快去把曾大夫找來。」

高興得暈過去？徐澤真是頭一回聽說。

死氣沈沈了兩個月的宰相府終於恢復了往日的熱鬧。

紀姨娘今早本是要進宮見玉嬪的，這下她忽然又說延後幾日再去，理由是老爺得以脫離險境，聽聞如此大喜事，她定要與全府之人共喜，而且還要恭候著老爺歸來。

而昨日下午回了娘家的宋姨娘不知從哪兒得知了這個喜訊，在今日上午就領著兩個兒子回來了。她的兩個兒子一進府便一陣歡跑，嘴裡不停地喊著「爹爹要回來了，爹爹要回來了」！

宋姨娘自己也是歡喜不已，只要徐澄還活著，他應該不會虧待他們母子。何況她爹催她辦的事，她還一樣都未辦成呢。

府裡的哥兒姊兒們全都出來踢雪球和打雪仗了，嘻笑聲一片。

小廝及丫頭們趕緊掃雪，清掃著院落，即便雙手及臉頰凍得通紅，他們也是興高采烈的。在他們眼裡，老爺如同青天，只要他能活著回來，一切煩憂之事都能解決，他們也無須再擔心因府裡缺銀兩而被趕出去。

太夫人聽聞喜訊，騰地一下坐了起來，立馬喝了一碗粥。直到這時，她才得知府裡出了許大夫和孫登之事，她大怒拍桌。「混帳東西！竟然敢在我的眼皮底下做這等骯髒之事，都活膩了？給我查！」

李妍感覺有些頭大，看來自己當不成寡婦了。她一個未婚的女人，跑到古代撿了一個當宰相的老公，她該喜還是憂？

她一想到這個男人有一妻三妾，無論如何也欣喜不起來。她是一個對感情極其認真的人，她的男人只能擁有她一人，無論身心。她知道，在古代，而且對方還是一個高高在上的宰相大人，這種可能性幾乎為零。

崔嬤嬤在旁歡喜得不知如何是好，只得拚命擦著徐澄平日裡愛坐的那把羅漢椅。

「咦？夫人，老爺福大命大死裡逃生，且即將要回來了，這可是天大的喜事，您咋還面露憂慮之色？」崔嬤嬤不解地瞧著李妍。

李妍展顏笑了笑，稍頓片刻，搪塞的理由便尋思出來了。「我是在擔心……老爺回來後會怪罪我沒有將府中之事打理好，以至於出了這些大亂子。」

崔嬤嬤卻一臉喜色，小聲道：「夫人大可不必為此事憂心，這可是在章姨娘手下出事的，老爺要怪罪也是該怪罪章姨娘，與您無關的。我還想瞧瞧老爺如何訓斥章姨娘呢，得好好滅一滅她近來高漲起來的囂張氣焰才好。」

「也是。」李妍微微笑道，心裡卻亂成一團。

章玉柳昏過去後，被抬回拂柳閣。醒來時，她仍然渾身打著寒顫，下人們還以為她冷，拚命往火盆裡加炭，再給她蓋上厚厚一層錦布褥子。

她心裡極度焦慮且害怕，她不停地問自己，怎麼辦？到底該怎麼辦啊！看來不僅是老爺不會死，連太夫人也死不了了，待老爺回來質問府中之事，她該如何回話？

想必不須她回話，以老爺的精明，不出幾日就能查個水落石出，那她就完蛋了！

想到袖子裡還有兩封信，她趕緊掏出來叫李慶家的藏好。這是太夫人給她的，是太夫人想著去皇上面前為駿兒周旋的，可不是她要如此，到時候把這個給徐澄看，把一切推到太夫人頭上去！

尋思至此，她心緒平穩了些，便趕緊起炕用早膳，然後帶著家丁們拉了兩馬車的古董器玩去典當，順便來到娘家。

此時的章總領也是急得團團轉，在書房裡背著手踱步，轉了一圈又一圈。一個小丫頭因把過燙的茶水端到他手裡，他便大動肝火砸了茶杯。那個小丫頭被拉下去左右開弓摑了四下，臉腫如盆，躲在一邊咬著唇，連哭泣都不敢。

章玉柳到了娘家，來不及和她娘見一面，更沒空閒和嫂嫂們寒暄，而是避著人，讓小廝們直接將她抬到正院裡，然後逕自來到她爹的書房。

「爹，您快救救女兒！」章玉柳一進書房便跪下了，淚眼汪汪。

章總領瞅了瞅外頭，趕緊將門關上，他也是心急如焚，說起話來就不免重了些。「玉柳，妳這可是自作孽啊！倘若妳當初心狠些，將李念云送到閻王爺那兒，哪裡需將家產運出府外，哪裡又會遇上現今這般境況？」

章玉柳見她爹都急得沒個主意，頓時嚇得哭開了。「爹，若是此事被人知曉了，咱們章家就再沒臉見人了，或許還要蹲大牢的！」

「妳現在倒是急了，爹早就說過，心慈手軟必釀大禍！唉，說這些為時已晚，妳還是趕緊起來和爹一起謀劃對策吧。」

章總領眉頭緊蹙，那雙冷眸滴溜溜轉著，他在絞盡腦汁尋思著兩全其美的主意。

章玉柳扶著椅子把手起了身，就著椅子坐下了，追悔莫及道：「都怪女兒一時心軟，以為老爺回不來了，李念云和太夫人遲早也會病死，沒想到……沒想到她們一個個都命長著呢。爹，許大夫和孫登現在身在何處，他們已經啟程去南方了嗎？」

章總領似乎得出了主意，頓時冷笑一聲。

章玉柳見他似乎胸有成竹了，便急問道：「爹爹得了妙計？」

她爹捋著鬍子道：「這個妳無須擔憂，一大早爹就已派人騎快馬去追許大夫和孫登了。

若是順利，估摸著他們倆今日就能成亡魂。妳聽爹的，等會兒趕緊回去，什麼都無須多想，只要高高興興地候著徐澄回府即可。爹會想辦法把案子結了，然後將金銀珠寶運回宰相府，就說是查到了許大夫和孫登藏贓物之處。」

章姨娘仍不放心。「若是讓他們倆逃了可如何是好？」

她爹後悔地嘆道：「那日許大夫和孫登得手後，咱們真該將他們倆就地解決了！若是沒追上讓他們逃了，他們倆倒成了禍害。」

章玉柳緊緊咬著唇，有些後怕。她是深刻領會到，以後凡事都不能心軟，斬草必定要除根，否則只會後患無窮。

章總領見女兒緊張，便道：「他們倆眼皮子淺，頭一回見這麼多錢，肯定還在路上晃悠地享受呢，應該不需太費力就能追上的。以他們倆那點能耐，如何也不會想到我們還會去抓他們。」

章玉柳頷首微微點頭，仍然心事重重的，想到一旦老爺回來，到時候一切如舊，她仍然做不了大，便發狠道：「要不……趁老爺回府之前，我先下手將李念云做掉！」

她雙眼泛著血絲，這次是真的狠下了心，儘管心裡還是有些害怕，但她怕被徐澄查出來，不得不下這個決心。

沒想到這次她爹卻搖了頭。「還是先把那些金銀珠寶運回府吧，待這件事辦穩妥了再尋思其他。若徐澄一回來便見自己的夫人死了，他定會親自徹查，很容易露出破綻的，只能待他下次出遠門再籌謀了，此事不必著急。」

章玉柳知道她爹是官場老手，什麼爾虞我詐沒見過，她在這方面肯定不如爹，便點頭同意了。「爹，我得趕緊回去了，您定要將那個案子做得天衣無縫，如此我方能安心啊！」

「妳放心好了，爹手裡辦過的案子成百上千，何時出過差錯？」章總領正說著話，聽到門外一陣異動。

章總領立馬應了一聲。「進來！」

一位黑衣束身的中年男人進來了，神色有些神秘。他見章玉柳在場，沒有吭聲。

章總領朝他示意道：「無妨，當著小姐的面不必避嫌。」

中年男人瞧上去很精幹，他朝章玉柳作了個揖，然後對章總領稟報道：「許大夫和孫登一路上吃吃喝喝，才走出百里地，我們已將他們倆滅口且深埋了，沒有留下任何痕跡。」

章總領和章玉柳聽聞後總算安心了，既然已經殺人滅口，想必再無禍患。

章玉柳這才出了她爹的書房，然後坐上轎，吩咐家丁們拉著典當來的銀兩回了府。

到了下午，章總領帶著一干人來到宰相府，拉來了九成的金銀珠寶，並見了太夫人，說許大夫和孫登二人是合謀，他們倆將金銀珠寶藏在洞裡，已被挖了出來。只是許大夫和孫登用馬車拉了一成的錢財先潛逃了，他們承天府已派人從水路和陸路追捕過去，只需兩、三日就能將他們抓回來。

太夫人是個精明之人，否則她也生不出徐澄這樣的兒子。她知道此事不會如此簡單，定有幕後主使者，她知道許大夫和孫登不會有這樣的膽量，要知道平時他們見到徐澄緊張得連說話都是結結巴巴的。

只不過她此時懷疑的是宋姨娘和紀姨娘，壓根兒沒想到自己的外甥女會做出這等有損門楣的骯髒事。

章總領是她的妹夫，太夫人以姊姊的口氣吩咐道：「你趕緊回去多排布些人查案吧，絕不能放過任何一個居心叵測之人，若有府中其他之人牽扯其中，定不輕饒！」

在旁的章玉柳聽得雙手微顫了一下，她爹卻不動聲色，微笑道：「太夫人放心，此案定能查個水落石出，不會放過任何一個作祟之人。如今宰相府的家產得以追回九成，是不是該為宰相大人回府之事籌辦慶賀家宴了？」

說到徐澄要回府，太夫人便眉開眼笑起來。「那是自然，玉柳，這事交給妳去籌辦，妳可得費些心思，好讓澄兒高興高興，他在這兩個月裡可是受盡了苦。」

章玉柳福了福身，領命下去了。

崔嬤嬤將章總領去見太夫人之事告訴了李妍。「聽馬興說，章姨娘上午去了一趟娘家，去時還滿臉焦慮之色，回來時便平穩許多。才到下午，章總領便帶人將咱們宰相府丟的九成家產給送過來了，這案子破得也忒神速了，還偏偏沒能抓到許大夫和孫登二人，這當真是蹊蹺！」

李妍知道崔嬤嬤的意思，只是她也不好篤定此事定是章姨娘幹的，便道：「老爺是個明白人，待他回來了，或許一切真相皆能大白。」

崔嬤嬤笑盈盈地應著，面上沒說什麼，心裡已經打算好找人去搜集章姨娘的證據了。

李妍當務之急是該尋思出一個輕鬆應對徐澄的良策，絕不能讓他看出她並非李念云，不能顯露一丁點破綻。他可是宰相大人啊，能逃得過他那雙慧眼嗎？

以她模糊的記憶，李念云確實是個賢妻良母，深諳相夫教子之術，還懂得權衡之道，如此才能與府裡的幾位姨娘及庶子女們相處和睦，幾年來都相安無事。

論起夫妻之情，李念云對徐澄這位夫君可謂又愛又敬，極為深情，不僅在心裡，也表現在日常生活中。她會替他寬衣解帶，會為他端茶倒水，毫不顧忌這些應當是下人們幹的活。閒時，她會坐下來與徐澄說說府裡的瑣碎之事，甜言蜜語倒是說不出口。

一般情境下，徐澄都是靜靜地聽著她說。徐澄對於她的感情，似深或淺，頗難琢磨，他是一個深藏不露之人，包括感情。

除此之外，他們之間好像沒有太深入的交流。

李妍怎能不著急，希望她的表現不要和李念云差太多才好，這當真不易啊。

次日，李妍起了個大早，其實她是一晚上壓根兒就沒睡好，乾脆早早起來坐著，此時她坐在妝檯前由綺兒為她梳妝。

綺兒端詳了一陣李妍那雙貓熊眼，尋思著該如何上妝。她面帶羞澀地笑道：「夫人，您昨夜在暖炕上翻騰了整整一宿，還不肯我們過來陪您，您肯定是因為老爺快要回府了，高興得睡不著覺。」

此話有點冤枉李妍了，倘若把「高興」二字換成「憂慮」則更為貼切。李妍順著綺兒的話，淺笑著假嗔道：「妳個小丫頭片子，小小年紀淨學會揣摩這個了。我許久未見老爺，自然高興，只是……這般好似不夠矜持，失了正室夫人該有的分寸，讓妳們見笑了。」

在旁的崔嬤嬤忙道：「夫人說到哪裡去了，老爺脫離艱險，您如此高興了一宿，恰恰顯示您對老爺一往情深。您以前過於謹慎，太拘於分寸了，這次待老爺回來，您可得與老爺多親近親近，說些暖心窩的話。」

李妍心裡犯難，她在前世是典型的直腸子，不會哄人，長這麼大也未說過幾句暖人心窩的話，最多在爸媽面前偶爾撒嬌，那還是小時候的事。如今要她溫柔體貼地對待一個陌生男人，恐怕還得謹遵三從四德，唉，看來她得學會「裝模作樣」了。

沒辦法，時運不濟，想在這裡混飯吃，哪能事事隨心所欲。她遞給了崔嬤嬤一個安慰的眼神。「嬤嬤放心，我會……」

她話還未說完，晴兒便慌張地跑了進來。「夫人！夫人！張春提前回府，說老爺已進京城了，這會子正在面聖，估摸著再過半個時辰就能回府了！」

崔嬤嬤立馬催著綺兒。「快！快給夫人梳妝，夫人得去門前迎接老爺才好！」

李妍見她們著急成那般模樣，不禁好笑。「不還有半個時辰嗎？慢慢來，不急的。」

崔嬤嬤一邊疾步走向衣櫥，一邊說道：「哪能不急，老爺許久未見您，您應當盛裝打扮，讓老爺瞧著您賞心悅目才好。」

李妍暗自思量，崔嬤嬤肯定比她懂得如何應對，也更懂得徐澄的喜好與脾氣，便沒阻攔，由著她們一通忙亂。

綺兒為她梳了個牡丹頭，插上一支白玉孔雀簪，面施薄粉，輕抹唇脂，淡淡的妝，看上去似有還無，卻比素顏要亮麗好幾分，只是黑眼圈還在。

其實綺兒原本打算用細粉為李妍遮住黑眼圈的，仔細一思量又覺得沒有這個必要，這是夫人對老爺的情意，又何必遮掩呢？

李妍心裡不得不暗嘆綺兒那雙靈巧的手，她若在現代做個化妝師，肯定是頂尖高手。

崔嬤嬤與晴兒差點把衣櫥裡的所有衣裳都翻出來，凡是好樣式的衣裳，她們都拿出來過一遍眼，雖然李念云平時算節儉的，但每季也都會做六身新樣式的衣裳。

她們倆將往年的都拿出來瞧了瞧，覺得舊了些，最終還是放進衣櫥裡，將今冬那六套拿出來比對。因李念云在炕上躺了兩個月，這些新衣裳還一次都沒穿過。

崔嬤嬤算是有眼光的，挑了件銀絲織錦薄棉襖，還有如意雲紋薄棉裙。她們服侍李妍穿上這些後，繞著圈瞧她一陣，然後都滿意地點頭。李妍暗道，莫非是天生底子好，穿啥都好看？

這時她們再為李妍披上孔雀暗紋羽緞斗篷，她的身段頓顯高䠷許多，氣場強大。李妍立於鏡前欣賞許久，不錯不錯，好一個端莊優雅的貴婦人。

當崔嬤嬤等人簇擁著李妍來到府門口時，李妍被眼前妖嬈多姿的女人們差點閃瞎眼。

章姨娘那一身湘妃色裙子且先不說，她的驚鵠髻梳得有些高，忒顯誇張，那支雙鳳銜珠金翅大步搖一晃一晃的十分招搖，再加上她披的那件織彩百花飛蝶斗篷，整個人顯得流光溢彩，確實奪目，就不知宰相大人瞧了會不會覺得眼睛疼。

反正李妍才掃了她那麼幾眼就一陣暈眩，她只好將眼睛移向宋如芷身上。

宋姨娘則低調些，一身翠色，再加上她梳著天鸞髻，配上一支翡翠長釵，倒不失小女人的柔媚，瞧上去挺清新的。

李妍再瞧了一眼紀姨娘，她當真是年輕有資本啊，大冬天的裡面只穿一件梅花紋紗袍，外披一件輕柔的白狐皮毛斗篷，仙氣十足，婀娜飄逸，這是當之無愧的「美麗凍人」啊。

李妍冷不防打了一個哆嗦，好吧，她天生怕冷，看見別人穿得少，她似乎也能感受到別人的冷。

她心裡不禁一笑，只不過是迎接徐澄而已，怎的個個隆重得像是等著皇上選妃一般，這個徐澄真值得這些女人費盡心思打扮和翹首等待？

她們三人見李妍來了，都半蹲著身子行禮，起身時目光皆從李妍身上掃了一遍，夫人就是夫人，她們三人無論打扮得如何美豔，可氣度就是比夫人差了那麼一截。其實她們心裡嫉妒夫人有綺兒和崔嬤嬤等人盡心伺候，因為這幾人都是有眼光且又手巧的難得之人。

李妍站在府前正中間，她們三人立於右側，孩子們立於左側，下人們則立在各自的主子身後，其他一百多名家丁和丫頭、婆子們整整齊齊地站立在路的兩旁。

除了太夫人和她身邊的王婆子沒出來迎接，其他人誰也不敢不出來，那些被打得百日都下不了炕的小廝們也都被人揹來了，此時他們不能站立，皆匍匐在地，以最恭敬的姿態迎著老爺。

太夫人本也要來的，只是外面過於寒冷，地也滑，慮及她老邁且久病的身子，王婆子將她給勸住了。她是徐澄的親生母親，確實沒有親自迎接的必要。

李妍見大家都瞧著路的東頭眺望，她也只好一直朝那頭望著，可是瞧久了脖子實在疼。

李妍伸手揉著疼疼的脖子時，見東頭有人騎馬而來，一共六騎。馬蹄聲噠噠噠交混著，越來越響，直擊耳膜。這是李妍第一次親見人騎快馬，不是在電視裡，而是真真切切地在她眼前。

「老爺回來了！老爺回來了！」大家激動地呼喊。

眼見那六騎已奔至府門前，只見他們持轠輕輕一抬，便勒住了馬。除了一人坐在馬上巍然不動，其他五人皆身手敏捷地跳下馬，朝李妍單膝跪下，齊齊拱手，恭敬地叫道：「夫人！」

李妍一時沒回過神來，怔了一下，趕緊彎腰扶起他們，和顏悅色地說道：「快起來，這些日子真是辛苦你們了。」

李妍終於切切實實地感受到當宰相夫人的滋味，竟然有點緊張。她鼓勵著自己，好歹是二十一世紀來的人，見過的世面也不少，眼前只不過是一個宰相及他的五位侍衛、隨從而已，不足為懼。

在這五位起身之時，府裡的所有下人皆雙膝跪地對著馬上的那位磕頭，齊呼：「老爺！」

就在此時，李妍見章姨娘她們三人也都雙膝跪地，她有些不知所措了，雖然地上剛鋪上了地毯，可她仍沒能跪下去，她哪能輕易跪人？何況她長這麼大，還沒跪過人呢。她是正室夫人，應當無須跪自己的夫君吧？她思及此，便深深蹲下身子，行了個福身禮而已。

馬上的人仍然一聲不吭，在李妍起身抬頭時，只見林管事爬起身，飛快地搬來已備好的下馬凳，放在馬下，等待著馬上之人踩凳下來。

只是馬上之人神色凜然，當即一躍而下，極其靈便敏捷，哪裡需要下馬凳？李妍自認與「花癡」二字不沾邊，可此時瞧著眼前之人，她竟然有些癡呆。

徐澄穿著一件黑色貂皮大氅，配上魁梧的身材，更顯威武高貴。李妍見他這身打扮，完全不像從戰場上回來的，倒像是一位悠閒王爺。可一瞅他的面相，又頓覺不像什麼悠閒王爺，而像威風凜凜的大將軍。

他瞧上去果然只有三十歲，李妍覺得大家對著這麼一位意氣風發的三十歲男人喊老爺，真把他叫老了，他這模樣完全不像已有十歲兒子的爹。

他眉宇清朗，五官深邃，眼眸黑亮，只是他那雙眼睛略顯狡黠，在一眨一閃之間似乎便洞悉了世間一切，那冷冷的神情令李妍的腦海裡不知不覺浮現出二字——腹黑！

李妍在想，此人相貌堂堂，可也足夠冷傲，她哪能駕馭得了這麼一位高傲腹黑且年輕有為的宰相啊！恐怕她先被這個男人玩死！

徐澄的目光落在李妍身上，李妍不好意思和他四目相對，便微微頷首。她眼眸朝下，自然也不知對方是以何神情瞧她。當她微抬眼眉來瞧徐澄時，他已掃向三位姨娘，他確實只是掃了她們一眼，隨即收回視線。

「都起來吧。」他極為清冷地說了一句，便大步走向府門。

他的侍衛也準備尾隨，徐澄只是用手一揮，他們便頓住了，乖乖地朝西北偏院而去。徐澄這意思是叫他們去歇息著，這些日子以來，大家太勞頓了。

而她們這四位妻妾，一個端莊婉約，一個妖嬈豔麗，一個清秀柔媚，一個仙氣婀娜，個個美不勝收。若是一般男子，定會愉悅地瞧許久都不捨得收眼，可是他卻這麼快速掃一眼，沒有在任何人身上停留片刻，莫非是他平時見多了，這些女人絲毫引不起他的興趣？

李妍自嘆不如他，因為她作為一名女人，都忍不住朝這三位姨娘掃視好幾眼。

當然，此時她可沒空閒關注三位姨娘，而是緊隨其後，跟著徐澄進府門。

徐澄的步子太大，步伐又快，李妍哪裡跟得上，章姨娘三人自然也跟不上，都一陣疾步往前趕。

就在此時，李妍忽然止住步子，腿腳有些邁不動了，因為她見徐澄好像逕自去她的錦繡院！

李妍頓足不前，章姨娘她們也都跟了上來，立在李妍身側。

李妍側臉瞧了一眼，見她們三人皆一臉驚愕，只是驚愕之餘還有無法掩飾的嫉妒，其中章姨娘尤甚。

她們以為老爺剛回來，第一個要去的地方肯定是太夫人的翠松院，然後落腳於他自己的至輝堂，因為他每次回府的頭幾日，都去至輝堂歇息的，多少年來皆無例外。

可是今日他去的方向竟是錦繡院。論常理，他應當先去見太夫人才對，否則有不孝之嫌，何況這些年來，他從未像今日這般反常過。

章姨娘、宋姨娘、紀姨娘心裡如此揣摩，嘴上也不敢說什麼，見李妍止住了腳步瞧著她們，以為她是在阻止她們幾人跟著去，她們便不好再向前走了。

綺兒、晴兒早就一陣小跑著先去了錦繡院，老爺都快要到了，可得有人伺候老爺才行，只留崔嬤嬤跟隨在李妍身邊。

這時崔嬤嬤開口了。「夫人，老爺已經快到錦繡院了，咱們趕緊去伺候著吧，姨娘們，要不……妳們且先回……」她的話意很明確，意思是妳們趕緊回自己的閣院去吧，別杵在這裡了。

或許是崔嬤嬤話語裡本就透有一絲得意，也或許是她們三人多心，覺得崔嬤嬤話裡帶了些許囂張，她們聽了臉色如調色盤，千變萬化，豐富得很。

章姨娘先是一惱，隨即端著姿態微微笑著。宋姨娘兩眼水汪汪，委屈地瞧了一眼李妍，然後靜立在旁，輕咬著唇。紀姨娘則緊繃著臉，冷冷地掃了崔嬤嬤一眼。

她們心裡皆暗忖，老爺沒有先去翠松院而去了錦繡院，太夫人知道了能對夫人有好臉色？有什麼好得意的！

章姨娘一直保持著笑顏，朝李妍微微福身。「夫人，妾身去安排晚上的家宴，確實沒有空閒在這裡耽擱了，妾身先退了。」

「嗯，快去吧。」李妍端莊且和氣地應道。

章姨娘說完便轉身帶著貼身丫鬟和婆子走了，邊走邊尋思著，得了機會定要在太夫人面前攛掇這件事，最好在家宴上出出李念云的醜！心思已定，她冷笑一聲，大搖大擺地去了祥賀樓。

無論是辦家宴、生辰宴，或是宴請重要的客人，都是在祥賀樓擺宴的。府裡好久沒在祥賀樓擺宴過了，以前擺宴也都是李念云操持，這次是她章姨娘來打理，她頗覺榮耀。而且此次還可以乘機向老爺表現一番，她做事可不比李念云差的。

宋姨娘和紀姨娘也都悻悻地走了，打扮許久，結果徐澄只是掃她們一眼，她們心裡悶得很。不過她們毫不氣餒，不是還有晚宴嗎？到時候盡情向老爺示好，對老爺殷勤一些就是了。

李妍見她們都走了，吁了一口氣，便帶著崔嬤嬤等人快步來到錦繡院。來到正室門口時，李妍的心臟忽然咚咚直跳，自己這是怎麼了？只不過是一個男人而已，有啥好緊張的？她穩了穩心緒，跨了進去。

徐澄站立於衣櫥前，張開雙臂，等人來為他脫下黑色貂皮大氅，再換上常服。他個頭約一百八十公分，身姿挺拔，綺兒站在他旁邊如同瘦弱的小孩。

綺兒心急如焚，以前大多是夫人親自為老爺更衣的，這會子她站在邊上頗為尷尬，不知該不該動手。倘若動手了，她擔心老爺會嫌棄她，也擔心夫人嫌她多事，畢竟老爺剛回府，怎麼也該由夫人來表表心意才是。

可是夫人跨進門後，咋沒啥動靜呢？

崔嬤嬤眼疾手快，輕碰了一下李妍的手肘，李妍便領悟崔嬤嬤的意思，這會子她應當上前親力親為才是。

李妍是知道李念云往日習慣的，只是一時沒反應過來。

李妍踩著穩穩的步子，大大方方地來到徐澄面前。她抬眉瞧了一眼徐澄，徐澄也正瞧著她，兩人四目相對，李妍立即垂下眼簾，抬手輕柔地為他脫下大氅。

徐澄的目光一直在她臉上及身上游移，片刻之後，說道：「妳消瘦了許多，定是憂慮太甚了。」

此時他的聲音少了些清冷，多了一絲暖意。

李妍不知如何作答，只是給了他一個靦覥的笑容。可是一迎上他的目光，李妍便忍不住垂目。其實她本不想這樣的，夫妻之間四目相對乃家常便飯之事，可她不知為何，沒能控制住。

或許是因為徐澄的目光太凜冽、太深邃，她生怕被他瞧出端倪。

忽而她又想，徐澄再聰明睿智，應當也不會知曉她為穿越之身，即便他瞧出她與以前有些不同，或許也只認為她是性子稍有改變而已，應該不會往妖孽附身那一方面去想吧？

這麼一尋思，李妍稍稍放鬆了些，再次抬頭與徐澄來了一次眼神交會。她微笑著，心臟卻怦怦直跳，不僅心跳加速，她感覺臉頰也灼熱了起來，大概是臉紅了。

本想極力掩飾自己的緊張，這張紅臉怕是要出賣她了。

迎上徐澄那雙犀利深邃的眼睛，李妍終是敗了下來，這個男人氣場太強，眼神太有侵略性，她還是立馬低下了頭。

徐澄似笑非笑，眼裡還有一絲詫異，覺得眼前的夫人和以往不大一樣。他們已經是十年有餘的夫妻，他對夫人的言行舉止再熟悉不過了，可夫人今日似乎少了往日的體貼入微，卻多了一分不安與嬌羞，莫非是小別勝新婚？

可是以前他也時常幾個月在外忙碌不回府，卻並未見過她這般，這倒讓他感到有趣。

這時李妍已找出一件家常服為徐澄穿上了，幸好這件較簡易，不像她自己身上的衣裳那麼繁複，否則真是剛見面就露大破綻了。只是頭一回為人寬衣，她的動作終究不利索，在為徐澄繫腰帶時，她手一滑，竟將腰帶掉落在地。

她迅速彎腰將腰帶拾了起來，對著徐澄尷尬一笑，再低頭為他仔細繫上。徐澄回了她一個清淺的笑，心裡琢磨著夫人這是怎麼了，面對他竟然還會緊張？

徐澄來到他以前最愛坐的那把羅漢椅前坐下了，綺兒為他沏上茶。

他淺啜了一口，半認真半玩笑的口吻說道：「夫人昨夜裡沒睡好？」

李妍知道徐澄肯定是看見她的黑眼圈，她噎住了，不知如何作答。

崔嬤嬤見夫人今日有些不對勁，比往日在老爺面前要羞澀許多，莫非兩個月未見，兩人便生疏了？

崔嬤嬤心裡著急，便接話道：「老爺，自從您被圍困焦陽城，夫人就病倒了。她吃不下、睡不好，硬是在炕上躺了兩個月，病得奄奄一息，府裡的人都以為夫人再也……再也……」崔嬤嬤哽咽了幾聲，此話還是沒能說出來。

隨即，她又歡喜起來。「就在前日，夫人忽然好了起來，或許是夫人感知到老爺已脫離險境了，她的病魔也被您的威風給嚇跑了！得知老爺即將回府，夫人可是高興得整整一宿沒睡哩！」

徐澄聽了嘴角微微上揚，隱隱漾起一絲淺笑，淺到難以捕捉，稍縱即逝。他自然不信夫人能感知到他的安危，只不過崔嬤嬤說這些，他聽了還算舒坦，至少不反感。

他一改平時凜冽的目光，柔和地瞧了李妍一眼，算是對她整整一宿沒睡作個回應。

崔嬤嬤見他倆眼神交會，她心裡一高興，話匣子又打開了。「不僅夫人消瘦了許多，我瞧著老爺也瘦了不少，等會兒我就去膳堂囑咐一聲，這些日子可得為老爺與夫人備著豐盛的飲食，好補補身子。」

徐澄擺手道：「不必了，按往日的來即可。」

崔嬤嬤正欲應聲，徐澄忽然感慨道：「夫人身形與面龐消瘦了些，倒顯精神了，也更加華妍秀美了，不是嗎？」

李妍心下一緊，臉色頓時緋紅起來。都說環肥燕瘦，各有所愛，看來徐澄不太喜歡過於豐腴的女人，他的一妻三妾，起初算李念云圓潤一些，現在她瘦了下來，算得上是穠纖合度了。

如今便數宋姨娘較豐腴一些，但總體說起來，她們四人還真沒有哪一個特別苗條纖細的，畢竟平時瓊漿玉食的，就連還未生過孩子的紀雁秋，也遠沒有達到輕如飛燕的地步。

崔嬤嬤聽徐澄如是說，眉開眼笑，樂得合不攏嘴。「老爺說的可不是嗎？夫人當真是越來越好看了，這可是託老爺的福，老爺一回來，夫人便容光照人了。」

徐澄可沒空和崔嬤嬤在這兒閒嗑，他站起來拉了一下他那身紫色常服的衣襬，朝李妍說道：「衣裳已換妥，妳同我一道去見太夫人，如何？」

李妍這才恍悟過來，徐澄沒有直接去見太夫人而來到錦繡院，是為了換合適的衣裳啊。想來也是，他剛才穿一身黑，見長輩似乎不妥，看來他是個心思縝密之人，辦事也極妥貼。

只是，他若去他的至輝堂，應該會有更多衣裳可換，他能來錦繡院，應該還是看在髮妻的分上。這個李妍心裡也是有數的，正室就是正室，只要沒有大過錯，男人一般是不會寵妾滅妻的。

她抬頭對著徐澄舒眉一笑，點頭道：「好。」

雖然這只是她輕輕一笑，卻顯得十分明媚，眉眼舒展，透著絲絲閃亮的眸光，徐澄瞧著不禁心頭一動。

以前他總覺得夫人過於拘謹了，甚至有些死氣沈沈，如今她笑得明媚，且帶有幾分活潑，使她看上去不僅比以前年輕了，還頗顯靈氣，徐澄心情也跟著好了許多。

李妍並沒有與徐澄齊頭並進往前走，而是跟在他的右後方。在古代可不能像現代夫妻那般挽著手悠閒地走，而是時刻得拘著禮，確實累得很，但也只能受著。

才與徐澄相見這麼一會兒，李妍心裡就有諸多感受。雖然她知道古代夫妻之間毫無平等可言，可是像這般處著好似徐澄是個CEO，而她只是他的生活助理，負責打理日常所需，再耐心傾聽即可。

當然，偶爾還能接收到他時而曖昧、時而清冷、時而溫暖的眼神。比如現在，他心情似乎不錯，看她的眼神也柔和許多。之前他緊繃的神情讓李妍覺得壓抑，但他現在神清氣爽，眉頭舒展，她便放鬆了。

其實兩人本來就是夫妻，她表現得放鬆自如一些就對了。

徐澄的心思她無法捉摸，而徐澄也並未問她一句關於府中的事，他應該還不知道府裡現由章姨娘來打理吧？宰相府最近是否太平，他應當問一句才對呀。

他們一路向東，不多久便來到翠松院大門前。這一路上徐澄都沒有說話，更沒有回頭瞧李妍，倒是為了讓她跟得上自己，他沒再像剛進府時那般昂首闊步了，而是放緩步子，與李妍保持一樣的節拍。

王婆子遠遠就望見他們夫妻倆朝這邊走來，趕緊跑進去稟告了。

太夫人本是一臉歡喜地等著她的長子前來問候，可是聽說徐澄去了錦繡院，且攜李妍一起來見她，她那張老臉有些繃不住了。

王婆子怕太夫人與老爺等會兒會言語不合，因為這種事以前也發生過，她小心翼翼地說道：「老爺得以歸來，乃洪福之至，指不定還是國公爺在九泉之下庇佑所致呢，咱們宰相府的牌匾總算保全下來了。老爺才換了衣裳便來見您，您應當萬分高興不是？」

太夫人聽了此話，那張緊繃的臉又舒展開來，兒子安全無虞回府，她這個當母親的確實不該一見面就給兒子擺臉色。

須臾，徐澄與李妍前後腳進來了。徐澄一進來便來到太夫人榻前，雙膝一屈，跪在蒲團上，朝母親磕了一個響頭，抬頭之時面露愧色。

「母親，兒子回來了。」

太夫人忙起身扶他，她身子本來也是歪歪倒倒的，沒想到這時她扶兒子卻毫不含糊，十分穩當。

她雙手緊握著徐澄的手，還睜著老花眼將兒子打量個遍，還好還好，除了消瘦些，四肢都還健在，身上也沒負傷，她老淚縱橫。「澄兒啊，你若再不回來，你老娘就要去陰間見閻羅王了。你父親為剿反賊征戰了十多年，最後還是中了毒箭斷送性命，娘害怕你走上你爹的老路啊！」

徐澄一想到他爹，他心中愧疚更甚，再朝太夫人拜了一拜。

「兒子不孝，讓母親跟著擔驚受怕了。爹是大將軍，每回上戰場都衝鋒在前，時常陷於險境。兒子乃文官，雖被圍困在焦陽城，即便賊軍搭雲梯爬上城牆，也無須兒子親臨上陣，母親過於憂慮了。」

「當真？不是有傳言說焦陽城斷糧，兵卒們無食果腹也無衣禦寒？」太夫人說話時終於肯鬆開那雙緊握兒子的手了，由徐澄攙扶著她坐下。

徐澄不好向太夫人道明那些傳言是他在焦陽城故意放出來的，為了打勝仗，他必須以身涉險，遠赴焦陽城，即使知道家人會為他擔心，也不能洩漏絲毫。如今凱旋而歸，他覺得也沒必要道細情，畢竟此事皇上並未打算公布於天下。

徐澄輕描淡寫地說：「焦陽城早些年囤積了不少糧食，雖然挨了餓，但也沒到餓死人的地步，只不過受些凍，那些傳言都是聳人聽聞罷了。」

太夫人見兒子說得輕鬆，便沒再細問，有些事她心知肚明，也無須再問。她瞅了瞅一直在旁的李妍，朝她招了招手。「念云啊，妳靠近些，我有話跟妳說。」

李妍微怔，咦？太夫人認得她了？不再把她當成章玉柳了？

第四章

李妍走上前向太夫人行了個禮，恭恭敬敬地請安。「太夫人萬福。」

太夫人瞇了瞇眼睛，細瞧了李妍一番。李妍在想，她那雙老花眼能瞧得清楚嗎？

太夫人慢悠悠地開口了。「妳身子真的痊癒了？」

李妍暗想，若自己沒有穿越而來，太夫人和章姨娘等人此時不知有多歡喜，因為李念云在她們的期待下終於病亡。

現在她們見李念云活得好好的，心裡肯定堵得慌。李妍想為李念云出口氣，就是讓她們堵堵心，她笑靨如花道：「兒媳確實痊癒了，身子爽利，胃口也好，早上喝了兩小碗粥，還吃了一塊春餅呢，不知太夫人今日身子可好？」

太夫人心裡一梗，頓了頓，癟著嘴道：「老身哪怕一條腿伸進了棺材裡，聽聞澄兒回來了，我也得從棺材裡爬出來！」

果然，太夫人心裡憋氣了。她應該說，哪怕兩條腿都已經伸進了棺材裡，見李妍大清早的能吃得下那麼多，她也要從棺材裡爬出來！

李妍笑而不語，偷瞧了徐澄一眼。徐澄坐在那兒喝著茶，神情自若，似乎根本沒仔細聽這對婆媳在說什麼。

這時王婆子給李妍搬來一把椅子，她猶豫了一下，不知該把椅子放在徐澄的右側，還是放在太夫人跟前。

最後她還是把椅子放在太夫人的跟前，李妍過來大大方方地坐下了。

李妍正眼瞧著太夫人，太夫人不是有話要跟她說嗎？應該不只是問她身子是否痊癒之事，也不知這個老太婆在琢磨什麼。

太夫人臉色柔和下來，苦口婆心地說：「念云啊，這兩個月來妳一直病著，都說病來如山倒，病去如抽絲，妳瞧著是大好了，但還得細細將養才穩妥。近來玉柳操持府中之事，大小事宜她都打理得十分順當，她是個心細之人，身子也好，幾年來都沒喝過幾次湯藥，府裡有她操勞，妳就放心好好歇息。這些日子我聽說驍兒一直不肯讀書，連筆墨都未沾過了，妳若有空閒，應該盡心管教他，可不許放縱他，否則別人會笑話，說宰相的兒子怎能生得這般沒出息？」

李妍一驚，好一個老太婆，李念云的爹好歹是一品靖遠將軍，雖守在西北大營，但也受皇上器重吧？太夫人乃葉氏名門出身，論理從小教養得好，行事應該通情達理才是，怎可以當著兒子的面欺負兒媳婦？

太夫人這是寥寥幾句話，就要將李妍這位當家主母的權力架空了，只留給李妍正室的空名頭，而且這個空名頭也不知能維持多久。她既不讓李妍再管府中之事，還連帶貶損自己的嫡孫沒出息，有這樣狠心的祖母嗎？

李妍正要張口說話，太夫人手一抬，止住了李妍，意思是她話還未說完呢，妳這個晚輩別插話。

李妍沒有違逆她，閉上了嘴，只是暗地裡吐槽一句——古代的婆婆果真有倚老賣老的資格，因為這裡的孝道比天還大，只要是婆婆，無論對錯，當兒媳的都不能頂嘴。以前她不能明白「多年媳婦熬成婆」有什麼深意，現在她是深有體會了。

太夫人接著道：「我病了兩個月，玉柳孝心可嘉，她打理府中之事忙得不可開交，還每日都來服侍我喝湯藥，真是難為她了。」

李妍知道太夫人是故意說給徐澄聽的，只要徐澄是個聰明的，應該聽不進他娘這番話的。李念云因他而病倒，而章玉柳卻忙得不亦樂乎，徐澄能不知道誰對他更情深意重？

徐澄聽他娘嘮叨這些本有些煩悶，只是硬撐著聽罷了，聽說近兩個月是章玉柳打理府中事宜，他忽而不大放心地問李妍。「這兩個月來府裡沒出什麼亂子吧？」

李妍覺得機會來了，或許是徐澄故意給她一個辯白機會，老太婆不是不讓她說話嗎？這可是徐澄主動問她話的。

李妍眉眼彎彎，微微帶笑，目光和煦，如一道暖陽照進徐澄的眼裡。「老爺，這兩個月府裡一切平安，玉柳妹妹辦事妥貼，事事都安排得有條不紊。大前夜許大夫將藥堂的名貴藥材捲帶逃了，而孫登更加膽大妄為，竟將金銀庫和珠寶庫洗劫一空，這些狗奴才以為老爺回不來了，就趁火打劫。萬幸的是，章總領破案如神，就在昨日下午已將九成家財全追回來了。若不是倚靠著玉柳妹妹的娘家，這件案子還不知何時能破，咱們宰相府怕是連一頓像樣的家宴都辦不起了。」

徐澄聽得臉都青了，他就知道府裡有不安生的主兒！有那麼些人，以為他再也回不來了，便能翻起大浪來。

太夫人聽後忙往章玉柳臉上貼金。「可不是，若不是玉柳心思敏銳從那些奴才們嘴裡盤問出蛛絲馬跡，還有我那妹夫連夜辦案追回家產，咱們偌大的宰相府怕是真的支撐不了多久。玉柳也將失職奴才們嚴懲了，現在只待將那兩個賊子抓回來定罪。也幸好此事是出在玉柳手裡，她處事冷靜，立馬將一些古董器玩拿去典當換錢來安撫大家，也不至於有些人怕沒錢而慌神，奴才們也不敢到處瞎嚷嚷，要是念云妳……怕是要急出一身病來。」

李妍睜大眼睛，這個老太婆是暗指李念云辦事沒能力嗎？李念云真是白白孝順她那麼多年！

李妍看向徐澄，希望徐澄為她說句公道話。

徐澄沈著臉，似在尋思什麼，並沒有理李妍，他壓根兒不知道李妍在向他求助。

他忽然朝邊上的綺兒招了招手。「妳去找章姨娘，傳我的話，叫她現在就去把典當的那些古董器玩再贖回來！宰相府竟然淪落到典當，成何體統！」

綺兒為難，小聲道：「老爺，章姨娘正在忙著家宴事宜。」

徐澄面色凜然，語氣不置可否。「連午膳都還沒吃，晚宴急什麼？此事不得拖延，叫她立即就去！」

綺兒見老爺生氣了，拔腿就跑了出去。

太夫人略微不悅。「澄兒啊，你乃堂堂一朝宰相，何必為如此小事動怒。哪個府裡沒有些賊子？他們都巴不得主子們有難，好混水摸魚，只怪咱們平時不是明眼人，沒瞧出誰好誰歹來。玉柳典當古董器玩也不是什麼丟臉之事，章總領派那麼些人去查案，此事本就瞞不住，外人知曉了又能如何，最終家產不都追回來了嗎？」

徐澄不好駁他娘的臉面，只好心平氣和地應道：「母親，那些古董器玩大多是皇上賞下來的，還有些是故友親朋贈送的，拿去典當有損咱府的臉面，早些贖回來也不至於落入他人之手。」

徐澄如此解釋，太夫人也無話可說了，便轉移話題。「你這一回來，府裡個個歡天喜地的，晚上可得齊聚好熱鬧一番。還有，孩兒們也好與你親近親近，他們可都想你了，昨兒個駿兒提及你還哭著說思念父親不能寐。不過他近來也不敢耽誤功課，一直謹記著你的話，說能逆流而上方為大丈夫，可有著一身錚錚男兒之骨呢，樣樣都得季先生讚賞，說他將來定是有出息的。他為人和善，待人接物從不失分寸，府裡的哥兒姊兒們以及奴才們沒有不喜歡他的。我瞧著啊，駿兒是越來越像你了。」

徐澄先是瞧了李妍一眼，見她並未失態，也沒有不悅之色，才向太夫人微笑著點頭道：「兒子本就應該像爹嘛，不像才奇怪呢。」

李妍發現，徐澄笑起來頗陽光，可是剛才沈臉時，卻一臉腹黑相。徐澄對李念云到底是什麼樣的感情？從明面上看，他至少不討厭她。

太夫人也笑了，兩眼瞇成縫，她覺得徐澄向來也是器重駿兒的，她心情愉悅了起來，這會子她忽然想起要心疼兒子了，便道：「你這一路上肯定勞累了，趕緊回你的至輝堂吃點東西然後好好歇息吧，我已讓膳堂預備著你的飯菜，這會子應該快端過去了。夢兒，妳去府門前囑咐看守的小子們，無論何人要來拜見老爺，一律推辭，老爺今日沒空見。」

夢兒是太夫人身邊的小丫頭，不諳世事，立馬回話道：「若是二爺或寶親王妃來……該如何是好？」

太夫人嗔道：「妳個愚鈍丫頭，他們要來肯定會先來見我，我能讓他們去擾了老爺？」

夢兒不敢再多嘴，紅著臉出去了。

太夫人特意強調讓徐澄回他自己的至輝堂歇息，李妍知道，太夫人是怕徐澄與她走得太親近，真是個狡猾奸詐的老太婆！幸好李妍也怕單獨與徐澄相處，正好可以躲一躲。

李妍尾隨著徐澄，一起退出了翠松院。李妍朝錦繡院走去，而徐澄要回至輝堂。

兩人相隨走了幾步，便是路的岔口了。李妍瞧著徐澄的背影，以為他要頭也不回地走了，也沒當回事，正要朝另一頭走去，沒想到徐澄突然回頭。

只見他朝李妍走了過來，然後駐足，在她背後輕喚了一聲。「夫人。」

李妍聽到這低沈渾厚的聲音，懵然回頭。「嗯？」

徐澄再往前走了兩步，與她面對面站著，足足高了她一個頭。因為他靠得太近，李妍有些侷促，不自覺地往後退了一步，垂下濃墨雙目。

徐澄忽然伸手握住她的手腕，李妍嚇了一跳，有些驚愕地望著他，不知道他到底想幹麼。

他的手大而有力，幸好還算憐香惜玉，並未用力。

正當李妍不知所措時，感覺他的手指輕觸自己的脈搏。李妍恍悟，他是在為她把脈，他懂醫術？

徐澄一邊為她號脈，一邊細瞧她的氣色，儼然十分專業的模樣，只是他的目光一直定格在她的臉上。李妍在想，既然自己是他的夫人，不能老躲著他，便抬眉迎了上去。

他那深邃的眸光，凌厲中帶著深不可測，閃爍之時偶有一絲柔和。

當然，他顯露出的更多是詫異。他雙眉微挑，有些納悶地問道：「夫人最近吃了什麼之前未曾吃過的東西嗎？」

李妍搖頭，心裡有些緊張，徐澄為她把一次脈就發現了異樣？她現在是李念云的樣貌，也知道許多李念云的事，連崔嬤嬤和綺兒、晴兒都沒有半點懷疑。

這個徐澄到底為何詫異？

李妍沈靜了下來，端莊大方地正視著他，問道：「我的脈象怎麼了？」

「妳病了兩個月，脈象本該十分虛弱，沒想到卻如此穩健。」徐澄鬆開她的手。

緊接著他眸光一轉，笑問：「莫非真的因我脫險而歸，妳過於興奮所致？可我也沒瞧出妳有多歡喜啊。」

徐澄在她臉上尋找她歡喜的痕跡。

李妍立馬擺出一張真誠的笑臉，一字一字地說：「我真的很歡喜，真的。你我夫妻多年，難道還不懂我的心？」說話時她柔情似水地瞧著徐澄。

李妍暗道——媽呀，我這算表白嗎？演技過得了關嗎？只是她感覺自己就快要笑場了。

徐澄面對她的深情凝望與表白，有些始料未及，微微發怔，身子也有些僵硬，但他還是很高興的。他微微笑著，嘴角微翹，有著一道極好看的弧線。

李妍暗道，這個男人笑起來還真攝人心魄。

忽然，徐澄伸手撫摸著她的臉頰，凝望著她。「我當然懂夫人的心，妳一直待我如初，只不過平時妳並不喜歡將這些表達出來，是不是這回思念我過甚？」

他的手掌是那麼炙熱，聲音是那麼沈厚，眸光是那般直射她的眼睛。李妍感覺臉上火辣辣的，一時不知該怎麼面對，便糊裡糊塗地點頭了，等於承認她十分思念他，思念到性子都轉變了，徐澄是這麼認為的，雖然李妍是無奈之舉，完全慌了神才點頭的。

他在她的臉頰上輕輕捏了捏，李妍羞赧難當。徐澄見她臉紅得發燙，不禁一笑，然後收回手，問道：「驍兒近來確實不讀書？」

他這話題轉得忒快了點！

李妍被他沒來由的一句話，問得有些懵了，她稍作思慮，回道：「驍兒不是不想讀，而是讀不進去，他整日嚷著要去焦陽城救老爺，心繫老爺，哪有心思讀書？我病倒了沒能管得住他，而季先生的話他雖聽得進去卻做不到。若不是大家攔著他，他怕是早就奔去焦陽城了，昨日得知你脫離險境，他終於沾了筆墨，當晚作了一首詩，說要等你回來唸給你聽呢。」

「哦？晚宴時叫他帶過來給我瞧瞧，我倒想看看他的字退步多少，作的詩能否讀得通。」他的話意明面上像是對驍兒的字與詩皆不抱任何期待，可是語氣卻多有關懷之意，父子之情難以掩飾，他也無須掩飾。

李妍回以一笑。「嗯，待會兒我吩咐下人去告訴他一聲，他肯定等不及要見你了。」

徐澄微微點頭，然後轉身，這次他是真的頭也不回地走了。

李妍望著他的背影，隱約覺得他並沒有太夫人那麼偏心，對待兒子們應該是一視同仁的，而且……他剛才那般柔情地摸她的臉頰，倘若他真的愛一個女人，應該會很用心的。

就這般片刻之間的接觸，她感覺徐澄對她還不錯，而她對徐澄似乎也心生了些許好感……

綺兒來到祥賀樓找章姨娘，向她稟告老爺的話。

章姨娘聽了眉頭稍動，待綺兒走後她才捂住胸口慢慢平靜下來，她確實有些慌張。綺兒雖然只是將徐澄的話傳給她，而她多少能感覺到徐澄的怒氣。

她典當這些東西可都是經過太夫人和夫人同意的，徐澄生氣莫非是對她打理府中之事不滿，還是所為其他？

她對徐澄秉性有所瞭解，他越是不提的事，越會用心關注。

再細細思量，又覺得許大夫和孫登已經赴了黃泉，死無對證了，她真的沒必要太擔心。而她爹準備以許大夫、孫登因在路上露了財而被人謀害來結案，只要做得天衣無縫，徐澄沒理由懷疑她。

想來她在府中多年，都是規規矩矩的，對徐澄也是一心一意，兒女也教養得好。她除了沒有正室名分，樣樣不比李念云差，而且她從未在徐澄面前表露不滿。以此看來，徐澄對她應該更加疼惜才對，如何也不該懷疑她的。

如此一想，章玉柳放心多了，徐澄之所以生氣肯定是覺得典當皇上賞下來的和親朋故友送的東西，失了他身為宰相的臉面而已。

思定了，她便命人趕緊準備馬車，張羅著去贖那些珍貴的古董器玩。

李妍回到錦繡院後，陷入了沈思。有了徐澄這樣的夫君，她該作何打算？

以她對徐澄初步的瞭解，他定不是個沈迷於兒女情長之人，更不是貪圖美貌之人，否則以紀姨娘豆腐般的嬌嫩皮面和凹凸有致的傲人身姿，他早該淪陷了，不至於見了也只是掃一眼。

李妍私下還想過，以紀姨娘這等姿色，怕是連皇宮也沒幾個女人能勝過她吧，皇上還真夠大方的。

莫非徐澄早在二十歲左右就已風花雪月過？所以現在他的兒女們都大了，便沒了談情說愛的興趣，他的心思應該大多放在朝政上。有了空閒恐怕也只會花些精力在兒子們的學業及女兒們將來的親事上，對於後宅這些女人，他無偏頗，也不會有過於寵愛之人。

他年紀輕輕，不過三十歲而已，過的日子竟與四十歲的男人無異。當然，有許多四、五十歲的男人還在忙著納妾和熱衷於滾床單呢，徐澄顯然和這些凡夫俗子完全不同，否則他怎麼會是宰相呢？

可是，哪怕是一隻會繁衍的猴子，應該也有感情的吧，徐澄對這些女人再怎麼無偏頗，心裡肯定會對某一位更喜愛一些，只是不表露出來而已，否則他就不是男人了，而是一根木頭。

經過之前短短的接觸，她分明感覺到徐澄對她還算不錯的，就不知他對其他幾個妾如何，倘若他對妻妾都一樣，在幾個妾面前也會偶爾表露喜愛之情，那她剛才心生的好感就是自作多情了。

可是崔嬤嬤說老爺平時對妻妾們都是淡淡的，似乎與她所見的並不一樣，難不成徐澄這次回來對她比對以前的李念云要好？

轉而她又尋思著，徐澄會輪流和四個女人上床？到時候也會與她有肌膚之親？

李妍身子不由得一顫，她無法與這麼多女人共用一個男人，也無法與才剛認識的男人上床。

徐澄以前到底每隔幾日來錦繡院過一次夜？或是多久去一趟各姨娘的房裡？李妍腦子裡模糊一片，想不出來。

李妍琢磨著從崔嬤嬤嘴裡打探打探，以便提前做好應對。

此時，晴兒立在她身後，輕輕為她捶著肩。崔嬤嬤交代著雪兒和紫兒拿著老爺平日裡穿的衣裳去耳房熨燙，她自己則埋頭極仔細地做一件白色裡衣。

李妍瞧著這件寬大的裡衣，遂問：「嬤嬤，妳這是在為老爺做裡衣？」

崔嬤嬤抬了頭，手裡仍在忙活著。「夫人，您忘了？老爺去焦陽城之前您就在為老爺縫製這件裡衣，只是才縫了一小半您就病倒了。現今老爺回來了，我便尋思著替您趕緊為老爺縫製好，您身子才剛好些，不宜做針線，反正咱倆的手法差不多，老爺瞧不出來的。」

李妍訕訕一笑。「兩個月過去了，我……還真忘記了。」她心裡打起鼓來，以後她還得親手為徐澄做裡衣？這個李念云也太賢慧了吧，府裡不是有繡房嗎？外面也很多好的裁縫鋪。

李念云想在徐澄面前表達心意無可厚非，可這為難了她李妍呀，她哪裡會什麼針線。

李妍試探地說：「章姨娘和宋姨娘、紀姨娘好似很久沒為老爺縫製過衣裳了。」

崔嬤嬤點頭。「她們倒是想露一手，可是老爺不喜歡穿她們縫製的。夫人還記得宋姨娘進府時的事嗎?當時她為老爺縫了一件裡衣，還有一件長袍，樣式是最時興的，走線齊整，繡的祥雲紋彷彿會動一般。聽說她在宋府時，雖然是庶女不得宋大人的喜愛，但她繡活做得極好，憑此技在府裡掙得了一些臉面。可是她為老爺縫製的這兩件，樣式雖然是極好看的，繡的圖也都活靈活現，可老爺卻沒法將這些穿上身。」

李妍很好奇其中緣由，但她不好向崔嬤嬤表明自己將這些全忘了，只好搭腔道：「若是不合身，繡得再逼真也枉然。」

崔嬤嬤抽了一下手裡的針線，再縫了一針，接話道：「可不是，老爺生得高大魁梧，而宋姨娘將裡衣的肩頭縫窄了些，長袍的下襬又稍短了些。她那時來府已兩月有餘，卻沒能將老爺的肩寬及身長觀察細緻，這便是她的失誤。因此老爺發話，說以後他的衣物不需姨娘們親手縫製。章姨娘的手藝遠不如宋姨娘，而紀姨娘繡個手絹上的梅花都得耗上一個月。但老爺沒說不穿夫人縫的，所以這幾年夫人經常會為老爺縫製裡衣，偶爾也縫幾雙襪套，老爺雖沒誇夫人手藝好，但每件都穿過的。」

李妍臉上微笑著，心裡卻在想，要是徐澄那時說連夫人帶姨娘們全都不需親手為他縫製衣物該多好啊。

李妍聽了，覺得徐澄似乎對這位正室夫人更喜愛一些，也不知是否真的如此。

這時她想起剛才想打探徐澄歇夜的事，故作隨意說道：「也不知老爺哪日會來錦繡院歇息。」

晴兒聽了掩嘴一笑。

崔嬤嬤也紅著老臉，笑道：「夫人莫急，老爺後日應該就會來的。他每回都是先在至輝堂歇個兩日，之後便來錦繡院，這回肯定也錯不了。」

李妍心裡一緊，也就是說，再過兩日她就得和徐澄同床共枕了？

她揉了揉太陽穴，嘆道：「瞧我這記性，在炕上躺了兩個月便更加不中用了，好些事都是糊裡糊塗的。老爺雖然頭一個來我的錦繡院，只不過看在我是正室的分上罷了，之後還不是會去各位姨娘的房。」

崔嬤嬤以為李妍是為這事傷神了，便安慰道：「男人哪個不是三妻四妾的，何況老爺待夫人也不薄，雖然每隔六、七日才來一回，可他是每隔十日才去各位姨娘的房一趟，以前夫人不是不在意這事？倒是年紀輕輕的紀姨娘時常為此事而煩憂，聽她房裡的丫頭說，紀姨娘耐不住寂寞，經常半夜起身跳舞或彈琴來發洩。」

李妍暗暗告誡自己，千萬不要愛上徐澄，否則得與另外三個女人搶一個男人，太悲催了。若是眼睜睜瞧著心愛的男人去別的女人房裡，她會吐血的。

倘若不愛，便一切都不在乎了。

不過，她還是期待著徐澄不要去任何一位姨娘的房，因為他名義上是她的夫君啊！雖然她不樂意與他同床，但不代表她就樂意他去爬別的女人的床。唉，這個妻妾成群的社會，真是讓人頭疼！

午後小憩，李妍沒能睡著，便與崔嬤嬤閒話幾句，順便仔細瞧著崔嬤嬤如何做針線活的，她在旁偷著學。

崔嬤嬤話裡話外勸她趕緊將當家之權奪回來。「夫人，家產失而復得之事老爺已知曉，與夫人沒有半點關係，老爺是不會怪罪您的。何況有老爺在府裡坐鎮，沒人敢再出么蛾子，趁這次辦家宴的時機，您多出面打理，讓章姨娘插不上手，她便知曉夫人的意思了。」

李妍知道，無論現代還是古代，不勤奮都是成不了器的。倘若她為了偷閒不想理事，勢必有一日她會被章姨娘取代，從此再無寧日可過。

李妍略微考慮，便點了頭，這個當家主母之位，她必須坐實了才行。

崔嬤嬤、綺兒、晴兒見她終於思定了，個個臉上都洋溢著興奮的笑容，立馬服侍好她的穿戴，攙扶著她出門了。

來到祥賀樓，李妍見家丁及婆子們急三忙四地擺桌椅、鋪桌布、燒茶水、備茶葉，管事房的幾位小廝將買來的好酒小心翼翼地抬來了。

李妍來之前，把這次家宴想得太簡單了，府裡一共才十二個主子，以為也就擺個兩、三桌，哪裡需要大費周折。待她此時親眼所見，才明白了個大概。

宴廳裡不是擺上幾張圓桌子，而是從東至西擺上十幾張小方桌，設成面對面的兩大排。

李妍腦子裡忽然有些印象了，這裡的宴席十分講究，大家不是圍桌而坐，而是每人一個小方桌，待上菜時，會給每位主子端上一小碟。

這些座位可是有講究的，按照尊卑長幼而來，排位上不許有一丁點錯。不僅桌子的樣式與雕刻花紋不盡相同，連高矮都是各異的。

各個小方桌上擺放的茶具與茶杯，及各種盛器有五、六種，看得李妍有些眼花撩亂。

這次家宴是為徐澄而辦，規格當然是最高等，辦得十分隆重。李妍見幾個丫頭捧著好些鮮花過來插瓶，覺得新奇，這可是寒冬，哪裡來的鮮花？且都還嬌豔欲滴的，刺目得很。

她走過去一嗅，確定這些花都是真的，絕對不是用彩紙紮的。除了梅花在院子裡便可摘折，其他花在院子裡並未見過，例如香雪蘭和四季海棠。想來這些應該是從後院的沁園折來的，她一早便聽崔嬤嬤說，老爺一回來沁園裡好些花都開了，這可是祥兆。

在冬季裡能賞到這些顏色各異、芬芳馥郁的花兒，李妍心情愉悅舒暢了起來，還尋思著得了空去沁園逛逛。這種名門大家族就是好啊，雖然有些明槍暗箭得防著，但生活品質仍很高。

下人們見夫人來了，全都聚了過來，在她面前跪了一排，待李妍讓他們趕緊起身，他們才歡喜地各自忙去了。下人們心裡都有數，夫人都來了，看來以後還是夫人當家，他們自然歡喜。因為夫人待下人寬厚，而章姨娘待下人刻薄，他們早就盼著這一日了。

李妍不熟悉往日是如何辦家宴的，自然不知如何排布與調停。其實無須她開口，崔嬤嬤與綺兒、晴兒早忙活開了，十分熟練地招呼那些下人們幹這個做那個。

以前府裡的大小事皆由李念云打理，崔嬤嬤、綺兒、晴兒也早就學會了如何應對，夫人的喜好她們已經摸得透透的了。往日李念云來也是極少開口的，而是坐在一旁喝茶賞花，只需坐鎮即可。

過沒多久，祥賀樓便煥然一新，地上鋪了新毯子，窗上貼了新剪紙，梁柱上繞了繁複的花結，連牆壁上的幾幅老松圖、老虎圖和仙鶴圖也被撤了下來，換上幾幅山水字畫。

李妍定睛一瞧，上面都有徐澄的落款，看來都是徐澄親筆之作，這倒引起了她的興趣，她起身駐足於畫前，仔細端詳起來。

這是一幅四聯畫，梅、蘭、竹、菊，但徐澄畫的與李妍以前看過的古畫不盡相同，一般古畫都十分寫意，用墨較淡，而徐澄畫得卻十分逼真，且用墨濃重，花瓣與花蕊皆絲絲分明，能用毛筆畫得這般仔細，還搖曳生姿，這般畫功著實了得。

但李妍心中卻有另一番解悟，梅蘭竹菊乃四君子，有高潔傲岸、不趨炎附勢之意，徐澄筆墨精細，他如此認真地畫這四君子，不僅看出他是個做事極其認真謹慎之人，似乎也表明志在做正人君子。

雖說徐澄看起來有些腹黑，說不定他內心其實是十分正直的。她端詳著這些畫，再細看上面題的詩句，筆畫遒勁，筆鋒斂放自如，她看得不禁深深入了迷。

下人們將燈籠掛了一排排，彩燭也都擺上了，只待天色一暗，這些都要點亮，整個祥賀樓便是張燈結綵的景象。

在大家都盼著酉時一到，好點亮祥賀樓之時，章姨娘疾步而來。她去當鋪裡贖古董與器玩被耽擱了幾個時辰，因為有幾幅老爺平時極喜愛的字畫被人高價買走了。

當鋪老闆也以為宰相會死在焦陽城，徐府就沒能力再贖回這些東西了，別人一出高價他便賣了。章姨娘先是將他狗血淋頭大罵了一頓，然後讓他趕緊去將字畫尋回來，否則他這當鋪也不用再開了。

當鋪老闆嚇得屁滾尿流，帶著店裡夥計和一家老小都去尋那位買字畫之人，幸好買畫之人也是京城人士。他們苦口婆心勸了那人一陣，再以宰相名號威逼利誘，終於從那人手裡把字畫買了回來。

當章姨娘將東西都贖了回來，便聽李慶家的說夫人去了祥賀樓，章姨娘一言不發，便氣沖沖地過來了。

來到祥賀樓前，她先斂住怒氣，儘量讓自己心平氣和一些。見到李妍，她恭恭敬敬地行了個大禮，皮笑肉不笑地說道：「妾身……妹妹因事耽擱，沒想到煩勞夫人大駕了。」

李妍眸光流轉，瞧了章姨娘一眼，心裡暗忖，她不自稱妾身而稱妹妹，怕不是為了拉近，而是覺得妾身二字有失身分吧？

李妍沈穩地說道：「玉柳妹妹此話差矣，這哪裡是煩勞，這本就是我的分內事而已。這兩個月來讓妳代我如此操勞，我真過意不去，該跟妳說一聲『煩勞了』才對，還望玉柳妹妹莫怪。」

章姨娘半張著嘴，臉色有些脹紅，隨即又盈盈笑道：「妹妹向來身強體健，為夫人分擔家雜之事乃理所應當，妹妹可是一直視為榮幸的，哪裡稱得上煩勞。只是妹妹出門前已經安排好了奴才們各自要幹的活了，不必費力盯梢的。夫人特來盯著，妹妹心裡萬分忐忑，莫非夫人不放心妹妹做事嗎？」

李妍搖頭笑道：「這是哪裡的話，我怎麼會不放心呢？瞧妳多心的。只是有些奴才做事毛躁，倘若沒個主子坐鎮，他們不知輕重碰壞了貴重東西，或是不分尊卑擺錯了什麼，到時候敗了太夫人和老爺的興致，妳我如何擔當？」

章姨娘訕訕一笑，應道：「還是夫人考慮周全，這是為老爺平安歸來而擺的宴，確實不能出一丁點差錯的。」

李妍側過臉來，吩咐著在旁的綺兒。「妳去膳堂瞧一瞧，看各色菜都做得如何了。」

綺兒提裙擺踩著碎步去了。

李妍又對章姨娘說：「玉柳妹妹先回去歇息吧，妳忙活了一整日肯定累了。這裡有我在就行了，妳不必掛在心上。」

章姨娘心裡憤懣，若夫人事事都接手過去，那她這兩個月豈不是白忙活了？「夫人，妳身子才剛好些，還虛弱得很，需仔細將養才是，妹妹擔心妳久坐會累壞腰身。」

李妍暗嘆，她又不是豆腐做的，坐個半日就能把腰給累壞了？章姨娘對權力看得真夠重的，她這是死活不想放手啊。

李妍笑如春風。「玉柳妹妹的好意我收下了，其實我坐了這麼小半日倒不覺得有多累，喝喝茶再欣賞老爺的字畫，還挺享受的。」

章姨娘無言以對，心裡悶得慌。可是這個李念云看來是非要待在這裡不可了，她也不好意思和夫人僵著，叫奴才們看她的笑話，只好微微福身，笑盈盈地轉身離去。

她往外走著，銀牙卻咬得喀喀作響，心裡後悔極了，當初為啥沒一不做二不休，將李念云送上西天呢？現在還要面對她那張臭臉強顏歡笑。

她越想越氣，還伸手揉了揉臉頰，剛才一直皮笑肉不笑的，臉頰還真是瘆疼！

她並未回拂柳閣，尋思著小姑子徐菁和二爺徐澤此時應該到了太夫人那兒，她便帶著李慶家的等人去了翠松院。

她能與太夫人和寶親王妃親如一家，妳李念云能做到嗎？妳雖然頂著正室夫人的名頭，太夫人有把妳當作真正的兒媳婦嗎？寶親王妃徐菁會把妳當正經的嫂嫂嗎？她章玉柳才是太夫人心中的正經兒媳婦，是徐菁眼中真正的嫂子，有這兩樣籌碼，將來誰才是宰相府的女主人還不一定呢！

章姨娘冷哼一聲，大搖大擺地來到翠松院。進門後，她發現不僅二爺徐澤來了，寶親王妃徐菁也來了，就連老爺徐澄都來了。徐澄的身子骨向來強健，似鐵打的不知疲憊，煎熬了兩個月，他只不過躺了三個時辰便已恢復元氣，此時已是神清氣爽。

章姨娘走了進去，滿臉帶笑地朝他們一一行禮。行至徐澄面前，見徐澄一雙深邃的眼睛審視般地瞧著她，她莫名有些慌張。

她避著徐澄的眼光，來到徐菁面前，拉著徐菁的雙手，欣喜地說：「我的好王妃，妳這是多久沒回娘家了？」

徐菁不過十八歲，還帶著些許孩子心性，她撇嘴道：「嫂嫂妳又不是不知道，身為王妃可不能隨隨便便回娘家的，有一堆規矩約束著呢。今日若不是喜逢大哥凱旋歸來，我也出不來的。」

聽到徐菁當著這麼多人的面親熱地叫她嫂嫂，章姨娘心裡喜孜孜的，笑得更甜了。「規矩是做給人看的，妳若真要回娘家，難不成還想不出法子？我瞧著啊，是寶親王離不得妳，妳也離不得寶親王，一日不見便想念得慌。」

徐菁羞得直跺腳。「嫂嫂，妳淨拿我說笑！」

徐澤坐在那兒輕咳了一聲，他向來不贊成妹妹喊章玉柳為嫂嫂的，鄴朝向來講究位分，「嫂嫂」這稱呼可不能亂叫的，論理，他們只能叫李妍為嫂嫂。

太夫人佯裝沒聽見，隨女兒那麼叫著，瞧著自己兩兒一女都陪在了身邊，她開心得很，笑得兩眼彎彎，只剩下了一條小黑縫。

徐澄冷瞧著這兩個女人說說笑笑，覺得自己的妹妹雖然做了王妃，卻仍不太懂事。至於章姨娘……她是越來越放肆了！

章姨娘與徐菁這對表姊妹湊到一起便說笑不斷，太夫人本就好興致，再被她們倆所感染，也加入她們的行列，講了不少嬉笑段子。

三人相處得其樂融融，瞧上去儼然是嫡親的婆媳加小姑子，章姨娘也確實是把自己當徐家兒媳看待的。

徐澄與徐澤兄弟倆小聲話著家常，不要以為話家常是女人們的事，大老爺們也時常話家常的。他們當著家人的面從來不談政事，只說家事。

當然，他們話家常沒女人們那麼瑣碎，絕不會張家長李家短的扯個沒完，更不像有些女人們湊在一起便能嘮叨整整一下午，以至於腮幫子都痠疼，回去喝下一壺水都覺得口乾，當時說話時卻全然不覺得。

徐澄身為大哥，顯得深沈而機警，徐澤則是性情率直之人，沒什麼城府。徐澤認為自己沒盡到弟弟的職責以至於讓大哥府裡丟了家產，雖然得以追回九成，他仍心存內疚。

他將太夫人與大嫂病重的情形詳細說給大哥聽，然後慚愧地低著頭。「或許章姨娘威信不夠，下人們便生了賊膽，都怪弟弟懦弱，沒能替嫂嫂……」

「這不怪你，最近兵部繁忙，你又為我的事憂心，哪裡有心思管這些閒事。」徐澄心如明鏡，朝中有個風吹草動，他都能知曉個大概，兵部造大炮之事幾個月前他就掌握了。

而對於府中之事，他只稍微動動腦子，便能猜個八九不離十。此時他的兩位隨從張春、吳青楓也已來到門邊上候著，他們倆歇息了大半日也足夠了。

徐澄招了招手，張春便彎腰走了過來。徐澄對他小聲地說了一句誰也聽不清的話，張春像領聖旨一般忙活去了。

徐澤將這些看在眼裡，知道大哥是要查這件事，只是他有些不太明白，大哥為何要當著這麼多人的面招呼張春進來還小聲嘀咕，他辦事不是都暗地裡行動嗎？何況此事已經查出來了，如今正在追捕許大夫和孫登，大哥莫非還有所懷疑？

徐澄隨意地瞧了章姨娘一眼，只見章姨娘與徐菁一邊說笑一邊掃著張春出門的背影，笑得有些僵硬。

徐澄已經捕捉到她的慌張，她能慌張就好，應該很快便能做出露破綻的事，徐澄收回了視線，眼眸裡冒著一絲寒光。

隨即，他眉頭一挑，苦笑道：「二弟，這兩年來，在外人眼裡咱們徐家是風光無限，京城有五大世族，數徐家風頭最盛，連奴才們走出去都覺得體面，惹人豔羨。只是沒想到，我在焦陽城才待兩個月，堂堂宰相府便淪落到這個地步，當家作主的都一一病倒了，那些不知足的人便露出真面目，如跳蚤般將宰相府攪得天翻地覆。若我此次真的魂歸地府，這個宰相府怕是連三個月都撐不下去，便家破人亡了。」

徐澤以為徐澄所指的不知足之人是許大夫和孫登，他不以為然地淺笑道：「大哥過於悲觀了，府裡有上百個奴才，出那麼兩個賊子也是常見之事。你不記得去年楊都督因私下與二皇子結黨而被凌遲的事嗎？楊府的奴才們當日得知後便跑了一大半，大管家捲帶著大半財產逃到西南邊境去了，妾室們全都逃得無影無蹤，就連育有兒女的妾室也都逃了，扔下兒女不管不顧。只有楊都督的妻兒們留在府裡，等著官府將他們發落到蠻夷之地。與楊府相比，在大家都認為你不可能活著回來的情境下府裡才出兩個賊子，說來也無可厚非。這是嫂嫂平時管教有方，也得力於大哥的威懾力，所以生異心之人才寥寥無幾，何況人心涼薄，大哥不是早就看透了？」

徐澤笑著直搖頭。

徐澄爽朗地大笑起來。「我一直以為二弟對人世仍懵懂，沒想到其實也是個明白人。」

章姨娘見他們哥兒倆相談甚歡，心裡卻七上八下。她知道徐澤說的是許大夫和孫登，那麼徐澄說的也是他們倆嗎？她好害怕！看著眼前她一直依靠的男人，她心生愧意與悔意。

自己生了私心，這便是她對徐澄的愧意，但是悔意更甚，那就是沒早早解決了李念云，否則她哪裡需要大費周折，以至於陷自己於不利之地。

當然，她仍然笑聲連連，幾人之中數她笑得最燦爛。

須臾，綺兒奉李妍之命來到翠松院。

「太夫人、老爺、王妃、二爺，祥賀樓那邊一切準備就緒，夫人命奴婢請您們過去。」

太夫人見綺兒來請，心生不悅。「上午我勸她好生養著身子，她倒是耳旁風，不珍惜自己的身子。」

綺兒見太夫人竟然當這麼多主子的面說夫人的壞話，心裡很是不平，可綺兒乃一介奴才，自是不敢應聲。

章姨娘已想好了等會兒要讓李妍出醜，故作大方地微笑應道：「夫人向來勤勉，玉柳可是自愧不如。」

徐澄不忍見婆媳之間有嫌隙，便道：「上午我命章姨娘去贖東西，擔心奴才們在祥賀樓生事，便讓夫人去盯著，並非她不聽母親之言。」

太夫人與章姨娘皆一愣，不管徐澄此話是真是假，他偏袒夫人之心由此可見。納悶的是，以前他並未有明顯的偏袒之舉，可這次他回來，似乎對妾室們皆冷淡不少，而對夫人卻勝過往日。

這其中必有蹊蹺，章姨娘心裡憂悶得很。

徐菁在旁笑言：「嫂嫂，既然大嫂身子痊癒，有她管著那些亂七八糟之事，妳以後便清閒了，豈不更好？」

章姨娘直點頭，笑意綿綿。「可不是，以後我得了空便去寶親王府多見識見識。」

太夫人聽了卻心一沈，菁兒還這般沒心機，以後怎麼在王府裡立足？寶親王之所以將她捧在手心裡，那是因為才成親半年，新婚燕爾的，寶親王那股新鮮勁還沒過。待日子一長，寶親王纏綿於其他女子身邊，她往後的日子怕是不容易。

徐菁其實也不是毫無城府之人，只是過於高傲，壓根兒瞧不起當家的那點權柄，覺得既勞累又不討好。

太夫人知道教養女兒可不是將她嫁了個好人家便一了百了，若望她此生能福澤深厚則任重而道遠，她幽嘆一聲。「走吧，今兒個可是難得的團圓喜慶之日，咱們一家子熱鬧熱鬧去。」

他們浩浩蕩蕩地向祥賀樓走去，遠遠地便見李妍已帶著一干人在門口候著。

第五章

他們進了祥賀樓一一入座。

章姨娘在坐下之前，趁沒人注視她的瞬間，對身邊李慶家的耳語了一句。隨即李慶家的匆匆從後門出去了，很快，她便又回來了。

章姨娘自以為無人注意到這一幕，卻不知已被崔嬷嬷瞧在眼裡。崔嬷嬷這兩日暗地裡搜集章姨娘的證據，對章姨娘也就格外留意。她目睹此番情景之後，便藉著去膳堂宣菜上桌的由頭出去了。

她先去找了馬興，然後才去膳堂，跟著膳堂的人一起端來瓜果點心，之後一碟碟熱騰騰的菜也上了桌。

宋姨娘、紀姨娘和六個孩子們也都進來落坐了。本來孩子們都愛鬧騰，特別是宋姨娘的兩個兒子徐馳、徐驕，畢竟年幼，十分淘氣。只是一見爹爹坐在東首，他們皆鴉雀無聲，規規矩矩地向爹磕了響頭，然後由婆子們帶著他們入座。

因小方桌是擺成兩排的，男眷坐一排，女眷坐一排，面對面而坐。男眷從東至西依次而坐的是徐澄、徐澤、徐驍、徐駿、徐馳、徐驕；女眷從東至西依次而坐的是太夫人、徐菁、李妍、徐珺、章姨娘、宋姨娘、紀姨娘、徐玥。

雖然徐菁是李妍的小姑子，可人家是王妃，如今來娘家也是貴客，李妍覺得徐菁坐在她前頭也是理所應當的。

她將驍兒安排在章姨娘的兒子前頭，認為這也是理所當然的。驍兒年紀雖比徐駿小兩歲，但是磨滅不了嫡子的地位。

章姨娘坐下時，發現自己的兒子排在驍兒的後面，而她的女兒徐玥則坐在最後一位，頓時臉一沈，往斜對面一瞧，目光卻不小心與徐澄相對，她立馬回以一笑，故作開心。

徐澄眼眸稍移，看向李妍。不知為何，他覺得自己這位夫人不僅變得比以前靈氣一些，也更大膽了。

以前，她若沒徵得他同意，是不敢自作主張這麼安排座位的，雖然這樣安排無可厚非，但會惹太夫人不高興。以前她唯恐惹太夫人絲毫不悅，可今日怎麼就不顧忌了？

不過，她有這樣的變化，他心裡是歡喜的，禁不住給了李妍一個讚許的淺笑。雖然他笑得極清淺，李妍卻捕捉到了，她略微臉紅，回之一笑，低下了頭。

其他人都沒注意到這一幕，平時徐澄不苟言笑，讓人看了生畏，沒有誰敢有事沒事瞧著他。

太夫人眼有些花，瞇眼瞧了許久才瞧清李妍安排的座位。她咳了一聲，沒說話，心裡卻悶哼道——這個李念云果然不是個吃素的茬，以前倒是小看她了！一個泥腿子家裡出來的女兒竟然敢在宰相府裡作威作福，她還真把自己當回事了？老身若不收拾妳就枉為姓葉，妳就等著瞧！

就在這時，章姨娘提著酒壺，扭著腰肢且滿臉帶笑地來給大家斟酒。「太夫人、老爺、王妃、夫人、二爺，今日大喜，咱們可得喝些酒助興。」

她還給徐驍、徐駿斟酒，當她見徐駿臉露不悅時，她瞪了兒子一眼，又朝他眨了眨眼。

徐駿只好勉強笑著起身道：「多謝姨娘斟酒。」

章姨娘接著再給徐馳、徐驕及宋姨娘、紀姨娘和兩位小姐斟酒，這頗讓大家吃驚。章姨娘以前是不會給這些人斟酒的，她壓根兒不把這些人放在眼裡，而且徐珺竟然坐在她前頭，她心裡肯定是嚥不下這口氣的。

以前徐珺和徐玥都不參與宴席，徐澄覺得她們倆太小又是女孩兒，不便參加這種場合，因為即使是一家人也難免要喝酒閒聊的，聒噪得很。

但今日之喜是往日不可比擬的，徐珺十歲、徐玥八歲也不小了，總該讓她們學會如何與人相處，且與家人熱鬧一番才好。

讓她們倆來還是崔嬷嬷問過李妍意思的。李妍尋思著，憑啥女孩兒就該一直躲在閨房裡，何況這是家宴，又沒有陌生男子，便命人叫她們倆來了。

章姨娘見李妍這般安排心裡一直憋著火，李念云的兒子坐在她兒子的前頭也就算了，十歲的徐珺卻能坐在她的前頭，這個李念云也欺人太甚了！她章玉柳雖身為妾，但府裡誰不知道太夫人視她為兒媳？李念云也好意思讓她的閨女擺大小姐的譜？

她心裡恨得牙癢癢，卻屈身為所有人斟酒，還一直笑盈盈的。李妍不由得對她刮目相看，這個章姨娘果然能屈能伸，這種人做事應當也是笑裡藏刀的，背後出陰招比誰都狠。

只是章姨娘回到座位時，她從盤子裡拿了一顆松子剝著吃，她身後的丫鬟遞給她已經剝好的，她卻不接，硬是狠著勁自己剝，一不小心指腹滲出一絲血來，不知是她自己指甲剜的，還是被松子殼刺的。

她身後的丫鬟和李慶家的心裡都為章姨娘憤憤不平，可老爺在此，誰也不敢多說一句，就連章姨娘自己不也要裝作若無其事嗎？

這時歌舞班的姑娘們上來了，個個身段都是玲瓏有致，她們在兩排桌子間的空場上靈動地舞著。

李妍被她們轉得有些頭暈，便低下頭吃著果子和菜餚。她再抬起頭時，忽而見紀姨娘走到了中間。

紀姨娘先向徐澄行了個禮，然後軟糯糯地說道：「老爺，妾身好久沒有習舞了，趁今日老爺得勝歸來，妾身舞上一段為老爺助興可好？」

徐澄瞧著紀姨娘婀娜嫋嫋的身姿和嬌嫩的臉龐，她打扮得倒是絕塵飄逸，可惜她內心卻不是冰清玉潔的。以前有些事他可以裝糊塗，可這兩個月來，各自的底細他參悟得更透澈，他不想毀在女人手裡。

他微微點頭。

「好，妳盡興舞，大家瞧著也賞心悅目，一舉兩得，豈不快哉？」

紀姨娘嫣然一笑，揮袖擺襟，舞動了起來。她這一整日都把心思花在打扮上，可不能白白浪費了，好歹要讓老爺多瞧上幾眼，最好能勾得老爺早些去她的房裡。

李妍沒想到紀姨娘還有這一項技能，竟然能把舞跳得這麼好，比歌舞班的姑娘們跳得好多了。只見她跳得時而輕盈、時而婉約、時而奔放，那身梅花紋紗袍隨著舞動的身子飄揚起來，真是美極了！她的臉上帶著淺淺的笑容，兩眼閃著嫵媚的光芒，那模樣可真是勾人心魂啊！

李妍不知不覺看得有些呆了。

章姨娘和宋姨娘此時心境卻如出一轍，那就是——紀姨娘妳這狐媚子到底飢渴到何種程度啊，瞧妳那一臉騷相！

徐澄喝了幾口酒，若有所思地瞧了紀姨娘幾眼，再看向李妍。他見李妍看得入神，禁不住輕笑一聲，她怎麼比男人還沒自制力？她以前不是這樣啊。

李妍冷不防感覺有人正盯著自己，本能地瞧了徐澄一眼，見他笑得含蓄，他是在嘲笑她嗎？李妍清了清嗓子，挺了挺腰板，不再看紀姨娘，而是端起面前的白玉酒樽淺酌一口。

她忍不住臉一凜，媽呀，這是什麼酒？怎的這麼辣？

李妍緊抿著嘴，努力保持自然的表情，酒從嘴裡辣到嗓子眼，然後入肚，火燎燎的實在難受得很。她差點忘了，這是白酒，可不是白開水，也不是青島啤酒！好傢伙，這酒精濃度有五、六十度吧。

她見大家都神情自然地喝酒，就連太夫人也面不改色地抿了幾口，章姨娘和宋姨娘喝酒時姿態極優雅，好似品嚐美酒的享受模樣，看來徐府的女人都挺能喝的。

徐珺是緊挨著李妍坐的，她見母親嚐了一口，也想試試。頭一回參與宴席，而且與家人及二叔、姑母坐在一起，她有些興奮，還想等會兒敬一敬他們。

「母親，我能……喝幾口嗎？」徐珺羞澀地小聲問李妍。

李妍微笑點頭。「喝吧，但只能喝幾小口，可別醉了。」

「是，母親。」徐珺笑嘻嘻地端起酒樽品了一口，接著面不改色地放下了，朝李妍笑了一笑。「好喝。」

嗯？真的好喝？李妍有些不相信，明明難喝得要命。

可是珺兒並沒有絲毫勉強之色，臉也沒紅，還笑得甜甜的，看來是真的覺得好喝，她這天生就是喝酒的胚子啊！李妍暗自佩服，看來徐珺是遺傳了她爹的酒量，君不見徐澄已經喝了好幾樽下肚了？

徐澄此時已瞧向驍兒，只見驍兒一直低著頭，偶爾吃點東西。徐澄知道，驍兒肯定是覺得自己不宜正視父親的姨娘跳舞，便埋著頭。他小小年紀，竟也知道注意這些規矩了。

庶長子徐駿並不像驍兒那般矜持，他大大方方地瞧著紀姨娘跳舞，見他爹向這邊瞧來，他騰地一下站了起來，端起翡翠酒樽，朗朗大聲說道：「父親，孩兒敬您一杯，祝您功業千秋，福壽無疆！」

徐澄還未應聲，太夫人就在旁讚道：「說得好，駿兒是越來越有出息了！」

章姨娘頓覺兒子給她長了臉，她笑得嬌媚燦爛，忍不住又喝了一口酒，李念云的兒子坐在她兒子旁邊低著頭沈默不語，簡直就是她兒子的陪襯！哪裡有名門世家少爺的氣度？

徐澄望著徐駿，覺得他最近長得可真快，一眨眼身量已像個小大人了。「嗯，爹領了。」他仰脖喝了一大口。

可他並未再與徐駿多說一句，而是問向驍兒。「驍兒，聽你母親說你昨日得知爹爹有幸而歸十分高興，還作了一首詩？」

驍兒伸手撓了撓頭，又摸了摸揣在懷裡的詩，有些不好意思地說：「孩兒確實即興作了一首詩，就怕……就怕入不了爹爹的眼。」

徐澄朝他招手。「快拿來給爹瞧瞧。」

章姨娘見自己的兒子本是一腔熱血卻受了老爺的冷落，而徐驍那個矯情的東西反倒入了老爺的眼，寫一首破詩還扭扭捏捏地不敢拿出來。

她咬了咬唇，又見兒子明明委屈還強裝笑臉，她像是身上被刀剜了一塊肉那般，生疼生疼！

不行！她忍不下去了！她今晚本是準備讓李念云出醜難堪的，現在她改變主意了，她要在今晚直接扳倒李念云！

章姨娘怕徐澄查她，已經讓李慶家的出去向她爹通風報信了，且統一了口徑，現在正好可以利用這個編造的口徑來嫁禍給李念云！

章姨娘見綺兒一個挨著一個給主子們斟酒，她便知道絕佳的機會來了，因為綺兒是李念云的貼身丫鬟，斟酒的活兒本就該是當家主母手下的人去做的。

趁綺兒來給她斟酒時，她故意手一抬，用力碰撞綺兒的手肘，她再長袖一拂，緊接著便聽到一陣「哐噹」之聲，尖銳刺耳得很。不僅綺兒手裡的骨玉瓷酒壺摔在地上，章姨娘面前的酒樽、茶杯、湯盤也碎了一地，哐哐噹噹作響。

大家被驚得渾身一顫，除了徐澄。

「啊！」紀姨娘一聲慘叫，整個人一下歪倒在地。她剛才拽著衣襬跳著旋轉舞，正在陶醉之時被刺耳的「哐噹」聲嚇住了，一落腳便踩到鋒利的碎片上。

李妍和宋姨娘慌忙上前去扶她，紀姨娘疼得抱著腳直哭。「老爺！老爺！妾身的腳好痛！」

徐澄慍臉。「大呼小叫做甚，找大夫來給妳上藥不就行了？」他向身邊的隨從張春使個眼色，張春便趕緊跑出去找曾大夫了。因張春的婆娘是服侍紀姨娘的，張春對紀姨娘也算是頗為上心的，跑得極快。

綺兒嚇得慌了神，往後退了幾步，撲通一聲跪了下來。地上全是碎渣，綺兒一不小心跪在碎片上，當場又是「啊」的一聲大叫，痛得直叫喚。

驍兒才從懷裡掏出詩卷，準備起身去爹爹面前，被這一幕驚得立在桌邊不知所措，接著又聽得一先一後幾聲叫喚，他已不知該進還是退。稍尋思了一下，他還是回位坐下了，因為他瞧見章姨娘滿臉脹紅，像是有話要說。

果然，章姨娘欲言又止的。

綺兒小聲泣道：「章姨娘，我……我……」她明明小心翼翼的，生怕碰到了章姨娘，沒想到怕什麼還偏偏來什麼，按理說怎麼也不可能碰到章姨娘的。

她心思敏銳，頓覺這是章姨娘故意的。

「太夫人、老爺、夫人，奴婢在旁斟酒，章姨娘或許沒留意到奴婢，一不小心碰到奴婢的手肘了。」

章姨娘故作一臉委屈，走下座位來到徐澄面前福了福身子。「老爺，綺兒向來能說會道，只是沒料到當著老爺的面也敢說這種推脫之話。妾身知道老爺不會因一件小事發落人，左右不過是一個奴婢手腳不伶俐，此事就算了吧。」

綺兒睜大了杏眼。

「章姨娘，您冤枉奴婢了，奴婢即使有一百個膽子也不敢當著老爺、太夫人還有王妃、二爺的面說瞎話啊！」

當綺兒說完這句話，她心裡咯噔一下，完了！中了章姨娘圈套！她不該急著辯白，其實就這麼承認了也不是什麼大不了的事。

章姨娘嘖嘖兩聲。

「老爺、太夫人，您們瞧，她一張嘴多伶俐，罷了罷了，妾身也懶得和一個奴婢計較，何況綺兒是夫人房裡的，妾身也不敢計較，就當是妾身不小心碰了她吧。」

李妍知道章姨娘是故意的，但此時爭辯也無益，這裡又沒有監視器，爭不出個所以然來。她見太夫人和徐澄都繃著臉沒吭聲，便道：「事已至此就別再糾結是誰之過了，只不過碎了幾個杯盤而已。綺兒，妳快跟紀姨娘道歉。」

綺兒顧不得膝蓋被碎片扎得血淋淋，趕緊過來給受傷的紀姨娘道歉。紀姨娘疼得大汗淋漓，本想大罵綺兒一頓，只是當著這麼多人的面，她也懂得裝寬宏大量，咬了咬牙還是忍了。「罷了罷了，難道妳道個歉我就不疼了？」

紀姨娘是腳掌踩到了碎片，她知道自己現在走路都費勁，也不想讓徐澄看她這副狼狽模樣，她可是十分在意形象的人，便道：「老爺，妾身還是回自己的秋水閣吧，就不在這兒擾您的興致了。」

徐澄吩咐一旁站立的家丁們。「還不快去抬轎來，將紀姨娘送回秋水閣！」

家丁們慌忙出去了，一會兒的工夫便抬轎來了，紀姨娘踮著腳由幾人攙扶著上了轎。這時曾大夫也來了，他跟著轎子後面小跑著去秋水閣。

崔嬤嬤、晴兒和宋姨娘身邊的幾位丫鬟已經將碎片掃淨了，灑的湯汁和酒水也被擦乾了，本以為這個小插曲就這麼結束，家宴可以繼續了。

沒想到章姨娘回到座位後，故作一副被小丫鬟冤枉了還不敢計較的模樣。侍候她的老婆子李慶家的看不下去了，她又撲通一聲跪了下來。「姨娘，有些事您一直不肯讓老奴說，但這回老奴真的看不下去了，再這麼忍讓下去，您和駿少爺、二小姐在宰相府哪裡還有容身之地？」

章姨娘的眼淚立馬滾了出來，朝李慶家的嗔道：「妳胡說什麼，哪裡有什麼忍讓之事？快起來！」

李慶家的一把眼淚一把鼻涕的。「姨娘啊，您咋不肯讓老奴說明白呢。」

章姨娘一個勁兒地拉扯她。「別說了，妳快起來！」

她拉扯不動李慶家的，又用絹帕拭掉滿臉的眼淚，故作輕鬆地對徐澄說：「太夫人、老爺，您們別聽她的，芝麻大的小事她也能當成天大的事。李慶家的，妳回妳自個兒的家去吧，妳不是說這幾日身子有些不爽利嗎？這裡有梅兒和菊兒就夠了。妳好不容易得了空，去給李慶做碗陽春麵吧。」

李慶家的哪裡肯走，她跪得穩如千斤巨石，章姨娘根本沒法將她拉起來。

李妍心裡一緊，她們這對主僕在幹麼，演戲吧！攛掇著要害她？這個李慶家的也真是，不是聽說她的男人李慶與李念云的娘家還帶著一點親故嗎？否則李慶根本當不了大帳房，幹麼要夥同姓章的來禍害姓李的？

她還真是胳膊往外彎啊，李念云肯定得罪了李慶兩口子。

李妍心裡多少有些慌，雖然她沒做虧心事不怕鬼敲門，可她不想連累綺兒，她想護著服侍她的幾個人，還想護著一雙兒女，何況她才來這裡幾日，不想平白無故被人陷害了。

徐澄懶得聽李慶家的囉嗦，正準備叫人將她拉下去，他的母親太夫人卻不幹了。太夫人將手裡吃了一半的果子往桌上一扔。「玉柳，妳讓李慶家的說，我還不信了，誰敢欺負妳和駿兒、玥兒？當我死了嗎？」

太夫人發這麼大的火，孩子們都有些害怕，特別是徐珺和徐驍，他們姊弟倆不傻，知道李慶家的是衝他們正室來的。

二爺徐澤直嘆氣，他最討厭在飯桌上聽這些後宅的糟心事，有些事是公說公有理、婆說婆有理，根本分不出對錯。

徐菁走過去為母親揉揉肩。「母親，您別生氣，有啥事讓李慶家的說清楚就是了，都是自家人，能有啥了不得的事？」

徐澄自然不信有人能欺負到章姨娘的頭上去，但他也想看看章姨娘到底想玩什麼花樣，便不再攔著。

李慶家的見大家肯讓她說了，忙起了身來到太夫人面前跪下。「太夫人，崔嬤嬤和綺兒這對姑姪做下許多傷天害理之事，夫人一直慣著她們倆，她們便越來越囂張，平時欺壓二、三等小廝和丫頭們當家常便飯，還大著膽子欺負主子起來！而且……而且還做出殺人越貨之事，若送去承天府認真查案，怕是腦袋還不夠砍的！」

崔嬤嬤和綺兒傻眼了，這些罪名扣得一個比一個大，大得她們完全不知李慶家的在說些什麼！

大家聞之皆愕然，若是真有此事，他們簡直不敢相信，崔嬤嬤與綺兒一老一少在府裡多年，他們怎麼就沒瞧出這對姑姪能做出傷天害理之事？倘若是編造的，這個李慶家的難道不知道她也只有一個腦袋根本不夠砍？

更甚者，李慶家的直指夫人慣著她們姑姪倆，說來說去是指夫人在背後包庇或操縱著她們，搞得她們主僕好似平時在府裡橫行霸道似的。

李妍忽然不慌了，亂扣的罪名越大，只會對章姨娘越不利，她們這是在自掘墳墓，最後會將自己埋了進去。她們想扳倒正室夫人也太操之過急了，難道不知道那裡還坐著一位宰相嗎？

只是，倘若徐澄真有那麼一絲相信，就會當場休了李妍，再將崔嬤嬤、綺兒送進承天府發落，或是直接發配到邊疆做最下等賤奴。章姨娘這位貴妾就會在太夫人多年的期望下，終於可以被扶上正室的位置了，因為以徐澄的性子絕不會再另娶。

但不知為何，李妍對徐澄有一種毫無依據的信任感，覺得他身為堂堂宰相絕不會相信片面之詞。

李妍瞧了那邊的老太婆一眼，看她是何反應，只見她閉著眼睛，長長地吁了一口氣，沈聲道：「李慶家的，妳別怕，把妳知道的全都說出來，只要有我在，沒人敢報復妳！」

李慶家的聽後兩眼冒光，挺了挺腰板，開始長篇大論。

「四年前，崔嬤嬤就將她的姪女綺兒帶進府，也就是從那年開始，她們倆便作起惡來。第一，前年年末，老爺去了幽州，崔嬤嬤就威脅我家李慶，讓他將舊帳本燒了，重新做帳，在帳面上足足多做了一萬兩空帳，全攤在夫人和姨娘們的頭面錢上。去年開春，綺兒她爹娘便買了一座大院子，以她家那破落戶，若不是有了這筆不義之財，幾輩子都蓋不出那樣的院子來！崔嬤嬤的大兒子也在去年成了親，光給女方的聘禮就有四百兩，另外也買了大宅院，她的大兒子還在外面開起了綢緞鋪，憑崔嬤嬤每月那四兩銀子的例錢，一輩子都攢不出這麼多錢來！

「第二，去年七月，夏日炎炎，駿少爺和二小姐被送到荷風塘避暑，那裡本是極清涼之地，沒想到他們兄妹倆卻齊齊病倒，許大夫去瞧過後說是中了暑氣，其實分明是他們的飲食被人做了手腳。跟著去荷風塘做飯的是老吳頭，他向來厚道且是府裡的老人了，從他手裡做出來的飲食從未出過差錯。可是自從有一日綺兒去了一趟荷風塘後，駿少爺和二小姐便出了狀況。綺兒那日說是代夫人來看望他們兄妹倆，還送來不少點心，駿少爺、二小姐當場就吃了好幾塊。可是綺兒剛走，他們倆便病倒了，足足喝了一個月的藥才好，若不是他們身子骨硬實，怕是……怕是……」

李慶家的哽咽了好幾聲，淚水一直淌到脖頸，那模樣真是可憐啊，她抬袖抹了把老淚，又接著道：「第三，今年五月章姨娘無故小產了，她對外說是自己不小心在院子裡滑倒，因為那日上午剛下過一場大雨，地面濕滑。可是當時老奴就在章姨娘身邊，分明是崔嬤嬤來送賀喜之禮時假意摔了一跤，順便將章姨娘推倒的！當時老奴心疼姨娘，準備稟告太夫人和老爺，可是姨娘卻說算了，說她已經有了駿兒、玥兒，這胎沒就沒了吧，還說即使告訴大家是崔嬤嬤推的也沒有人會相信，反而會認為是章姨娘自己故意摔倒，以孩子的性命來陷害夫人和崔嬤嬤，所以這半年來姨娘一直忍氣吞聲。

「第四，也就是許大夫、孫登洗劫宰相府之事，許大夫這些年來與崔嬤嬤、綺兒好得似一家人，三個月前還聽說許大夫想納綺兒為妾，只不過綺兒心氣高嘴上沒同意，可暗地裡卻勾搭著。太夫人房裡的夢兒說有一日半夜她鬧肚子，去妙醫閣找曾大夫，卻撞見綺兒從許大夫的屋裡出來。丫頭病了只能找曾大夫，哪能找許大夫，綺兒去找許大夫做甚？誰知道他們做什麼見不得人的事！還有孫登，他一家向來是聽崔嬤嬤指使的，孫登的婆娘伺候大小姐有七個年頭了，他們夫妻本都是老實憨厚之人，竟然能做出這種洗劫宰相府的事，說出去誰信啊！」

李慶家的那張破嘴終於說完了，大家聽得瞠目結舌，這四宗罪全是掉腦袋的大罪啊！

李妍氣得臉色鐵青，這都是什麼亂七八糟的東西，又全是以前的事，她想反駁卻一點證據都沒有，因為她完全沒有印象啊。

李慶家的明明是提前準備好了腹稿的，否則哪能說得這麼順溜，還第一、二、三、四的，說得十分清晰。

李慶家的說完還叫梅兒去拂柳閣將李慶做的帳本拿來，另外還讓太夫人房裡的夢兒站出來作證。夢兒沒想到自己無意中告訴李慶家的事竟然當著這麼多人的面被說出來，她無奈地站了出來，鄭重地點了點頭。

太夫人氣得瑟瑟發抖，對著崔嬤嬤、綺兒厲聲道：「當府裡的主子們都死絕了嗎！沒想到妳們這對姑姪竟然如此惡毒，做出這麼多天理不容的事來，連少爺、小姐都敢謀害，還敢……還敢……」

她氣得不知該說什麼了，拚命拍著桌子。「來人！快來人！給我把崔嬤嬤和綺兒拉下去，打一百大板，然後送到承天府發落，讓她們等著砍頭！快！」

一群家丁衝了進來。

「且慢！」李妍騰地站了起來。「太夫人為何只聽李慶家的一面之詞？她若說我殺人放火了，太夫人莫非也相信？」

太夫人翻了個白眼。「我還沒治妳的罪呢，妳休得張狂！若不是妳在背後指使，她們當奴才的敢做這等事？」

李妍正要辯駁，徐澄伸手朝李妍做了個手勢，讓她別說話。

徐澄聽了這麼久都未動聲色，他覺得剛才看了一場絕好的戲，平時請來的戲班子唱戲可沒這麼投入，更沒這麼跌宕起伏，聽得人心驚肉跳。

他瞧著太夫人，勸道：「母親，您向來是沈得住氣之人，又何必操之過急，待掌握了十足證據再發落也不遲。好歹也讓崔嬤嬤、綺兒辯一辯，咱們宰相府行事向來光明磊落，絕不能只憑一個老婆子三言兩語便定了他人的罪，咱府難道沒有主子了？」

太夫人急了。

「澄兒啊，她們還有什麼可辯的？有夢兒作證，等會兒帳本也拿來了，她們空口白牙能辯到天上去？她們若打死都不承認，你就打算放縱了她們？」

徐澄沈穩地說道：「母親，咱們聽一聽又何妨？」他說完朝崔嬤嬤看去，意思是叫她有話趕緊說。

崔嬤嬤心裡一陣激奮，她在府裡這麼多年，何曾做過傷天害理之事？今日被李慶家的這麼誣衊，她打算豁出去了。

她來到徐澄面前，跪下了。

「老爺，老奴從未讓李慶燒什麼帳本，待會兒她們將帳本拿來，還請老爺明鑑。前年李慶想讓他的兒子來府裡當管事，夫人見他兒子平時吃喝嫖賭的，便不同意，他因此懷恨在心。至於說老奴推章姨娘之事，那更是無中生有。章姨娘小產那日我確實去送了賀喜之禮，可是我走出拂柳閣大門後才聽得裡面有動靜。夫人有驍少爺，章姨娘也有駿少爺，老奴為何要冒死去謀害章姨娘？以章姨娘的性子，還有太夫人對章姨娘的疼愛，若老奴真的行此惡事，還能活到今日嗎？

「至於老奴家買宅院和兒子娶親開鋪子之事，這個老爺以前就知道的，老奴的男人和綺兒他爹從十八歲時就跟著李將軍在外打仗，去年他倆先後受重傷被送了回來。李將軍見他倆年邁又受了重傷，以後再也幹不了勞力，便給了他們一筆撫恤金，老爺不是還讓朝廷給退回來的老兵發一筆銀子嗎？老奴家和綺兒家因此各得了一千兩銀子。綺兒家買宅院和老奴家的大兒子娶親、開鋪子、買宅院的錢皆從此而來。」

崔嬤嬤說了這些之後，看向太夫人。

「太夫人若是不信可以派人去老奴家和綺兒家搜查。許大夫和孫登洗劫宰相府之事全都是章姨娘指使的，再由章總領來圓案，等會兒馬興回來就能道個明白。老爺乃宰相爺，只要派人去找許大夫和孫登，一切皆能真相大白。」

這時綺兒也跪了過來。

「太夫人、老爺，奴婢才十四歲，怎麼可能與許大夫有私情？奴婢還是處子之身，太夫人可以找人來驗的。夢兒半夜撞到奴婢從許大夫屋裡出來，是夫人那日半夜嗓子疼，奴婢去許大夫那兒拿藥而已。許大夫雖想納奴婢為妾，可夫人壓根兒不同意，後來聽說許大夫是想納章姨娘房裡的梅兒，聽說梅兒還很樂意呢。」

梅兒拿帳本去了，不知她若聽到此話會作何反應。

綺兒接著道：「去年夏季，夫人擔心駿少爺和二小姐在荷風塘瘋玩耽誤了功課，便讓奴婢去瞧一瞧，順便帶些點心。許大夫說他倆確實是中了暑氣，因為他們先是瘋玩了一晌午中了暑氣，吃了點心後便躺在極陰涼的石頭上睡了一個時辰，因此才病得厲害。」

崔嬤嬤見綺兒也說得一清二楚了，便朝徐澄和太夫人磕了個響頭，綺兒也跟著磕頭。磕完之後，崔嬤嬤又道：「夫人這麼多年一心一意操持府裡的事，何時有過私心？她對待駿少爺和二小姐還有馳少爺、驕少爺，全都一視同仁，從未有過偏頗，大家都是看在眼裡的，倘若老奴和綺兒真的做了這麼多惡事，又如何能瞞到今日？」

李妍聽得她們倆這般辯駁總算放心了。

大家聽得都有些糊塗了，開始是章姨娘這邊指證崔嬤嬤、綺兒如何罪惡滔天，暗地裡指李念云心腸惡毒狠辣，可是一轉眼，所有的罪名又全都扣在章姨娘的頭上。

太夫人堅信乖巧孝順的外甥女不會做出這樣的事，她將桌前的一杯茶水砸向崔嬤嬤、綺兒，茶水濺了崔嬤嬤、綺兒滿身都是。太夫人尖厲地吼道：「妳們這些賤骨頭，到這種地步了都不知悔改，還亂吐沫子噴人，那就查！查出來後不僅妳們掉腦袋，妳們全家都得削足斷臂！」

言外之意是，李念云也會死罪可免，活罪難逃！

其他人皆啞然，無人敢多言一字。本以為李念云與章姨娘相處和睦，沒想到私下竟然交惡到如此水火不容的地步。

徐澄朝堂下一掃，冷冷地命令道：「此宴到此為止，崔嬤嬤、綺兒、李慶家的都到至輝堂去，待梅兒和馬興到了，叫他們也都跟著去。」

隨後，他又吩咐貼身侍衛蘇柏、朱炎帶人去梅兒、綺兒、馬興的住處及崔嬤嬤家、李慶家、許大夫家、孫登家一一細查。

吩咐完之後，徐澄凝眸瞧了李妍一眼，雖然他的眼神並沒有透露太多情感，但李妍隱隱感覺那是信任的眼光。

徐澄確實信任李妍，他不僅是個狡黠機智的人，也懂得從人的表情與眼色看懂人的心境，就憑李妍剛才那般放鬆的表現，還有那雙時而清澈、時而驚愕的眼睛，怎麼可能會在心裡埋藏這麼多陰謀？

他再瞧了章姨娘一眼。

「夫人、章姨娘，妳們都回去。記住，不要動歪心思干擾我審案，到底是誰被冤枉了，我明日自會還她公道。當然，誰作下了惡，肯定也會收到惡果！」

太夫人氣得煞白的臉還未緩過來，徐菁扶著太夫人起身回翠松院，然後她自己坐上轎子回寶親王府。二爺徐澤早就聽得頭疼了，他相信大哥能處理好此事，便甩了甩袖，背著手走了。

李妍相信徐澄有能力證明一切，一個宰相不可能被一個姨娘玩得團團轉，便帶著驍兒、徐珺大步離開祥賀樓。

章姨娘也十分自信，抬頭挺胸地跨出祥賀樓的門檻。為了以防萬一，她早就讓李慶家的在綺兒和崔嬤嬤屋裡藏了東西，她巴不得有人去查呢，查得越細越好！

宋姨娘坐山觀虎鬥，心裡甚是開心，要是雙方能鬥個妳死我活最後雙雙俱亡，那就最好不過了。

徐澄環顧著整個祥賀樓，剛才還是富麗堂皇的，現在奴才們已經忙著收拾一片狼藉。剛才還熱熱鬧鬧的，現在只能聽到下人們壓抑的吁聲。

他快步走出門，走向至輝堂，他要審個一清二楚，哪怕今夜通宵不能眠。女人的虛偽他可以容忍，只要這個人心裡還有他，但是，若生出蛇蠍心腸，他絕不能忍，無論是誰！

徐澄的頭號貼身侍衛蘇柏是性情清冷、行事果斷之人，他只聽徐澄一人的命令，對夫人從來不點頭哈腰，對眾姨娘更是遠而避之。

他跟隨徐澄有五個年頭了，府裡的人卻從未見他笑過。

他帶著十幾個人將綺兒和晴兒睡的偏屋搜了個遍，是否搜到了東西，他是不會告訴李妍的。跟著一起來的十幾個人也都懼他，不敢吭聲。

他們匆匆地來又匆匆地走，晴兒有些緊張，伺候李妍脫衣時，雙手抖得厲害。「夫人，奴婢害怕，李慶家的敢這麼胡亂誣衊人卻絲毫不緊張，肯定是胸有成竹，莫非……莫非……」

李妍忽然警惕起來。「莫非拂柳閣的人在妳們的偏屋裡藏了東西？」

晴兒平時大咧咧的，沒有綺兒心思縝密，如今到了這般境況，她的腦筋也開始動了起來。她本是瞎猜測的，聽李妍這麼一問，就更加肯定了，便嚶嚶哭了起來。

「夫人，這可如何是好？她們肯定放了栽贓的東西在屋裡了，現在蘇柏又去了崔嬤嬤家，指不定還能搜出什麼來。要是崔嬤嬤和綺兒遭了難，夫人您該怎麼辦？太夫人肯定會趕您出府，老爺也會寫……寫……」

晴兒說不下去了，想到這些已嚇得哇哇大哭。

李妍心裡也跟著焦急起來，披起斗篷就往外走，被晴兒拉住了。

「夫人，您萬萬不可去至輝堂，老爺最忌諱的就是這個。您忘了去年紀姨娘的事了？她只不過是給老爺送一碗湯，就被罰禁足三個月。此時正是緊要關頭，您這一去，老爺肯定會大發雷霆！」

李妍心裡一梗，她哪裡記得這個呀？徐澄平時不讓人進他的至輝堂，肯定是怕人擾了他辦公事。難道她現在只能乾等著，被人陷害了也束手無策？

晴兒伏在桌上大哭，柔弱的身子一顫一顫的。李妍想到自己是二十七歲的當家主母，而晴兒還是十四歲的小丫頭，她年少脆弱，肯定嚇壞了。

為了不讓晴兒過於害怕，李妍打算先安撫她。「晴兒，妳別哭了，妳仔細想想，老爺何時冤枉過人？」

晴兒兩眼淚汪汪地抬頭瞧著李妍。「可是……可是老爺這些年來都沒管過府裡的事，也沒機會冤枉人啊。」

「老爺什麼陰謀詭計沒見過，他連昭信王這個反賊都能對付了，怎麼會被李慶家的和章姨娘矇騙？即使有栽贓的東西，可它並非是真的，總會找到紕漏，她們不會得逞的。聽崔嬤嬤說，馬興掌握了許多章姨娘的證據。妳想啊，章姨娘一直不知馬興和崔嬤嬤走得近，如此說來，咱們便多了一樣籌碼，妳有啥害怕的？快洗洗睡吧。」

「喔。」晴兒愣愣的，滿臉都是淚水。她覺得李妍說得有道理，可心裡仍然害怕，畢竟章姨娘平時為人太狡猾，明面上她是個老好人，暗地裡可沒少為難錦繡院的人。但是夫人的話不能不聽，晴兒啜泣著回了自己的偏屋。

李妍本來也覺得只要有徐澄在，就不必憂心，可是現在她又有些不敢肯定了。從古至今都是憑證據說話，蘇柏到底有沒有搜到東西？

李妍想到明日可能還要去對質，畢竟這次牽扯的事情太多，她尋思著得準備準備。她見桌上放著李念云以前看的書，便隨手打開一本瞧瞧。

完了！李念云的字也太娟秀了吧？寫的還是小篆！明日要是比對筆跡，她豈不是要露餡兒？

李妍索性不睡覺了，坐下來臨摹李念云以前寫的字，既然不能去至輝堂找徐澄，又想不到其他法子洗刷崔嬤嬤和綺兒的罪名，那就練練字吧，至少等到要用的時候不至於露餡兒。

李念云的字可真難練，李妍練了一整晚，也只能達到八、九分相似。

趁晴兒還未起炕，李妍趕緊將這些紙扔進火盆裡燒了，把燒的紙屑與木灰攪在一起，沒留下肉眼能看得見的痕跡。之後李妍再躺上炕，睡個回籠覺。

待李妍醒來，天已大亮了，只見晴兒急匆匆地跑進來。「夫人！奴婢剛才去打聽了，老爺已經上朝去了，可是昨夜被叫去的那些人一個都沒放出來，蘇柏帶人看守著，誰也不能傳話進去。」

「老爺昨夜審了多久，一通宵？有人知道審出什麼結果了嗎？」李妍坐了起來。

晴兒苦著臉搖頭，一邊伺候李妍穿衣一邊說：「一個字都打聽不出來，適才奴婢瞧見章姨娘房裡的菊兒四處打聽，她也垂頭喪氣地回去了，肯定是啥也沒打聽出來。也不知崔嬤嬤和綺兒這會子怎麼樣了，昨晚她們就沒用飯，今早不知能不能給她們送飯進去。」

「等會兒我去給她們送飯，人是鐵飯是鋼，餓出病來如何是好？」李妍知道奴才們沒什麼人權，餓個幾頓也沒人管，可她不忍心見這樣的事情發生。

洗漱完畢，膳堂的人就送早膳過來了。李妍讓膳堂再準備兩份早飯，而且要大分量的。

晴兒見李妍要去送飯，心裡一陣感動，她就知道自己的主子是心疼她們幾個的，感動之餘還頗為自豪。可是她又有些擔憂。「夫人，您本心只是送飯而已，章姨娘她們會不會以為您在飯裡藏了紙條？」

李妍早已慮及此事，遂問：「晴兒，妳覺得蘇柏這個人怎麼樣？」

晴兒癟了癟嘴。「他？冷冰冰的怪物，跟誰欠了他錢似的。」

「就因為他不近人情，經他查看過的東西，誰會瞎猜疑？章姨娘猜疑也沒用，只要咱們沒有把柄留給她，她想抓也抓不到。」李妍拎起食盒往門外走。

晴兒聽後終於綻露笑容，趕緊將李妍手裡的食盒接了過來。

這對主僕一前一後來到至輝堂，沒想到老遠就見到了菊兒，她也拎著個大食盒，此時正立在至輝堂的大門前。蘇柏走了出來，冷眼掃著菊兒，將食盒接了過去。

他只是揭開蓋子，就發現了異樣，但見李妍正朝這邊走來，他不想透露任何事情，便飛快地拿起一個饅頭塞進袖子裡，然後一聲不吭地將食盒還給了菊兒。

菊兒行事沒有李慶家的和梅兒那麼老練，可是那兩個都關在裡頭，章姨娘只好讓菊兒來送飯。菊兒有些慌張，也不敢問蘇柏到底看出什麼破綻，更不敢問蘇柏為何要拿走那個饅頭，便拎著食盒跑開了。

李妍與晴兒齊齊看向跑開的菊兒，心裡皆嘀咕，難道蘇柏不准人送飯？

李妍還非要試一試不可，大步流星走了過來。蘇柏兩眼不斜視，也不多瞧李妍和晴兒一眼，他接過食盒，眸光凝聚，將食盒外周細瞧了一番，然後打開食盒。

食盒是兩層的，裡面有四個饅頭、兩碗粥、兩碟小菜。李妍納悶，這個蘇柏又不會透視，他用肉眼能瞧出什麼來？

蘇柏將兩層各瞧了片刻，就拎著食盒進屋了，且將大門一關。李妍和晴兒正想伸腦袋進去瞧一瞧，被關門的巨響嚇得縮回了腦袋。

李妍整個人都放鬆了下來，她吁了一口氣，喜形於色道：「晴兒，妳不覺得蹊蹺嗎？菊兒送飯被蘇柏趕了回去，咱們送的飯卻被他拎進去了，這表明了什麼？」

晴兒雙掌一擊。

「菊兒送的東西有問題！」

「噓！」李妍比了個噤聲的手勢。「妳先別大聲張揚，她們這叫作賊心虛，待老爺回來一切都會明瞭的。」

李妍帶著晴兒回錦繡院了，雪兒、紫兒見她們面帶愉悅之色，也都跟著開心起來，一起將屋裡的火盆生得旺旺的。

李妍坐在火盆旁，拿起一本書翻看著。她看得正入迷之時，徐澄的隨從吳青楓過來了。

「夫人，老爺請您去至輝堂。」

吳青楓可沒蘇柏那麼冷清，他說話時笑咪咪的，還伸出胳膊來讓李妍搭著往前走，因為地上仍有些濕滑。

李妍搭了幾步，便由身旁的晴兒攙扶著走。吳青楓是徐澄的隨從，她不好使喚的。

這是李妍第一次進至輝堂，她被裡面肅穆大氣的擺設吸引住了。可隨之進來的章姨娘讓她十分震驚，因為章姨娘披頭散髮的，眼見著她頭上的釵環一支支地往下掉，她嘴裡還一直嚎哭，若不是認得她那身衣裳，李妍還真辨認不出她是章姨娘。

章姨娘一邊哭喊一邊張牙舞爪地朝李妍撲了過來，嚇得李妍直往後退。

章姨娘的嗓子已經嚎得有些嘶啞了，她還聲嘶力竭地控苦道：「李念云，妳到底使了什麼卑鄙手段讓老爺向著妳？妳不過是泥腿子養的村姑，擺什麼宰相夫人架子，我使喚的丫鬟出身都比妳高！」

她說話時雙手用力推搡著李妍，幸好有晴兒和吳青楓扶著李妍，否則李妍早就被她推倒在地。

章姨娘像一頭猛獸，見推不倒李妍，便伸手來掐李妍的脖子，嘴裡還罵道：「吳青楓、晴兒，你們這些狗奴才，還不快閃開！」

蘇柏飛身而來，抽出長劍架在章姨娘的脖子上，冷颼颼地吐出三個字：「快鬆手！」

章姨娘脖子一僵，睜著一雙驚恐的丹鳳眼瞧著蘇柏。

第六章

章姨娘淒冷一笑，輕蔑地說道：「蘇柏，有膽量你就直接抹我的脖子！你只不過是老爺的狗腿子，竟然敢在我頭上耀武揚威？我爹一聲令下，就能將你抓到牢裡去，你就等著吃牢飯吧！」

蘇柏自始至終毫無表情，眼皮子都沒眨一下，就像沒聽見章姨娘說話一般，吃不吃牢飯他也不在乎。

徐澄背著手跨進來了，掃了一眼章姨娘那瘋婆子的模樣，那眼神似厭惡又惋惜，然後走到上堂坐了下來，輕描淡寫地說道：「蘇柏吃不上那口牢飯，因為妳爹已經先吃牢飯去了。」

蘇柏見徐澄來了，便收了劍，插入劍鞘。

章姨娘瞳孔放大，呆若木雞。

李妍知道真相就要大白了，徐澄肯定已掌握了一切，可是崔嬤嬤和綺兒被關在哪一間房，怎麼還不放她們出來？

「夫人，妳過來。」徐澄朝李妍淺淺一笑，很溫厚，讓李妍覺得很踏實，但也有些受寵若驚，她忍不住望了章姨娘一眼，生怕她又發瘋般掐了過來。

李妍走到徐澄身側，吳青楓立馬搬來一把羅漢椅。徐澄朝李妍示意地點了點下巴，李妍乖乖地坐下了。

本已石化的章姨娘，突然如同一隻飛燕，身子陡然飛奔而來，一下匍匐在地，可憐巴巴地抬頭乞求著徐澄。

「老爺！老爺！你不要被她的假心假意矇騙了，這些年來崔嬤嬤和綺兒做的那些惡事可都是她指使的啊！她敢謀害駿兒和玥兒，敢謀害我腹中胎兒，總有一日她敢謀害了你，老爺！」

李妍總算明白什麼叫「不到黃河心不死」了，眼前就是活生生的一個，都到這般地步了，章姨娘竟然還一口一個謀害，到底誰謀害誰呀？她是得了妄想症，還是健忘症？

徐澄厭惡女人一哭二鬧三上吊，更厭惡心腸惡毒和栽贓陷害。

本來他對章姨娘還有些惋惜，現在只剩下厭惡了，他厲聲喝道：「妳給我住嘴！」

章姨娘嗓子眼一哽咽，不敢再出聲了。她匍匐在地，只是抬著脖子企盼地望著徐澄，無盡的淒涼、無盡的委屈和無盡的哀怨。

「表哥，你不記得當年你對妾身的情意嗎？當年太夫人當著咱們倆的面說要親上加親，你怎麼一個『不』字都沒說，那不是表明你樂意娶妾身為妻嗎？可是後來陰差陽錯，你竟然娶了她為妻！」她憤恨的目光射向李妍。

李妍覺得自己很無辜，徐澄與李念云成親跟她可沒啥關係呀，何況李念云嫁給徐澄是明媒正娶的，徐澄當年沒說一個「不」字難道就表明他愛的是表妹章玉柳？

章玉柳又繼續哭著控訴道：「她還成日作踐妾身，妾身之所以一直未稟告老爺，是擔心老爺誤會，以為妾身在挑撥離間，實在無奈只能忍氣吞聲。可是這回妾身真的忍不下去了，倘若不是老爺及時回府，府裡的錢財早被她搬盡了，妾身恐怕也要被她謀害了……」

她哭訴的慘狀叫人目不忍睹，那模樣太可憐了。

李妍顧不上反駁誰謀害誰的事，而是看向徐澄，看他怎麼回答章姨娘，難道他的初戀真的是章姨娘？

剛才徐澄眼裡還有一絲同情，現在已經蕩然無存了。「妳做這等可憐之狀給誰看？自己作孽還栽贓到夫人頭上，妳的心腸怎麼變得如此狠毒？妳還是當年我認識的那個表妹嗎？當年我之所以沒說一個『不』字，不是因為我對妳有情意，那時我對任何女子都沒有情意，只是謹遵媒妁之言、父母之命而已。後來得知父親與李將軍早已將我與夫人的姻緣定下，那我就得遵命娶她。先來後到這個道理妳該懂的，妳不該心懷怨恨而做下一樁樁惡事。」

章姨娘拚命搖頭。「妾身沒有！妾身沒有！證據確鑿，那些事都是李念云做的，老爺不是審了一夜？那麼多證據還不足以證明妾身的清白？」

「什麼證據？」徐澄眉頭一蹙。

章姨娘懵了，他審了一夜竟然還不知道有證據？她心一急，便道：「就是從綺兒和崔嬤嬤屋裡搜出來的那些證據啊，還有帳本啊！」

「妳怎麼知道崔嬤嬤和綺兒屋裡有證據？妳並非她們本人又如何知道她們屋裡藏了東西？帳本一看就知道是才補不久的，妳把我當傻子糊弄？」徐澄打開抽屜，從裡面拿出厚厚一疊帳本往章姨娘面前一摔。「我習字多年，只要看墨跡就能猜出個大概！」

隨後徐澄又從抽屜裡拿出幾張紙條拍在桌上。「這就是從綺兒和崔嬤嬤那裡搜出來的紙條，的確有勾結許大夫和孫登洗劫金銀之事，也有去年夫人指使綺兒下藥謀害駿兒和玥兒之事，還有崔嬤嬤故意推妳之事。」

李妍啞然，她知道徐澄還有後話。

章姨娘卻不等徐澄說完就急辯道：「既然白紙黑字的都是不可辯駁的證據，老爺為何讓蘇柏給妾身傳話說妾身犯了罪？妾身只不過辯幾句，蘇柏竟然敢將妾身生拉硬拽過來，妾身顏面何在？蘇柏又置老爺顏面何在？」

徐澄將紙條扔到章姨娘面前。「妳看清楚了，這些字哪裡像是夫人寫的？雖說有七、八分像，但如何也逃不過我的眼睛！」

徐澄又拿出一個饅頭，還是開了口的饅頭，也就是早上菊兒送飯時被蘇柏拿走的那個。他把饅頭也扔給了章姨娘，因為已經被扒了口，紙條從裡面掉了出來。「妳畫虎不成反類犬，那些所謂的證據根本不是夫人寫的，倒是和妳早上偷偷傳話給李慶家的寫的字像得很！」

章姨娘將紙條打開看。「妾身沒寫什麼呀，就是叫李慶家的勿憂慮，她是妾身的奴才，妾身不忍心見她遭罪。」

「紙條上寫的是『勿憂勿慌，若出差錯，全家難安，切記！』這分明是妳在威脅李慶家的，意思是她若是供出妳的罪狀，妳就會要了她全家的命，不是嗎？妳不要再狡辯了，綺兒和崔嬤嬤不是傻子，她們若做了這等事不把證據燒了還留著讓妳知道？妳是侍候她們的奴僕嗎，知道她們有這樣的東西？何況李慶和他的婆娘都招認了，一切都是妳在幕後操縱的，我不想再與妳多費口舌。我只想問妳，這些年我可曾薄待過妳？」

章姨娘不正面回答問題，而是抓起地上的紙條。「這些真的不是妾身寫的，明明是李念云的筆跡，妾身寫不出這樣的字。老爺，你若不信可以拿紙筆過來，妾身寫給你看……」

徐澄頭有些疼，真的被章姨娘吵得暈乎了。他朝邊上作了個手勢，蘇柏便進了旁邊的屋，把馬興、崔嬤嬤、綺兒、李慶、李慶家的、梅兒，還有崔嬤嬤的兒女及李慶家的兒女，以及連帶幾名丫頭和小廝全都帶出來了。

章姨娘爬起身，衝到李慶家的面前，狠狠地搧了她一個大耳光。「妳個賤奴才，竟然敢誣衊我！」

李慶見他婆娘被欺負了，用力將章姨娘推倒在地，氣憤地說道：「這幾年妳動不動就威脅我們，要我們為妳做惡事，害得我們每日過得惶惶不安，這種日子我們不想再過下去了！」

章姨娘氣得又從地上爬了起來，嚇得李慶家的直往後退，生怕章姨娘又來打她，而李慶張開雙臂緊護著他婆娘。

章姨娘氣得眼珠子都要瞪出來了。「你……你敢推我？」

李慶知道章姨娘要落難了，就更有底氣了。「妳打人還有理了？」

章姨娘傻眼了，無奈之下她又對旁邊的梅兒吼道：「妳也誣衊我嗎？妳和許大夫的事是妳自己答應的，可別賴到我頭上！」

梅兒嚇得撲通跪了下來。「奴婢沒有誣衊姨娘，只是把自己知道的事實話實說。姨娘不是說……說只要許大夫答應為妳做事，就把奴婢送給他做妾嗎？奴婢雖然不願意給他做妾，可這是姨娘安排的，奴婢不敢忤逆，才……才答應的。」

章姨娘抬腿就朝梅兒狠狠踢過去。

「夠了！」徐澄怒吼。「她只不過實話實說而已，有李慶家的為她作證，又沒有編排妳，妳為何打她，妳平時就這麼管教奴才的？」

章姨娘噎住了，她現在這模樣儼然一個瘋子，見誰就想咬誰。「老爺，這兩個賤奴才合夥害我啊！」

徐澄懶得與她多說，而是問道：「妳就不問一問妳爹的事？」他有些好奇，剛才他就已說了她爹在吃牢飯的事了，她竟然一句也沒問。

章姨娘知道自己完了，她爹也完了，她爹貪污受賄之事她怎不清楚，她剛才不問只是怕扯出她爹為她藏錢財的事。

章姨娘仍然閉口不問。

「在我去焦陽城之前，就有人彈劾章廣離，皇上早已命人暗查。他手裡本有四樁命案，沒想到就在今日上午又查出兩條人命，是……許大夫和孫登。妳爹把九成錢財給徐府送回來了，剩下的一成並不是許大夫和孫登帶走的，而是妳爹私吞了，妳可知道？」

章姨娘哪不知道，只不過她打死也不承認，嚎啕道：「不！不！肯定是你們搞錯了，是李念云派人殺他們的，不是我爹！」

徐澄難以相信曾經的表妹變成這副樣子了，「潑婦」這兩個字已經不足以形容，他感覺他已經不認識這個表妹了。「妳為何抵死不認自己犯下的錯？難道妳壓根兒不認為這些是錯事？」

章姨娘還要開口辯解，徐澄沒有給她這個機會，他接著道：「吳總領接任了妳爹的職位，已經派人在外候著，妳的事我不想再過問，一切交由承天府處置，來人！」

「慢！」章姨娘知道大勢已去，但是她還想做最後掙扎。「老爺，妾身之所以不承認，是因為做出這些事並不是出於妾身本心，是太夫人逼著妾身這麼做的，妾身懼她，不敢違逆。府裡上上下下，誰不知道太夫人想趕李念云出府？妾身向來守本分，只想能侍候老爺就行，可是太夫人之命妾身真的不敢違啊！」

徐澄怒不可遏，額爆青筋，吼道：「妳死不悔改，究竟為何？連太夫人妳也敢栽贓，妳當真是無可救藥！」

章姨娘一下竄到李慶家的面前，撕開了她的袖子，拿出兩封信，飛快地跑到徐澄面前。「老爺你看這兩封信，確確實實是太夫人親筆信，妾身如何也仿寫不出來的。老爺，妾身雖有錯，但不過是聽太夫人的指使而已，你就饒了妾身這一回吧？你是宰相，你完全可以不讓妾身進承天府，你罰妾身禁足三個月好不好，哪怕一年也行啊！妾身一定虛心受教，再不惹事，老爺，老爺！」

徐澄冷眼瞧著跪在下方的章玉柳，瞧得章玉柳心裡直發毛。徐澄開口了，簡單而明瞭。「從此時起，妳不再是我的妾了。來人，將章玉柳帶走！」

徐澄打開太夫人寫的那兩封信，一字字一行行，看得他一陣陣透心涼。

章玉柳已經被承天府的人帶出去了，只是她仍不死心，一路撒潑道：「即使我去了承天府，事實也是如此，這一切都是太夫人指使我做的！」

章玉柳精力充沛，一路悲憤哭喊，看上去似乎比竇娥還冤，直到她被帶到府門前，她那尖厲刺耳的聲音仍在宰相府迴蕩著。

李妍心裡很清楚，章玉柳被送進承天府是不是死罪還很難說，她栽贓誣陷並未成功，所以算不得大罪。而她與她爹合謀洗劫宰相府和殺人之事，她可以說她爹是主犯，她只是從犯，因為她爹已是死罪，也不怕多加一宗罪了。

何況她還把事情推到太夫人頭上，太夫人是否真的口授這些事根本無法取證，因為徐澄是絕對不會把那兩封信交給承天府的。而太夫人又是宰相之母，且年事已高，承天府不敢捉拿太夫人問案，此案根本不能確實判案。

但是，即使死罪可免，但活罪她也得生生受著，至少要蹲大獄，蹲了一段時日出了牢獄，她的身分也成了賤奴，會被發配到荒蕪之地苟活一生。

李妍見徐澄神情落寞，就知道這信確實是太夫人寫的。她很想知道信裡寫了啥，是太夫人對付她與驍兒的計謀吧，到底是寫給誰的？可是在這關頭，當著這麼多人的面，她也不好多問。

徐澄將信揣在懷裡，章玉柳已被帶走，他打算處置拂柳閣的奴才們。

忽然，他側臉看向李妍，手放在李妍的手背上輕輕拍了拍。「妳是當家主母，這些人就由妳處置。」

李妍的手不自覺縮了縮，她有些不敢應下這件事，因為她對這種業務還不熟練啊，雖然她是當家主母，可還沒正經做過一件事呢。她朝徐澄努了努嘴。「老爺，我……」

徐澄再用力握了一下她的手，便起了身，他心裡在想，夫人如今變得膽大了許多，也有自己的主意，不至於連這點事都辦不好，何況以前府中之事一直是由她處置的。

「我還有些事要辦，這裡就交給妳了。」他顯然十分信任李妍，不想再過問這些事，然後心事重重地走進書房。

他的隨從張春、吳青楓立在書房門外，準備隨時進去侍候。蘇柏、朱炎兩位侍衛則立在至輝堂門外。

李妍知道徐澄是被信裡的內容打擊了。太夫人是他的母親，他又不能質問責怪，只能憋在心裡了，平時意氣風發且氣勢威嚴的他，也有患得患失的時候，李妍看了有些心疼，很想安慰他幾句。

忽然她暗自一驚，她竟然有些心疼他，還想安慰他，她不會是喜歡上他了？不……不可能，她怎麼可能這麼容易喜歡上一個男人？可是心裡的那分觸動卻是真實的，看著他進書房的背影，她心裡莫名酸楚，似乎能與他感同身受。

這種心疼與酸楚是喜歡的感情嗎？

手上似乎還有他留下的餘溫，他剛才那麼一握，不僅是對她的信任，或許也是他對她情感上的表達。

李妍不再多想這些了，她回過神，發現屋裡人都在眼巴巴望著她。她見崔嬤嬤、綺兒、馬興一夜沒睡，臉色蒼白，已露疲態，只不過他們見夫人終於揚眉吐氣了，而章玉柳也受到懲罰，雖疲憊卻又帶著些許興奮。

李妍心中雖喜，但可不能喜形於色，她溫和地說道：「嬤嬤，妳肯定累了，趕緊帶著家人回家去。綺兒、馬興，你們也是，都各自回去好好歇息。」

「是。」崔嬤嬤笑咪咪地帶著兒女們和馬興一起向李妍福身行禮，然後出去了。綺兒過來行禮時還調皮地向邊上的晴兒眨了眨眼，傳達著她的欣喜，然後踩著輕快的步子出了門。

現在剩下的都是該處置的人了，李慶一家、梅兒、菊兒，還有這些案子連帶的四位丫頭和小廝。這些人知道夫人宅心仁厚，此時更是乞求地望著李妍，希望不要罰得太重。

晴兒在旁擠眉弄眼，李妍明白她的心思，她是希望夫人能狠狠懲罰這些人。

李妍覺得應該以徐澄的立場來處置這些人，她不能由著性子自作主張，也不敢隨意杖斃誰，雖然她看到李慶家的就厭惡，因為李慶家的昨晚的嘴臉確實太難看。

李妍輕咳了一下，一字一字地說道：「李慶、李慶家的，你們雖說是受章玉柳指使，可是你們不分黑白，胡亂栽贓陷害，實在是不應該。承天府沒將你們帶走，而是留下你們由府裡自行處置，他們這是看在老爺的分上饒過你們，可不是因為你們沒犯錯。」

李慶家的趕緊屈膝一跪，還用力拽著她男人的衣角，李慶也趕緊跟著跪了下來，兩人齊齊向李妍磕了頭。

李慶家的能說會道，也是天生會演戲的，只聽見「啪」的一聲，她伸手狠狠打了自己一個大耳光，聲音清脆響亮，就連她的男人李慶也嚇了一跳。

李慶家的臉上頂著一個紅手印，眼淚撲簌簌的。「夫人，您是高高在上的宰相夫人，待下人卻平和寬厚，處事通情達理，府裡的奴才們哪個不敬？老奴一心敬著夫人，可是夫人不是常常說奴才們要伺候好自己的主子嗎？章姨娘她……章玉柳以前是老奴的主子，老奴就得唯她馬首是瞻，若是違逆不遵，豈不是失了奴才的本分？還望夫人饒過老奴和李慶，咱們確確實實是無奈之過啊。」

李妍聽得再明白不過了，她的意思是她配合章玉柳陷害夫人，是在行自己的本分。說來說去，她倒是一個忠心耿耿的好奴才了！

李妍婉約一笑。「既然妳如此忠心妳的主子，為何昨夜卻招認不諱，將妳主子的事全都抖了出來呢？若要忠心，得一路堅持到底才好，不是嗎？」

李慶家的身子一僵。「老爺……老爺威嚴，老奴不敢不招，老爺才是府裡最大的主子，老奴自然更要忠心於他才是。」

「哦，妳的意思是只要老爺不在，妳就敢夥同章玉柳任意妄為了？難道我就不是妳的主子？我不僅是妳的主子，在這之前我還是章玉柳的主子，妳當年進府時沒人教妳什麼叫以下犯上嗎？」李妍一聲高過一聲，李慶家的與李慶禁不住縮起脖子。

李妍又厲聲道：「錯就是錯了，你們不就是因為我沒同意讓你們的兒子當個小管事，你們就恩將仇報？要不是因為倚靠我的娘家，你們當年連這個府都進不來！奴才犯了錯不但不勇於承認，還敢在主子們面前狡辯，想逃避懲罰，這是錯上加錯！」

李慶與李慶家的有些惶恐了，知道現在逞口舌之快只會招來更重的懲處，便緊閉著嘴，再也不敢出聲了。

他們的兒女嚇得跑過來不停磕頭求饒。

李妍略作思考，便道：「罰李慶、李慶家的三十大板，之所以罰得少不是因為你們求饒，而是因為承天府還在查案，有可能帶你們去錄供詞。另外，此案了結之後，你們就帶著兒女們出府吧，生死由命，此生皆不能再跨進徐府一步。」

李慶家的一臉愕然，又忙著磕頭。「夫人，您宅心仁厚，就可憐可憐老奴吧。老奴家在外連個住處都沒有，這一大家子出了府，怕是要餓死了。」

李妍知道她無非是想要一些打發錢，可李妍並非菩薩心腸，冷冷地說道：「沒重懲妳和李慶，已是網開一面了，妳若再多求，就別怪我心狠了。」

李慶家的啞口無言，眼前的夫人確實是大變了。她和李慶哭喪著臉起了身，帶著兒女們準備出門，此時李妍又補了一句：「此案了結之前，你們只能在偏院裡待著，不能隨意走動。待案結出府之時，你們只能帶著自己的衣物和這幾年攢下的例錢走，若敢偷拿府裡的東西，就別問我你們為何會斷了手腳！」

李慶家的嘴一癟，這次真是傷心地哭了，為自己而哭。剛才她還在尋思著，雖然她家攢下的錢不足以在外面買個院子，生計也堪憂，到時候離府時就帶點值錢的東西走也好。

沒想到最後一個希望都破滅了。

她放聲大哭，她的一家子都跟著大哭，邊哭邊往外走。家丁們已拉來條凳，無論如何痛哭，他們那三十板子還是不能少的。他們年歲不輕，都是四十多歲的人了，這三十大板也能要了他們小半條命。

其實李妍覺得這般處罰仍然輕了，但沒辦法，因為以前的李念云一向是心慈手軟。今日她的表現與往日不宜相差太大，否則就太不符合常理。李妍心裡嘆了嘆氣，還是一步步走穩些為好。

聽著外面的板子聲和慘叫聲，李妍再看向堂下的梅兒和菊兒，她覺得這兩個丫鬟心腸並不算壞，但對章玉柳還算忠心。章玉柳可能就因為這一點，才沒敢把大事交給她們做，只讓她們做點小手腳。

「梅兒和菊兒，念妳們年少，也沒做下多大的孽事，我就不罰妳們板子了。我會讓林管事將妳們賣到別的人家去，妳們留在這裡也沒什麼好處，肯定會因章玉柳的事再也抬不起頭來，還不如去別的府好好做人。」

梅兒、菊兒皆磕頭謝恩。

李妍再看著剩下的四個三等丫頭和小廝，嘆了嘆氣。「你們只是傳個話以及往饅頭裡包紙條，並不知曉章玉柳包藏禍心，也不罰你們了，你們跟著梅兒、菊兒一起去林管事那兒吧。晴兒，妳帶著他們去管事房找林管事，傳我的話，叫林管事將他們賣到好一點的人家。」

這些人都磕頭謝了恩，然後跟著晴兒去管事房。

處置完這些，李妍見外面的板子聲也停了，她朝蘇柏招了招手。蘇柏以前還真沒聽過她的使喚，他先是愣了一下，還是走過來了。

他抱拳作揖。「夫人有何吩咐？」

「待李慶一家出府那日，你帶人盯著，以防他們心有怨氣，臨走時再惹出禍事來。」

「是，夫人。」蘇柏領命。

李妍知道李慶一家都害怕蘇柏，有蘇柏盯哨，他們肯定不敢作亂。

李妍起了身，正要回錦繡院歇息，沒想到剛出門，迎面碰到了怒氣沖天的太夫人。

太夫人由王婆子和夢兒攙扶著，她一見到李妍，那張老臉頓時歪了，身子氣得顫抖起來，連帶著嗓音也跟著發顫，她怒吼道：「是誰……是誰把玉柳趕出府的？是誰?!」

李妍張望了一下四周，再很無辜地看著太夫人。這裡除了她就剩下蘇柏和朱炎等人了，徐澄在書房裡，太夫人所指的這個「誰」，當然是她李妍了。

李妍並沒有急著將章玉柳出賣太夫人之事說出來，她怕太夫人一時接受不了會氣壞身子，到時候在徐澄面前就不好交差了。

李妍當然也想讓太夫人知道此事，但此話絕對不能從自己嘴裡說出來。

太夫人惡狠狠地盯著李妍，咬著幾顆零星的老牙，還咯吱咯吱作響。「好一個李念云，老身真是老眼昏花，竟然沒瞧出妳有這等顛倒黑白的本事，還能將玉柳送進承天府，該進承天府的是妳而不是她！澄兒，你快出來！趕緊給這個賤人寫休書，然後派人將玉柳接回來！」

李妍氣得不輕，敢怒不敢言，只能柔聲勸道：「太夫人，您先別生氣，老爺已經……」

「住嘴！這裡沒妳說話的分兒！滾開！」太夫人劈頭蓋臉朝她一陣怒吼，唾沫都濺到李妍臉上了。

李妍極力忍耐，暗暗安慰自己，別氣別氣，這個老太婆活不了多久的。若以她本性，肯定衝上去大吼——妳為老就可以不尊了？妳老眼昏花不分黑白被自己外甥女出賣了還在這兒胡鬧什麼呀！

幸好，她一個字也沒吼出來，因為徐澄已經從書房裡出來了，他母親大吼大叫的，他不能在書房裡裝聾。

「母親，您年紀大了，還這般吼叫就不怕啞了嗓子？何況這有失您的威儀。」徐澄過來攙扶太夫人。

太夫人甩開徐澄。「我還有威儀嗎？你和李念云作踐玉柳，是不是巴不得把我氣死，你好眼不見心不煩？」

「母親，您說什麼呢，兒子哪敢？」徐澄有些無奈，他不能將章玉柳的事一股腦兒全告訴母親，但有些事又必須讓母親知道，否則她會鬧個沒完。

他頓了頓，打算循序漸進一件事一件事地說。「章廣離……他……」

太夫人雙眼一瞪。「你怎麼直呼你姨父的名，他還是你岳父啊！」

「他從來都不是我岳父，哪有稱妾之父為岳父的，他現在是罪臣，我自當直呼其名。章廣離……他貪贓枉法斂了十六萬兩銀子。」

太夫人一怔。「你說什麼？」

「章廣離他貪贓……」

「我聽清楚了，我是問他的事你是如何知曉的，皇上派人查他了？」太夫人打斷徐澄的重述，焦急地問道。

徐澄點了點頭，原來他母親早知道章廣離貪贓枉法之事，否則哪能如此鎮定。

太夫人嘴唇顫了顫。「你姨母說她經常勸章廣離收斂收斂，怎麼勸來勸去斂的財越來越多？去年還說只有五萬，怎麼今年就有十六萬了。澄兒啊，你趕緊想辦法救你的姨父！」

徐澄對此沒有應答，而是說道：「他手裡還有六樁命案，死罪難逃，他……活不了多少日子了。」

太夫人身子晃了晃，眼見著就要倒地，嚇得徐澄伸手一扶，他母親的身子便穩當了，但是徐澄也不敢再說章玉柳的事了。

徐澄扶著太夫人坐下來。「母親，並非兒子淡漠，而是他罪有應得，倘若皇上連身負六樁命案的人都能放過，那他如何坐穩江山？」

太夫人直拍座椅扶手。「你是宰相啊，你說話有分量，皇上會考慮的。難道你忍心見你姨母也跟著赴黃泉？還有你那三位表兄弟，他們……」

徐澄沈聲道：「章廣離所犯下的罪不會誅九族。」

太夫人急了。「兒啊，你別跟我打官腔，我知道不會誅九族，但肯定會被抄家。你姨母失了你姨父的倚靠，她如何活得下去，你三位表兄弟肯定會沒了官職，一家老小喝西北風去？」

徐澄吞吞吐吐地說：「三位表兄弟也會蹲大牢，不必喝西北風，有……有牢飯可吃。」

太夫人雙手狠拍扶手，雙腿直跺地。「那你別光說啊，趕緊去救他們呀，快！」

徐澄低頭垂首，站立不動。

太夫人氣得捂胸口。「你……你這個忤逆的兒子，枉為一朝宰相，竟然六親不認，你……」

眼見著她這一口氣似乎喘不上來，徐澄忙道：「母親別生氣，兒子……這就去。」

李妍知道徐澄為難，沒辦法才應下的，他總不能把母親氣死吧。

徐澄又扶起太夫人。「母親，兒子先扶您回翠松院再去。」

「不行，我就在這兒等著！你可以求皇上免了他的死罪，用銀兩去充刑，前朝就有這種例子，你比誰都清楚！還有，趕緊將玉柳給帶回來，然後給李念云寫休書，讓她滾回她爹的西北大營去！」

徐澄面呈灰色，身子僵立。幼時他覺得母親是一個極為曠達之人，對上尊敬，對下仁慈，對外人友恭，對兒女慈愛。可是當他的父親不在了，母親的眼裡就只有娘家了。

這時晴兒已從管事房回來，她見李妍臉色難堪，又聽得坐在裡面的太夫人讓老爺寫休書，當場氣急。她見夢兒站在門邊上候著，便一把將夢兒拉過來。「章玉柳說，昨日宴席上李慶家的說的那些事全是太夫人指使她做的，太夫人還讓她爹殺了許大夫和孫登來個死無對證，妳在太夫人身邊伺候，可知有此事？」

夢兒聽傻了，她是太夫人娘家一位遠親家的姑娘，來太夫人身邊不久，沒經歷什麼大事，她慌張地說：「怎麼……怎麼可能，太夫人她不會的。」

晴兒氣嘟嘟地說：「章玉柳從至輝堂一直嚷到府大門前，『即使我去了承天府，事實也是如此，這一切都是太夫人指使我做的！』妳會沒聽見？」

夢兒懵懵怔怔的。「我……我聽見了，但不知章姨娘說的是這等事。」

屋裡，太夫人痛心疾首地催道：「澄兒，你還不快去！」

徐澄嘆了一氣，他是宰相，是不可能去做這種蠅營狗苟之事，章廣離這種罪大惡極之人，他哪裡有臉去求皇上開恩。徐家與章家是近親，不被連帶責罰就算是皇上給他臉面了。

但想到他確實有事想去稟告皇上，就朝母親拜了拜，轉身出去，張春和吳青楓隨後。蘇柏和朱炎也要跟上，被徐澄止住了，他向蘇柏瞅了一眼，又指了指至輝堂裡面，蘇柏就明白了，老爺讓他在這裡穩住場面。

夢兒以為老爺真的要去將章玉柳接回來，她跑到太夫人面前，將晴兒剛才說的事如竹筒倒豆子般全告訴太夫人了。

太夫人身子一滯，片刻之後，一口老血直噴而出，嚇得夢兒雙腿一跪。李妍趕緊跑了進來，不知所措。

王婆子拿出絹帕為太夫人擦嘴上的血，太夫人卻猛地將她推到一邊。

太夫人雖氣卻不太相信。「李念云、晴兒，妳們……妳們編排的一手好戲，來人！蘇柏，你快將她們給我關到柴房裡去。還有，將晴兒這個小蹄子給我活活打死！」

李妍呆了，晴兒已嚇懵了，連哭都哭不出來。

蘇柏卻來到太夫人面前作揖，振振有詞。「太夫人，晴兒告知夢兒的事全都屬實，恕在下不能從命。」

太夫人又是一噴，一口老血噴在跪在她面前的夢兒身上。

「太夫人！太夫人！」王婆子與夢兒尖叫道。

李妍見情況不妙，忙對蘇柏說：「你快去把老爺追回來！」

太夫人連吐兩口老血，蘇柏竟然面不改色，一點也不擔心出了事會被徐澄責怪。

李妍推了一把發懵的晴兒。「晴兒，妳快去把曾大夫找來！」

晴兒這才清醒過來，飛奔出去。一邊跑還一邊尋思著，太夫人剛才讓蘇柏把她活活打死？好可怕的老太婆！

徐澄被蘇柏追了回來，曾大夫也來了。太夫人竟然推開王婆子和夢兒，自己用袖子擦了擦嘴，硬撐著說道：「我身子好得很，還能再活三十年！」

她說最後一個「年」字時，眼前一黑，啥也看不見了。不過只是那麼一個瞬間，一眨眼她又能看清眼前的兒子。

「澄兒，你快去，別再耽擱了。王嬤嬤、夢兒，扶我回翠松院。」

胸前全是血的夢兒和滿臉擔憂的王婆子扶起太夫人，太夫人雙腿有點顫抖，但她很快站穩了。

徐澄哪裡還有心思去皇宮，但母親又不讓他跟著。他只好吩咐曾大夫去翠松院，尋著機會趕緊為太夫人把脈開方子。

他自己則準備回書房找醫書，他最近得了空閒會學一學醫術。他知道有時候靠人還不如靠己，雖然他對母親有諸多不滿意的地方，但也不希望她被活活氣死。

他見李妍怔在一旁，伸手拍了拍她的肩。「真是委屈妳了。」

李妍真覺得很委屈，但她還是搖了搖頭。她知道徐澄此時心已經夠累了，還要擔心太夫人的身子，她有些自責道：「剛才晴兒不是故意要告訴夢兒的，她向來行事衝動，我應該攔住她才對，我當時也是生氣了，所以沒……」

晴兒緊低著頭，不敢吭聲，要不是她多嘴，太夫人這兩口老血今日是噴不出來的。

徐澄往書房走去，一邊走一邊說：「這不怪妳，也不怪晴兒和夢兒。鬧了一下午，妳也累了，快回錦繡院吧。」

李妍瞧著他高大頎長的背影，莫名地心裡一酸，覺得他活得實在不輕鬆。國事繁忙，家事又一團糟，特別是他那位難纏的母親，他都得冷靜應對。

李妍想到自己身為當家主母，應當為徐澄分憂才是，此時她才切切實實感覺到自己肩上有擔子了。

李妍和晴兒回到錦繡院，見綺兒蹲在火盆旁擺弄著一個小陶罐。

「綺兒，妳不歇息著，在這兒弄什麼？」李妍蹲下來瞧。

綺兒將小陶罐轉了個方向，雙手迅速抬起來捏著自己的耳垂，看來是燙著了。「夫人，這幾日府裡被章玉柳攪得天翻地覆，您也沒睡好覺，奴婢尋思著該給您補補了，便讓膳堂送來一隻雞和一些香菇，放進陶罐裡用慢火燉著可香了，比膳堂用大火燉的好吃。夫人自病癒後還沒怎麼敢吃葷的，現在可以開吃了。」

李妍吸了吸鼻子，聞著絲絲香氣，還真有些饞了。

她摸了摸綺兒的頭。「傻丫頭，自己不顧著身子，淨為我尋思這些。待會兒妳和晴兒也吃些，妳們也要補一補。」

「好。」綺兒甜甜笑著。

這時晴兒湊過來，將太夫人吐血的事跟綺兒說了，又道：「我估摸著太夫人活不了幾日了。」

「噓！」李妍瞅了瞅門外。「晴兒，這種話可不許亂說，叫人知道了，妳真要被關柴房裡去了。」

晴兒趕緊捂住嘴。

綺兒驚愕了半晌。「妳咋惹出這麼大的禍事，老爺沒責怪妳？」

晴兒吐了吐舌。「老爺好像沒有怪我的意思。對了，綺兒，妳有沒有去探望紀姨娘，她的腳受傷了，指不定還在生妳的氣呢！」

綺兒癟了癟嘴。「這不能怪我，是章玉柳故意碰我的。」

李妍聽她們這麼一說，才想起紀姨娘的事。「綺兒，妳跟我去一趟秋水閣。妳把事情向紀姨娘解釋清楚也好，她是個愛美之人，腳受了傷，心裡肯定憂悶。當時妳說是章姨娘碰妳，紀姨娘還以為是推託之詞呢，她現在要是知道章姨娘是故意的，就不會對妳心存怨恨了。」

綺兒直點頭。「夫人說得是，咱們這就去。晴兒，妳看著陶罐。」

綺兒扶著李妍一路向西，路過拂柳閣，見林管事在貼封條。他要待老爺得了空來瞧過一眼，然後再清點錢財與珍寶器玩，最後入庫。

忽然，李妍和綺兒見兩個人影一閃，往後面跑去了。

綺兒眼尖，一下就認出是誰，說道：「夫人，好像是駿少爺和二小姐，他們見了您不過來行禮，竟然躲著跑了。」

李妍心裡明白，章玉柳的一對兒女此時肯定恨透了她。「綺兒，咱們得了機會，應該讓他們知道事情的原委，他們小小年紀心裡若存著恨，對將來沒好處。」

李妍知道這並非易事，儘管這兩個孩子知道是章玉柳自己造的孽，這種恨也難以消除。

綺兒琢磨著說：「要不咱們現在就去找他們說一說？」

李妍略微躊躇。「不了，有些事操之過急只會適得其反，還是慢慢來。」

路過了拂柳閣，再經過徐駿的浩海軒和徐玥的映萱閣，繞過一個魚池，便到了秋水閣。

李妍還是第一次來到這邊，禁不住駐足多瞧了幾眼。秋水閣的丫頭遠遠就見著她們來了，飛快地跑進去稟告。

李妍和綺兒再朝前走幾步，見一位非本府打扮的婦人走出來，此婦人裝作沒瞧見遠處的李妍，而是朝另一頭大搖大擺地走了，那模樣還帶著些傲氣。

「宮裡的憶敏姑姑又來了，她每回來都不把夫人放在眼裡，真是過分！」綺兒撇了撇嘴。「只不過一個姑姑而已，有什麼了不得的，她這回肯定是請紀姨娘去玉嬪娘娘那兒玩。說來也奇怪，紀姨娘和她的親姊姊一年也難得相見一次，卻和玉嬪娘娘相處得這麼親，每隔三個月必見一次面，有時候跑得勤還每個月都見，雖然這是皇上允許的，也沒人敢說什麼，但奴婢覺得，紀姨娘故意與玉嬪娘娘走得近，她有了皇上妃子倚仗，這樣夫人也不好管她了。」

李妍慮到一事，小聲說道：「紀姨娘來府四年了，卻未有生育，綺兒妳多留意一下，也不知是她自己身子的緣故，還是她壓根兒不想懷上。」

「奴婢記下了。」綺兒話音一落，便見張春家的走過來迎接了。

張春家的對李妍施了禮，面露愧疚之色。「夫人，紀姨娘腿腳不方便，沒能出來迎接，還望夫人莫怪。」

李妍微微一笑。「我怎麼可能怪她，我是來看望她的。」

張春家的略彎著腰。「夫人請。」

進了秋水閣，李妍瞧見坐在炕上的紀姨娘臉色不太好看，巧兒和迎兒立在邊上，手裡端著藥。

紀姨娘朝她們擺了擺手。「夫人就要來了，妳們快退下，我腳上已經敷了藥，幹麼還要喝苦藥汁，這不是捉弄我嗎？那個曾大夫的醫術到底行不行？」

巧兒和迎兒身子一轉，向李妍施過禮趕緊退下去了。

紀姨娘這才瞧向門口。「喲，夫人已經進來了，妾身……」她故作下炕的姿勢。

李妍趕緊走過來。「妹妹不必煩勞起身，好好躺著，今日可好些了？」

紀姨娘苦著臉。「好是好些了，只是一踩地就疼，沒法下炕走動。玉嬪娘娘吩咐憶敏姑姑請妾身明日去她宮裡說說話，可是妾身行動不便，只能過個兩、三日再去了。」

張春家的搬來椅子給李妍坐，又去沏茶。李妍坐了下來，溫和一笑。「妳和玉嬪娘娘相處得如此親密，晚去幾日她不會怪妳的。」

李妍瞅了瞅綺兒，綺兒立馬領會其意，趕緊過來對著紀姨娘行大禮。「紀姨娘，綺兒該死，害得您受這份苦。只是綺兒真不是故意的，而是章玉柳她……」

紀姨娘低頭撥弄著她藕腕上的羊脂白玉鐲子。「綺兒妳不必說了，這些我都知道。巧兒去妙醫閣取藥，就聽得那裡的小廝們傳得沸沸揚揚，恐怕我紀雁秋是最後一個知道的了，沒想到章姨娘……章玉柳私下做了這麼多下三濫的事，真是知人知面不知心啊，太夫人真是白疼她了。」

李妍輕輕嘆息一聲。

「倘若她不是如此恨我，也不會有今日的下場。」

紀姨娘冷哼一聲。

「她真是不自量力，竟然敢跟夫人一較高下。李將軍雖是農家出身，卻為皇上的江山立下過汗馬功勞，而她章家三代為朝臣，輪到章廣離這一代卻是鄴朝的大蛀蟲，她還以為她章家了不得呢。夫人莫為她生氣，她也只配待在牢裡挨耗子咬罷了。」

紀姨娘抬頭瞧了瞧李妍。「夫人今日氣色不佳，肯定是昨晚愁得沒睡好，不過現在您可以放寬心了，章玉柳待在牢裡再也陷害不了您。還有……明晚老爺應該要去您屋裡了，您心裡該高興不是？」

李妍臉上漾起了紅暈。「妹妹別取笑我了，我都這般年紀了，不在意這個，比不得妳年輕。」

紀姨娘用帕子掩嘴輕笑，想到少了一個章玉柳，往後老爺去她房裡的次數應該能多些了，她嚬著小嘴嬌羞道：「當然得先緊著夫人，然後才能輪到妾身，老爺每回都是先去您屋裡，之後才會想到幾個妾室。不過，只要老爺還能記得妾身，妾身就沒有遺憾了。」

「老爺哪能不記得妹妹，妹妹長得如花似玉的，是男人見了都會犯癡。」李妍瞧了一眼紀雁秋那吹彈可破的嬌嫩肌膚，不禁有點嫉妒了。

前幾日她還覺得紀姨娘是否美貌與自己無關的，可現在心裡竟然有了淺淺的妒意。最初她不想與徐澄有任何感情糾葛，只想過自己安逸的生活便可，可是感情之事總是這般微妙，不是自己想控制就能控制住的。

李妍有些惴惴不安，看來自己真的有那麼一點喜歡他了。

第七章

與紀姨娘再閒聊了幾句，李妍就告了辭，與綺兒一起回來了。

「綺兒，紀姨娘手腕上戴的那個是老爺給的嗎？我不大記得了。」紀姨娘只不過一個妾而已，可她手腕上戴的那個羊脂白玉手鐲卻價值連城，若不是徐澄給她的，她應該不會有這麼貴重的東西。

綺兒仔細想了想，搖頭道：「咱府只有老爺有一個羊脂白玉手扳指，連妳和太夫人都沒有的。聽說這種玉是今年春西疆進貢來的，皇宮裡的有些娘娘或許會有，難道玉嬪娘娘把這麼貴重的東西送給了紀姨娘？」

李妍覺得不大可能，皇上給妃嬪的東西，妃嬪是不能隨意送人的。李妍一路無話，回到錦繡院後，吃著香噴噴滑嫩嫩的陶罐雞，仍然無話。綺兒與晴兒開心地吃著，直到小碗裡吃完了，她們才發現夫人有些不對勁。

晴兒擦拭了嘴，問道：「夫人有心事？」

李妍搖了搖頭，她是有苦難言啊，在這些小丫頭心裡，覺得老爺先來夫人屋裡，以後再去姨娘屋裡，沒什麼奇怪的，多年來都是這樣。

可是李妍接受不了，徐澄心裡愛誰多一些，又愛誰少一些，並不是最重要的。

房。

最重要的是，她希望徐澄心裡只有她一人，這樣她才能接受他，才能心無顧忌地與他同

可是紀姨娘貌美如花，徐澄能不去她的房嗎？而且李妍感覺紀姨娘的背後有很多秘密，她不只是一個妾那麼簡單。李妍忽然自責起來，這些與自己又何干，幹麼要管紀姨娘的事，紀姨娘對她並沒有敵意。

李妍心裡卻莫名泛著酸，來到這裡，她第一次感到這麼酸。她知道，這是深深的醋意，她不希望徐澄碰這樣的女人。

她不禁微微蹙眉，連陶罐雞吃起來也沒那麼香了。

其實綺兒大概知道了主子的心事，她故作不知，湊過來聞了聞。「夫人，您碗裡的陶罐雞很酸嗎？」

晴兒噗哧一笑。「怎麼可能，都是同一個陶罐裡的，裡面沒放醋呢。」

李妍斜了她們一眼。「是我心裡酸，行了吧？」

綺兒和晴兒掩嘴偷笑。

李妍心裡叫苦，明晚徐澄若真的來了，她就當是履行義務得了。絕不能多想，也絕不要再吃醋了，她要好好享受這裡的生活，千萬不要有過多煩惱。

此時正在至輝堂翻閱醫書的徐澄，對著幾行字重複看了好幾遍，終於合上了書，他喝了口茶，便起身去翠松院。

本來他心裡已有了安排，打算今晚就去錦繡院的，畢竟在外兩個月了，他也需要女人的溫暖。但母親連吐兩口血，他作為兒子得去盡孝，去錦繡院的心思便沒了，還是等明日吧。

徐澄來到翠松院，見母親氣色如常，並無異樣，他覺得有些奇怪。

太夫人坐在炕上，王婆子為她捶著腿，夢兒在屋外和幾個粗使丫頭劈柴熬藥。太夫人見徐澄進來了，更加努力提了幾分精神。

徐澄走到炕邊，伸手來握她的手腕。

「澄兒，適才曾大夫給我把過脈了，我的脈象很穩健，你不必擔心。我吐的是體內積滯的瘀血，如此正好疏通了血脈，對身子反而有益。」

徐澄擰眉沈思，他在焦陽城跟著一位老郎中學了不少醫術，加上剛才特意看了醫書，而且是針對吐血症狀，依他看來，他母親吐的不太像是瘀血。可是太夫人精氣神俱佳，又不像是大病的樣子。

徐澄知道曾大夫醫術不精，而他自己也是一知半解。「母親，明日我去請宮裡的張太醫來為您診斷可好？他是皇上最器重的太醫，醫術高明……」

太夫人直擺手，打斷他。「你別操這個心，我知道自己的身子，我不是說了，我還能再活三十年！現在要緊的是你趕緊想辦法救你姨父一家子，他家落了難對徐府沒好處。」

徐澄望著母親，眼裡閃過一絲幽暗的光，沈悶片刻才問道：「母親，章玉柳為了保命，把一切都推到您的頭上，您為何還要幫章家，就因為姨母與表兄弟嗎？」

太夫人頓時雙眼失神，也胸悶得很，她知道自己活不過這幾日了，想在死之前再為自己的妹妹家搏一搏。她裝作若無其事，苦笑一聲。「澄兒啊，玉柳是我的外甥女，我生氣又能怎樣，難道要詛咒她嗎？」

儘管她的心像被章玉柳剜去了一塊肉那般疼痛，她明面上也得硬撐著。她確實沒想到自己活了大半生，兒子身陷險境兩個月她都沒死，最後卻要死在她一直疼愛的外甥女手上。

王婆子將藥端了過來，準備餵太夫人喝藥，被徐澄接了過去。

太夫人見兒子要親手餵她喝藥，感慨萬千，幽嘆了一聲。「你看了我寫的那兩封信，你不恨我？」

徐澄默不作聲，說恨談不上，可是生氣是肯定的。母親背著他陷害自己的嫡親孫子和兒媳，徐澄能不生氣？倘若此事真的得逞了，驍兒與李念云在府裡再無容身之地，勢必要被趕出府的。

徐澄餵了太夫人喝了幾口藥，才緩緩說道：「母親，夫人向來孝敬您，待您如親母，驍兒雖不諳世事，讀書也未必肯下工夫，可他至少有一顆誠摯的心，您為何如此容不下他們母子？說來說去，只是因為您一直認為是他們奪了章玉柳和駿兒的地位，倘若您最初沒有私心，心平氣和地接受一切，並多勸章玉柳安分守己，今日之事就不會發生，她也不會有牢獄之災。她得今日之果，有母親一半之責啊。」

徐澄知道此話說得重了些，但他已是極力克制了，否則說出來的話更加直白。他怕太夫人動氣，又委婉地轉了話鋒。「不過以章玉柳那性子，即使母親不縱容她，有她父親那般挑唆，也少不了要惹事。」

太夫人經兒子這麼話裡話外的暗指一番，她幡然醒悟，今日發生的一切確實有她一半之過。

喝完了藥，她佯裝身子毫無大礙，將腰板坐得筆直，還讓王婆子給她講段子。為了不讓徐澄過多在意她的身子，她還讓夢兒去膳堂催晚膳，說她餓了。

「澄兒，你回去歇息吧，時辰已晚你去不了宮裡，就明日一早再去。我這裡沒啥事，你別杵在這裡了。」

徐澄對太夫人這一番舉動半信半疑，他可沒那麼容易被矇騙，只是太夫人催著他走，他只好退了出去。

徐澄出去還沒幾步，太夫人便「哇」的一聲，又吐了一地的血。她內心萬分悔恨自責，胸裡悶的一口血剛才就要吐出來，所以她一直催著徐澄趕緊走。

眼見王婆子就要尖叫出來，她低沈而嚴厲地說道：「不許嚷！」

王婆子嚇白了臉，不知所措。太夫人卻繼續她的謊言。

「這是久病積瘀的血，吐出來為好。曾大夫之前已說過，妳在旁沒聽清楚嗎？不許去稟報老爺，待夢兒過來了也不許說給她聽，這丫頭，在我身邊都待了好幾個月，還一丁點都沈不住氣。」

這一夜府裡靜謐無聲，顯得平和安詳，似乎這幾日的鬧騰終於塵埃落定了。無論是徐澄還是李妍，這一夜都休息得很好。

次日清早，徐澄又來了翠松院一趟，見太夫人精神頗佳，正津津有味地用早膳，他放心了，便去上朝。

這一日政事繁忙，皇上與大臣們議了整整一上午，其中兩項就是如何處置昭信王和章廣離。出乎徐澄意料，對於章廣離一事，皇上沒讓徐澄說一句話。

或許皇上是在幫他撇清關係，左右都是為了徐澄好，大臣們都是如此想的。徐澄想得可沒這麼簡單，皇上的心思他清楚得很，只不過他裝傻而已。

議了幾件要事之後，皇上忽然說徐澄功業顯赫，待擇個好日子要封徐澄為侯，問各位大臣是否反對。

徐澄的功勞擺著呢，大臣們誰敢說個不字，都讚徐澄功成名就，封侯是意料之中的事，個個向他道喜起來。

徐澄開心地接受大家的道喜，心裡卻有些憂悶，伴君如伴虎，自古不變的道理，他怎能不懂。

臨近午時才下的朝，接著軍機處又有要事，他只好在軍機處用飯，忙活了一下午，直到傍晚才回府。

用過晚膳後，他再去翠松院，見太夫人仍然精神很好，他心中的疑慮才消除，見她安心地喝著藥，他便退了出來。

本來上午他就想請張太醫來為太夫人看病，可是經歷了朝上那些事之後，他打算過一、兩日再說，因為皇上才剛說要封他為侯，他就動用御醫，不太得體。此時他又見母親狀況頗佳，覺得晚個一、兩日再看也不遲。

回到至輝堂，他沐了浴，穿上家常服，來到錦繡院。一路走來，他腦海裡竟然不停閃現李念云的面容。

這位髮妻，他以前並未多用情，當然也沒薄待，只是平平淡淡相處而已。可是這次回來，他總覺得她與往昔不大一樣，那種感覺說不上來，不只是因為身段與面龐消瘦了些，給了他新的視覺，而是她說話的聲調和笑容姿態，似乎都有微妙的變化。

今晚，他要在錦繡院留宿。

在徐澄進來之前，李妍已用過晚膳，而且還被崔嬤嬤和綺兒強行壓在浴桶裡沐浴。李妍不是不想洗，而是不肯讓她們在旁伺候著她洗，她們幾個不但不走開，還一會兒過來為她添水，一會兒為她按摩身子，說是讓氣血活絡一些。

浴桶裡有好些花瓣並不稀奇，但是崔嬤嬤往裡面倒了兩大碗人奶，讓她頗為震驚。真的不誇張，確實是人奶，她親眼見一位奶娘從身上擠出來的！

為了不顯突兀，李妍只好任她們折騰。洗完之後，她們為李妍細細擦淨身子，再為她穿上一件極柔軟滑溜的寢衣，外面穿一件厚實的羽緞鸞袍。

大冬天的就給她穿兩件，是為了等會兒脫衣方便嗎？

不過李妍並不覺得冷，看來這件羽緞鸞袍很保暖。李妍坐在火盆旁看著書，綺兒在她身後仔細地搧著頭髮，動作極輕柔，生怕把李妍吹涼了。

頭髮乾了後，絲絲爽爽的，綺兒把李妍耳朵兩旁的幾綹頭髮綰一綰，其他則披著。綺兒忍不住讚道：「夫人的頭髮烏黑順滑，真好看。」

崔嬤嬤滿意地點頭。「可不是，夫人一點兒也不像是二十七歲，瞧這臉蛋，白裡透著紅暈，跟大姑娘似的，妝都不用上了。」

李妍把書往邊上一放。「妳們就別一個勁兒誇我了，但凡是個女人，沐浴出來都要美上幾分。」

她話音剛落，就聽見外面雪兒稟報。「夫人，老爺來了。」

李妍剛才還鎮定自若，此時一聽說徐澄已經來了，心臟忽然突突直跳起來。她懵懵懂懂地起了身，來門口迎接，還沒來得及多尋思一下如何面對，徐澄已進入她的眼簾。

徐澄先是上下打量了一番她的穿著，接著視線定格在她臉上。他覺得，夫人眼眸的神采與往日也不一般了，沒有以往的沈靜安穩，倒有幾分若即若離的神秘，還有幾分忐忑羞澀。

徐澄忍不住嘴角輕輕上揚，牽起她的手，與她一起來到絨榻坐下，然後望著她那雙澄湛的眼睛。「夫人好似不歡迎我，與我生分了嗎？」

李妍感受著他溫暖的手心，微微頷首，吞吞吐吐地道：「有……有嗎？可能是兩月有餘老爺都未……未到錦繡院長坐，所以有些……不自在。」

徐澄手上稍稍用了力，將李妍的手握得更緊了。他抬頭向屋裡掃一圈，崔嬤嬤和綺兒便知趣地退出去了。

屋裡只剩他們倆，徐澄用手撫著她的柔軟順髮，似乎很享受那種絲絲滑滑的感覺。

李妍身子有些僵硬，她真的不大習慣被他這麼摸著頭髮，手也被他緊緊握著。可是徐澄是她的夫君，在他眼裡，這再正常不過了。

怎麼辦？李妍心急如焚，雖然她對徐澄有好感，甚至有些喜歡上他了，可是兩人突然這麼親近她沒法接受啊。

可他們是夫妻，倘若她彆彆扭扭的，又顯太矯情，這可如何是好？

李妍習慣了徐澄平時冷峻的面孔，此時他一反常態溫情款款的，李妍渾身不自在，不禁起了一身雞皮疙瘩。

李妍知道自己應該放開些，倘若是李念云面對徐澄，會作何反應？他們是多年夫妻啊！這麼一尋思，她便大膽抬頭迎上他深邃的目光，沒想到卻陷進他那一汪深潭裡。

眼前這樣一位男人，有著大男人的氣概，有著智者的敏銳，有著年輕的體魄，有著清俊明朗的面孔，還有一雙深不可測卻叫人著迷的眼睛。

兩人面對面靠得如此近，聽著彼此的呼吸聲，不言而喻，在這種情境下等會兒就要發生情不自禁的事。特別是李妍越來越急促的呼吸聲，令徐澄有些難以把持，她是他多年的髮妻，怎麼忽然懷有少女情懷了？

徐澄伸出一隻手輕輕撫摸著她右臉頰，見她臉上一片緋紅，忍不住戲謔道：「夫人為何如此嬌羞？」

李妍羞得無地自容，正想找理由解釋，被徐澄輕拉了一下，她沒穩住，便撲入他的懷裡，靠在結實的胸膛上。

徐澄摟著李妍，輕拍她的背，感慨道：「夫人，真是委屈妳了，妳一心為府中大小事操勞，從不爭風吃醋，平時我對妳也沒多說幾句體恤的話，這兩個月妳因我而病倒，才剛好了些，沒想到還遭章玉柳陷害，要是我沒能給妳清白，妳會怨恨我嗎？」

李妍坐直身子，離開他的懷抱，保持著沈穩的腔調說：「即使不會怨恨，也會對你失望，心裡會十分難過，因為我只能指望你為我主持公道，別無他路。這是我們的家，你是我的夫君，除了你，我還能依靠誰？」

徐澄喜歡被她依靠的感覺，也喜歡她這般直抒胸意的坦率，不像以前什麼話都憋在心裡。多年來他沒個知心人，妻妾雖多，但沒有誰敢在他面前說這樣的話，都害怕他發怒怪罪。

平時聽多了阿諛奉承，想聽一、兩句真心話實在難得。聽著李妍說這樣的話，再看著她真誠又帶著嬌羞的神情，心頭忍不住一個觸動，便湊唇而來，堵住李妍的嘴。

李妍剛才還在說著話，根本沒反應過來，可是嘴已經被堵住了，她慌亂地偏過臉，忍不住推開他。

徐澄身子一滯。「夫人這是怎麼了？」

李妍發窘，本來她是打算順理成章就這樣和他做夫妻了，可是事到眼前，她還是沒能做到，畢竟她和徐澄還不夠熟悉。她尷尬地笑了笑，指了指他的下巴。「你的鬍子扎得我有些疼。」

徐澄伸手摸了摸下巴，也就一點鬍碴而已。他再看向李妍，敏銳地感覺到她好像在拒絕他，他們夫妻多年，這種事他還是頭一次碰到，他有些不解地盯著李妍。

李妍被他盯得有些害怕，身子不禁往後仰著。忽然，徐澄一下將她打橫抱了起來，往暖炕上走去。

以前在行此事時，徐澄從沒自己親手寬衣過，都由對方服侍，而這次他見李妍緊閉著眼睛躺在那兒，緊張得像隻小兔子，身子還微微打顫，哪裡還有主動伸手過來為他寬衣的意思。

徐澄倒喜歡她這般嬌羞惹人疼的模樣，他低頭親了親李妍的臉頰，然後自己寬衣，或許是平時被伺候慣了，自己脫時手腳不是很利索，只聽得一聲「叮噹」，什麼東西掉在了地上。

這聲音清脆極了，穿入李妍的耳膜，將大腦一片空白的她驚醒了。她忽然坐起來，見徐澄正伸手去撿地上那塊雕刻得很精細的玉石。

李妍還沒來得及看清楚那塊玉石上是什麼圖案，徐澄便把它放在一旁已脫下的衣物底下。

「老爺，這是什麼？」李妍才問出口，立馬僵住了。她不該問的，她是他的妻，經常服侍他，她應該認識此物才對。

李妍有些緊張地望著他，害怕因這一句話讓徐澄生了疑。沒想到徐澄沒顯露一絲詫異的表情，神情自然地說：「夫人，不是我有意要瞞妳，而是有些事妳知道的越少越好，待時機成熟了，我再告訴妳。」

李妍那顆懸起來的心踏踏實實地落回去了，以她的直覺，這塊玉石連李念云也未見過，一定是十分重要的東西，否則徐澄不會緊帶著不離身。他身為宰相，不可能事事皆告訴夫人。

以徐澄的性情，他絕不會為了哄女人開心而將秘密說出來，他是那種能將秘密悶在心裡一千年也不會向任何人透露之人，只要沒有說出來的必要，他能瞞到永遠。

李妍本也不想知道他太多秘密的，就沒有細問下去。

接下來徐澄便一手伸進她的寢衣，另一隻手解她的衣紐。他的大手一觸到李妍的身子，李妍本能地往後一縮，慌道：「老爺，我……我身子不太方便，剛才就想跟你說，怕你不高興。」

徐澄雙手停滯了，尷尬地坐了起來。令李妍有些迷糊的是，徐澄並沒有細問，而是一手拉過被子，將她蓋好。「妳身子不便，我怎麼會不高興，妳又不是故意不讓我碰妳的。」

徐澄說得很隨意，李妍也不知他說的是不是真心話。

徐澄躺下時，又很隨意地問了一句話。「這兩個月蔣子恒來看過妳嗎？」

李妍根本不知道蔣子恒是誰，更不知道徐澄問這句話是何意，她本能地搖頭。「沒有。」

徐澄沒再說話，而是將李妍緊緊摟在懷裡，撥弄著她的秀髮，時不時還與她對望幾眼，再莫名地笑了笑，之後又忍不住狠狠親吻了她一番，才沈沈睡去。

李妍睡在他懷裡，久久不能眠，感覺這麼依靠著他很踏實，她不知自己這是怎麼了，因為這種踏實感來得毫無緣由。

她又絞盡腦汁回憶蔣子恒到底是誰，可她對李念云的記憶實在模糊，只是覺得蔣子恒這個名字不陌生而已，至於其他，真的一無所知。

她的身子依偎著他溫暖的身軀，不停地問自己，這樣的男人值得依靠嗎？他會一心一意愛著她嗎？

沒人能給她答案。她就這麼蜷在他懷裡，迷迷糊糊地睡了。

次日，她也不知睡到什麼時辰，一睜開眼，便見徐澄站在屏風邊上拿著巾子洗臉，綺兒站在一旁伺候著。李妍想起以前李念云會很仔細地伺候徐澄，所以綺兒極少近身伺候老爺，可她現在還懶懶地睡在炕上呢。

李妍坐了起來，正要起炕，徐澄邊洗臉邊說：「時辰尚早，妳再躺會兒。」

「我上朝去了。」他放下巾子，抬腿出門。

忽然，他又折身回來，眼裡閃過一絲狡黠，湊在李妍的耳邊說：「今晚我還來。」

李妍還未反應過來，他便出去了。在外面等候的張春問道：「老爺，今日是坐轎還是騎馬？」

「騎馬！」徐澄又恢復了他的本色，冷峻而威嚴。

聽著漸行漸遠的馬蹄聲，李妍還愣坐在那兒發呆，今晚他還要來？

這是啥意思？難道昨晚他知道她說的是謊話但懶得揭穿，所以待今晚再來，看她是否還會拒絕？還是他相信她，但晚上還會來陪她說說話和睡覺？

李妍搖頭，覺得這兩種情況皆不可能。

綺兒走過來伺候李妍穿好衣，又遞上水杯漱口，她接過杯子，一動不動的，總覺得昨晚和今早過得很莫名其妙，糊裡糊塗的。

崔嬤嬤掩嘴笑了笑，小聲問道：「夫人，昨夜與老爺……可好？」

李妍緩過神。「嗯？喔，很好。」

綺兒與晴兒忍不住笑出聲，李妍一邊漱口一邊瞪著她們，含糊地說：「不許笑！」

吃早膳時，李妍想起一事，問道：「嬤嬤，這兩個月蔣子恒來看過我嗎？我一直病著腦子糊裡糊塗的，好些事都不太記得了。」

一說起蔣子恒，崔嬤嬤臉色一變，再瞧了瞧門外的綺兒和晴兒，小聲說道：「夫人怎麼想起子恒了，您都兩年沒見過他了。這事連綺兒和晴兒都不知道，您以後可別再提子恒了，倘若讓老爺，還有太夫人和兩位姨娘知道了，還不知要鬧出什麼事來。」

李妍更加好奇了，既然這麼多人都不知道蔣子恒這個人，徐澄怎麼知道，昨晚還問出那麼奇怪的問題？崔嬤嬤為何認為老爺並不知道蔣子恒，他明明是知道的啊！

這時綺兒進來了，李妍便沒再問下去。

這一整日李妍都有些懵，昨夜和早上的事她始終覺得不夠真實，像是作了一場虛空的夢，只不過徐澄的氣息似乎還存留在她的鼻尖。

到了晚上，徐澄沒有食言，又來錦繡院了，還與李妍共進晚膳。

這時在秋水閣眼巴巴盼著徐澄的紀姨娘有些撐不住了，她在門口踱來踱去，焦急地等著。

張春家的在旁看著有些不忍心，小聲勸道：「姨娘，回屋去吧，您在門口待了這麼久可別凍著了。」

紀姨娘柳眉倒豎。「張春家的，妳確定老爺真的又去了錦繡院？他昨晚在那兒歇了一夜，這會子又跑到錦繡院，莫非李念云身上有漿糊不成？我不信，妳親自跑一趟，眼見為實！」

張春家的苦著臉。「老奴去了找什麼說詞，總不能進了錦繡院卻一句話都不說就回來吧。」

「老爺這幾日的行蹤，妳有沒有從張春那兒打聽仔細？」紀姨娘嚴厲地看著張春家的。

張春家的慌忙低下頭。「老奴那男人……姨娘也是知道的，他只聽老爺一人的，老奴啥也打聽不出來。不過，他對姨娘也孝敬著呢，凡是老爺允許他說的，他都讓老奴告訴了您。」

紀姨娘不耐煩地擺了擺手。「罷了罷了，靠他一丁點用都沒有。妳去錦繡院，就說……說我明日要進宮，問夫人同不同意。」

「姨娘，前日夫人來看望您時，不是已經說好了？」

「妳這腦子是不是老糊塗了，這不是做給老爺看嗎？我一舉一動可是都會向夫人稟報的！再說了，剛才不是妳說要尋個說詞？快去！」

張春家的邁出腿，正要下臺階，又被紀姨娘叫住。

「要是老爺果真在那兒，妳就提一提我腳的事，說……說我的腳還疼著呢，妳問他要不要來看看我。」

張春家的實在為難，這個哪好問出口，可是紀姨娘這麼吩咐了，她又不能頂回去，只好領命去了。

張春家的來到錦繡院，徐澄與李妍已經用完晚膳。

徐澄來到書桌前坐下，撥弄著棋罐裡的白色圍棋子。「夫人，陪我下幾局吧。」

李妍心裡一梗，完了完了，她不會下圍棋啊！她迅速在腦海搜尋著，可也只能記得一星半點兒。這時綺兒已經搬來梨木圍棋盤，只待李妍過來坐下。

李妍沒辦法，只好硬撐著坐下了。她不知道第一顆子該放在何處為佳，想到一般都是黑子先下，她便把自己面前的黑子棋罐放在徐澄面前，而把徐澄面前的白子棋罐拿了過來，故作輕鬆地說道：「這回你先下吧。」

徐澄輕笑一聲，捏起一個黑子隨手放在一個位置。

李妍感覺自己要冒汗了，不過她還裝作若無其事，朝徐澄和煦一笑，將手裡的白子緊挨著他的黑子放下了。

徐澄又捏起一顆黑子，正要放下，卻聽到外面的雪兒稟報。「老爺、夫人，張春家的來了。」

李妍在心裡吁了一口氣，張春家的簡直就是她的救星啊。

張春家的進來行過禮後便抬起頭，她見老爺緊繃著臉，有些慌，結結巴巴地說：「夫人，紀姨娘說明日要進宮，玉嬪娘娘前日派憶敏姑姑來請過紀姨娘，紀姨娘便遣老奴來稟報夫人，不知夫人是否准允。倘若夫人能准允，老奴好跟林管事說一說，讓他派轎子。」

李妍一聽就知道紀姨娘是何用意了，已經問過的事還重提一次。她笑盈盈道：「玉嬪娘娘命人來請，我怎能不准，叫她放心去吧。」

張春家的滿臉堆著笑容，又瞧著徐澄，支支吾吾說：「老爺，紀姨娘的腳……還沒好利索，她問……問老爺願不願……」

徐澄眉頭一皺。「嗯？」

張春家的嚇得雙膝一跪，戰戰兢兢道：「老爺，紀姨娘腳受傷後一直在炕上躺著，不能下地走路，煩悶得很，直到今日才能踮著腳走幾步路，因此……」

徐澄把玩手裡的黑子，冷聲道：「只不過能踮著腳走幾步路，她就急著去宮裡，還真是不耽誤事。」

張春家的紅了臉，趕緊低下頭，不敢再說話了。

這時門外響起張春的聲音。「老爺、夫人，宮裡的張太醫來了。」

徐澄今日上朝時因心繫母親的身子，還是懇求皇上指派張太醫。只因張太醫這一日要為太后及皇后例行把脈，直到此時才能來宰相府。

「夫人，看來這棋是下不成了。」徐澄把黑子放進棋罐裡，起身出去了，根本沒搭理張春家的。

因徐澄並沒有叫李妍跟著一起去翠松院，李妍也不好主動提出要去。她見張春家的仍跪在地上，就打發她出去了。

綺兒過來收棋盤，李妍擺手道：「別收，我自個兒來下下。」她記得書櫥裡有一本圍棋的書，立馬去拿了出來，趕緊靜心學習。

綺兒有些好奇，抿嘴笑道：「夫人，您平時不是不愛看這種書嗎？說棋藝學得再精湛也是贏不了老爺的。」

李妍心裡叫苦，棋藝不精不要緊，但起碼得會啊！她找了一個很好的理由，說：「那是我以前想差了，現在細細思量，還是要讓老爺找到棋逢敵手的感覺才好，否則他和我下棋太沒勁了。」

綺兒覺得夫人說得有道理，便站在一邊瞧著，李妍會不會下棋，她也看不懂。

張春家的出門時，瞅了一眼跟在徐澄身後的張春，張春回頭朝她直瞪眼，可能是嫌他的婆娘剛才太丟人現眼了。

張春家的沈著一張臉回到秋水閣，紀姨娘氣得坐在榻上揪著手絹。「老爺沒說等會兒來不來？」

張春家的直搖頭。

紀姨娘一陣煩躁，再想到明日她就要去宮裡了，她便托著腮細想著，想到去宮裡有那種好事，不知不覺臉上起了一層紅暈，心情好了許多，朝張春家的擺手道：「罷了罷了，妳去備好明日去宮裡要帶的東西吧，左右不過是玉嬪娘娘愛吃的糕點，還有妳打的那個纓絡。記住，到時候去了可別說漏嘴了，得說是我親手打的。」

張春家的應聲忙去了。

紀姨娘再一細想，忽而又不舒坦了。能入得她眼的男人不多，徐澄則是最讓她欲罷不能的，若是徐澄漸漸冷淡了她，那就太虧了。

可是，徐澄為何對她這麼冷淡？以前雖也沒對她熱乎過，但也不至於冷成這般啊，真是百思不得其解，莫非是……他發現了什麼？

徐澄來到翠松院，領張太醫進去了。

太夫人見張太醫來了，直嚷她的身子好得很，壓根兒沒病，不用把脈。她早聞張太醫醫術高明，只不過他性情偏冷，不喜諂媚巴結，更不會做些見不得人的事，是故雖被皇上重用，但因性情不討喜，皇上有時候還挺煩他。

太夫人生怕被他診出個一二，推三阻四想讓張太醫走。可是有徐澄在，太夫人想躲避是不可能的，最後她推脫不過，幽悶地嘆息了一聲，只好伸出手腕。

張太醫仔細把過脈後一直緊鎖眉頭，然後又觀察太夫人的手心手背，再觀察她的印堂與眼睛，之後他一聲不吭地來到外室，徐澄跟著出來，並揮退了下人。

「張太醫，見你這般神色，莫非太夫人真有大病症？」徐澄神色擔憂。

張太醫藥箱子都沒打開，他壓根兒就不想打開，因為太夫人的病症已經用不上這些了。「宰相爺，太夫人年事已高，沒有病症是不可能的。以她這般狀況，已是積鬱多年了，而您在外兩個月，她過於焦慮更加重了病症，這次吐血之症乃是垮崩之兆。」

徐澄臉色一灰，垮崩之兆……意味著活不了幾日了。此前他雖懷疑母親有病症，但不敢肯定，沒想到竟然已病入膏肓。

張太醫勸慰道：「太夫人一生福澤，沒有遺憾，宰相爺不必過於哀傷。」

徐澄神色黯然，怔了良久。送張太醫出府時，他囑咐道：「還望張太醫不要將太夫人症候說出去，我擔心驚擾了皇上，倘若皇上聞之特意來府探望太夫人，有勞皇上大駕，我實在擔當不起。」

「宰相爺放心，我從來不將病人的症候訴於他人。」張太醫拜別走了。

徐澄再回到翠松院，見母親吃著糕點，雖然看她似乎胃口很好，其實也沒吃幾小塊。徐澄吩咐王婆子。「妳去吩咐膳堂，經常做些牛乳糕給太夫人吃。還有，那些苦藥汁子也別再熬了，太夫人身子無恙，何必喝這些遭罪。」

他知道母親不想在走之前聽大家哭哭啼啼的，更不想看到一些人假意哀號，所以不肯讓大家知道她身子的真實狀況。

太夫人知道兒子的用意，沒想到臨死之前，還是兒子瞭解她啊。「澄兒，你在皇上面前為你姨父周旋了嗎？充銀填刑之事是否可行？」

太夫人不久就要離世，徐澄是不會瞞她的，實話道來。「章廣離之事，皇上根本沒讓兒子開口，只是提了封侯之事。」

太夫人用絹帕擦了擦嘴角的糕點渣子，渾濁暗淡的眼睛越來越無神，她沈悶了一會兒，道：「封侯乃大喜之事，你該高興才是，徐家幾代為皇家賣命，而你又屢立大功，如今皇上封你為侯，朝廷裡那些大臣們也無話可說，咱們徐家子孫能福蔭好幾代了。」

雖然是大喜之事，太夫人臉上卻未有大喜之色，反而有些不安，可她是一個將死之人，子孫們的事她也操心不了了。

徐澄在翠松院待到很晚，直到太夫人睡著後，他仍坐在旁邊守了兩個時辰。時至凌晨，他本想再來錦繡院的，但想到李妍肯定早已熟睡了，思來忖去實在沒必要再擾她一回，到時候李妍問起太夫人的病情他也不好實說，最後還是回到至輝堂。

次日，徐澄出府上朝沒多久，紀姨娘便坐上林管事安排的轎子去皇宮。

來到玉嬪寢宮，還未進去時，紀姨娘就聽到裡面一陣摔東西的聲音。門外的小宮女見紀姨娘來了，遲疑了半晌才進去稟報。玉嬪讓宮女們趕緊收拾了她摔碎的茶杯和果盤，笑靨如花地出來迎接紀姨娘。

兩人揮退張春家的和所有宮女，坐下來寒暄了一陣，紀姨娘便問：「皇上何時下朝，他知道我今日要來嗎？」

玉嬪的心像是被利劍刺了一下，滴血般疼痛。她那泛青的臉色笑起來很不好看，嬌嗔道：「表妹，妳明知是皇上讓我叫妳來的，妳還問出此話，根本就不把我當親表姊看待，看來我是白疼妳了。」

紀姨娘連忙拿出纓絡，再打開裝糕點的盒子，哄道：「好表姊，我若沒把妳當親表姊看待，哪裡會記得妳喜歡吃這些，還親手為妳打纓絡？」玉嬪佯裝高興，笑著收下，又道：「妳放心，皇上今日肯定會早些下朝，他心裡惦記著妳呢。」

這對表姊妹就這麼互相敷衍應付著，閒聊幾句後覺得實在乏味，就乾坐著喝茶。

紀婕娘思及一事，有些隱隱擔憂，問道：「每回我來，妳都讓那些宮女退下去，她們不會懷疑嗎？」

玉嬪懶懶地放下茶杯，慢條斯理地說：「妳擔心什麼，我讓她們去後花園玩去了。皇上來時也不帶儀仗，而且從御道走過來，誰敢不要命往那條道上走？即使皇上的貼身太監有所懷疑，他們的嘴也早被皇上封實了，他們都是沒根子的賤奴才，哪裡敢編造皇上的事？」

紀婕娘這下放心了，那雙眼睛不停地向外張望著，等待皇上出現。

果然，皇上今日在巳時一刻就下了朝，帶著首領太監繞了幾條不必走的道，再迂迴曲折地走上御道。

皇上下朝從來都沒有固定時辰，大臣們也不覺得有何異樣，早些下朝意味著他們能早些回去，不用面對皇上那張臉，都挺高興的。

唯獨徐澄在回府的路上策馬奔騰，一路上沒歇一口氣。

蘇柏快馬加鞭，緊跟而上，而張春不是練家子出身，有些跟不上，他揮汗如雨地揮鞭子，心裡直納悶，老爺今日怎麼了，受皇上的氣了？

皇上來到玉嬪的寢宮，玉嬪便知趣地去了旁邊的偏殿，跪在佛龕前一遍遍唸經。

紀姨娘見玉嬪退下了，便小跑著過來，一下撲進皇上懷裡，嘴上像抹了蜜一般。「皇上，嬪妾想死您了，咱們這麼久沒見面，皇上是不是把嬪妾給忘記了？」

皇上私下早已封紀雁秋為雁嬪了，當然，這個名分也只有他倆知道。

皇上年近四十，雖沒有徐澄生得魁梧高大，也沒有徐澄英俊挺拔，但他是皇上，那股子龍威還是有的，高貴之氣也是與生俱來。他先是摟著紀雁秋親了幾口，再抱著她坐了下來，才說道：「朕如何能忘得了妳，整個後宮無人及妳這般能哄得朕開心，害得朕總是變著法想見妳。妳仔細想想，宮裡哪位妃子有這等福氣？」

紀姨娘聽得身子一軟，已經找不著東南西北了，勾住皇上的脖子，送上香唇。她已經好久沒被男人碰過，早就捺不住了。

皇上哪裡禁得住她這般撩撥，沒一會兒便與她滾上玉嬪每日睡的暖炕了。

玉嬪所待的那個偏殿與這裡隔了兩間屋子，可她不知為何，每回逢此事她似乎都能聽到暖炕上一陣陣瘋狂翻動的聲音，還有那些嗯啊不止的浪聲。

也不知是她臆想的，或是真實的，反正她是聽到了。她嘴裡唸著經，手裡撥著念珠，嘴皮子抖著，手也抖著。忽然，繩子斷裂，珠子滾了一地。

她對著佛龕裡的佛像先是咬牙切齒，之後又流了一通淚，淚水洗去她眼裡的污濁，卻沒能堵住她耳朵裡的污濁，那淫音還不斷地傳來。

不知過了多久，皇上與紀雁秋皆盡了興，吁喘了好一陣才平復下來。

玉嬪從偏殿裡出來了，因為宮女都被遣走了，她還得像宮女一般伺候他們倆。她端來一碗湯藥走了進來，見紀雁秋赤條條的胳膊從被子裡伸出來緊纏著皇上的脖子，她瞧了一眼便想作嘔，然而她卻帶著笑意小聲說道：「表妹，該喝避子湯了。」

皇上正閉目休憩，忽然睜開了眼，朝玉嬪拂了拂手，玉嬪咬了咬唇，乖乖地退出去了。

紀雁秋坐起身，端起湯藥就準備喝。

「慢！」皇上一聲令下，紀姨娘雙手一顫，差點失手摔了碗。皇上將紀雁秋手裡的藥碗接了過來，將湯藥倒進暖炕邊上的一盆蘭花裡，再放下碗，又躺下了。

紀雁秋呆呆地望著皇上。「皇上，這藥不是您一直要嬪妾喝的嗎？」

皇上閉著眼睛，似乎在尋思著一件大事。「那是以前，今日不必了。明日朕就要封徐澄為安樂侯了，妳不應該為他高興嗎？」

紀姨娘笑道：「安樂侯？聽說做安樂侯的都是不管朝政的，皇上給的這個封號似乎不太適合……」

皇上勾唇一笑。「咱大鄴朝的宰相這幾年來太勞累了，也該歇歇了。」

紀姨娘立即明白皇上的意思，隨即又納悶地問道：「可這與嬪妾喝不喝湯藥又有何干係？」

皇上側過身子，將紀雁秋攬入懷，柔聲道：「最好妳今日就能懷上，然後為徐澄這位安樂侯生下兒子，到時候讓這個兒子世襲侯位。」

紀雁秋瞠目結舌。「皇……皇上的意思是，讓嬪妾生下皇子，卻讓皇子給徐澄當兒子？」

「難道妳不想為朕生下皇子嗎？」皇上反問。

紀雁秋愣了愣，然後十分肯定地回答：「想！」

皇上雙眼瞇了瞇，得意地笑道：「那妳就大膽生，妳今日回去後，半個月內不許與徐澄同房，之後妳再來宮裡，朕命人給妳把脈，確定妳懷孕之後再與徐澄同房，皇嗣絕不能出差錯，妳記住了嗎？」

紀雁秋心裡樂開了花，她早就想生個兒子，以後老了也有個依靠，她開心地直點頭，忽而又蹙起眉頭。「萬一生的是公主呢？」

「那就接著生，直到生出皇子為止！」皇上說得很輕鬆。

紀雁秋仍不放心。「府裡有徐驍和徐駿，如何能輪到嬪妾肚子裡的這塊肉來世襲侯位？」

皇上哼笑一聲。「倘若朕連這點事都辦不了，又有何德何能當皇上？」

紀雁秋甜甜一笑，鑽入被子裡，又爬到皇上的身上。兩人再糾纏了半個時辰，紀雁秋才起身穿衣，離開了皇宮。

皇上回到自己的寢殿後，他扳了扳紫檀龍榻的扶手，過沒多久就進來了一位錦衣衛統領。

「皇上，徐澄有一百二十一名門生，平時彼此雖不常聯絡，但那些門生皆對徐澄忠心耿耿。表面上他們是聽皇上的，但真正遇事只會唯徐澄馬首是瞻，這些門生不僅是造福鄉里的小官小吏，還有許多是民間商賈及義士，一旦號召起來或許能集結十萬之眾。」

錦衣衛烏統領將手裡的名冊交給了皇上，接著說道：「此乃徐澄能掌控的最小的一撥，另外他的尊師韋濟，多年來也籠絡了一百多名門生，而他的岳父李將軍守在西北大營多年，一直勤奮操練兵馬，從未懈怠，他以遣回老弱殘兵之由，近來新徵得兩萬兵丁及一千匹馬。」

烏統領從袖兜裡又掏出一份名冊交給皇上。「新徵的兵丁皆在此名冊，這份與剛才那份門生名冊都記載得很詳盡，上面不僅有他們的姓名籍貫，還有九族脈系。」

皇上翻看名冊，問道：「徐國公當年手下的那些親信與徐澄私下是否有來往，可查清楚了？」

烏統領面露愧色。「一直在查，但還未尋得蛛絲馬跡。」

皇上眼露寒光，一字一字道：「朕養了三千錦衣衛，難道連這點事情都查不清楚？若是他們果真沒有聯絡那就好，一旦朕得知只是你們辦事不力，可別怪朕要了你們的項上頭顱！還有，徐澄有沒有私自造兵器與徵兵馬之事，可有眉目了？」

烏統領十分肯定地說：「皇上大可放心，徐澄還沒這個膽子，何況他的一舉一動都在眾多暗線的眼裡，他每日行蹤都已被詳細記錄在冊，絕不會有遺漏。」

烏統領說完又從另一個袖兜裡掏出厚厚的草本，呈給皇上。

皇上手執兩份名冊與一本詳錄，總算是高枕無憂了，此時他才微微綻露笑容。「辦得不錯，有賞！」

首領太監應公公帶著烏統領去領賞，皇上翻閱著草本，不知不覺嘴角的笑意越來越濃了。

第八章

紀雁秋回來後先是去太夫人那兒請安，沒想到碰見了宋姨娘，然後與宋姨娘一道再來錦繡院向李妍請安。

紀雁秋沒見著徐澄，心裡有些擔憂，半個月後倘若她已懷上了龍嗣，而徐澄一直不肯去她房裡可怎麼辦，此時他到底去哪兒了呢？

回到秋水閣，她再問張春家的，張春到底能不能為她在老爺面前說上話？張春家的唯唯諾諾，最後才道出張春私下跟她說的。

「姨娘，老爺可能因妳這兩個月來未盡心服侍太夫人和夫人，對妳心有不滿，才不願來秋水閣。」

紀姨娘柳眉一豎。

「是我不願服侍她們嗎？太夫人有咳病，她都不讓夫人近身，我去湊什麼熱鬧？夫人病臥在床的頭幾日，我不是去了嗎？是她不讓我去的，老爺為何因這個怪我？」

張春家的也不知如何回答，就一個勁兒地點頭說道：「姨娘沒做錯什麼，或許老爺也沒怪姨娘，只不過隨口那麼說說而已，姨娘不必放在心上。」

紀姨娘抬起胳膊，瞧了瞧自己的玉指與藕腕，又很自信地笑了笑。「不怕，我有這等姿色，還怕到時候勾不來老爺？」

張春家的聽後忍不住笑起來。「姨娘真是說笑了，老爺遲早會來秋水閣，哪裡還需姨娘去勾？」

「妳懂個屁，老爺若一個月或兩個月後才來，這漫漫長夜如何熬得住？妳都一把年紀了，每逢張春回家，妳還樂得跟個不要臉的賤人似的，就別在我面前裝了！」

張春家的那張老臉頓時紅得通透，又見紀姨娘對她橫眉豎眼的，便知趣地走開了。她知道，她從張春那兒探不來可用的東西，紀姨娘已經不把她放在眼裡了。

果然，張春家的才出門，紀姨娘便招迎兒過來了。

迎兒姿色雖不突出，站在紀姨娘身旁只配做陪襯的，但是眉目還算清秀，且乖巧可愛。

紀姨娘細瞧了她一番，笑咪咪地說道：「迎兒，我待妳一向可好？」

迎兒捻著手裡的粉色絹帕，面若桃花，頷首嬌聲道：「好。」

「喲，妳的聲音真是動聽極了，跟百靈鳥似的，要是叫陳豪聽了，肯定渾身都要酥了。」紀姨娘知道迎兒仰慕徐澄身邊的侍衛陳豪，當初她只憑迎兒偷瞧陳豪時那一個眼神便心知肚明了。

紀姨娘心裡清楚，徐澄身邊有三個近身侍衛，蘇柏冷血無情，誰也哄不來，而朱炎歲數太大，他的婆娘又在宋姨娘身邊伺候，也難以籠絡。她思來忖去，也就只剩下還未成親的陳豪可以搭上一脈了。

迎兒一聽到陳豪的名字，腦袋快埋到胸前了，羞得根本不敢抬頭。

紀姨娘拉著迎兒坐下，很是鄭重地說道：「迎兒，只要妳肯盡心服侍我，一心一意為我辦事，我保證讓妳順利嫁給陳豪，而且張春家的這個位置也遲早會是妳的。」

迎兒斜著身子只敢坐椅子一角，哪敢端端正正地坐下。她聽了這些頓覺眼前一亮，能嫁給陳豪是她最大的心願，而且是幾乎不可能實現的願望。

這可關乎她的人生大事，她已顧不得害羞，拚命朝紀姨娘點頭。此時，哪怕紀姨娘讓她去殺人，她也會毫不猶豫。

紀姨娘拍了拍迎兒的手背。「真是聽話的小丫頭，將來定得陳豪心疼。」之後她便附在迎兒耳邊說了好一陣子。

迎兒聽得臉一陣白一陣紅的，最後含羞地點頭了。

這幾日李妍一直在研究圍棋，這會子真的是累了，然後又跟著崔嬤嬤學了一陣子針線，眼睛有些睜不開。

「崔嬤嬤，老爺今晚會來這裡用晚膳嗎？他要是不來，我就先打個盹，妳去至輝堂前找蘇柏他們幾位侍衛打聽一下。算了，還是問問張春或吳青楓兩位隨從吧，他們雖然沒有蘇柏等人知道的事情多，但從他們嘴裡打探要容易些。」

崔嬤嬤應聲出門，她資格老，張春與吳青楓多少會給她面子，他們告訴崔嬤嬤，說老爺今日不會出至輝堂，當然也就不去錦繡院了。

崔嬤嬤眼尖，瞧見至輝堂所有窗戶皆緊閉著。論理，老爺倘若真的在至輝堂，再冷的天也會開一條縫的。大家都說老爺回來了，可是誰也沒見過他的身影。

她心事重重地回來了，避著綺兒與晴兒偷偷把至輝堂窗戶沒有開縫的事跟李妍說了。她怕惹得夫人心緒不寧，又補了一句——

「或許是我看花眼了，也許今日老爺不嫌屋裡悶，不願開一條縫而已。夫人累了，還是打個盹吧，晚膳來了我再喚醒您。」

李妍若有所思地躺上暖炕，再想起徐澄前夜不慎掉落的那塊玉石，總覺得不大對勁。接著她又想起早上給太夫人請安時，這位老太婆一反常態對她溫和許多，說話有一搭沒一搭的，她完全聽不懂太夫人所指何事。

這對母子，一個個的搞什麼神秘，說話就不能直白點？整日讓她跟猜謎似的揣摩，真是累心。若有那一日，她與徐澄有了感情，互相有了信任，他能與她交心嗎？

李妍胡亂尋思了一通，說是打個盹，竟然睡了一個時辰。崔嬤嬤不忍叫醒她，晚膳送來後她又讓膳堂的人提回去了。

這時李妍醒來了，膳堂又重新做了份熱騰騰的飯菜，再送到錦繡院。

李妍讓綺兒和晴兒去繡房領新鞋襪，然後一邊用膳，一邊催著崔嬤嬤給她講關於蔣子恒的事。

崔嬤嬤坐在旁邊回憶道：「子恒也真是執拗，都二十八了還不娶妻成家，這不是要斷了蔣家的香火嗎?夫人，您雖對子恒未動過真情，但對他也算是體貼，怎麼會將許多事給忘了呢？」

李妍嘆道：「唉，大病一場後我不僅將蔣子恒的事忘了許多，就連我與老爺的許多舊事也不太記得，提起來都覺得丟人。」

崔嬤嬤安慰道：「不打緊，我沒事就跟您多講講，慢慢地您就都能記起來了。您和子恒自七歲就在一起玩耍了，那時候將軍和子恒他爹一直在外打仗，而老夫人和子恒他娘都守在鄉下老家。沒想到後來將軍屢立戰功，便派人將賞銀送回家，老夫人尋思著自己不識得字不會教子，就請了一位先生教兩位少爺和子恒讀書，您那時也好學，老夫人索性讓您也跟著一起學。自那之後，子恒就愛護著您，比兩位少爺都疼您。您滿十四歲那年，將軍回家了，還帶來一個喜訊，說把您許配給徐家長子了，國公爺那時可是鄴朝的大將軍啊，統領幾十萬兵馬。您聽說能嫁給大將軍的兒子，當時心裡可樂了，覺得大將軍的兒子將來肯定也是威風凜凜的將軍。子恒見您不但不傷心還十分樂意，他當時就跟著兩位少爺一起隨將軍上戰場了。」

崔嬤嬤說著說著竟然流下了幾滴淚。

「夫人，您也知道，子恒向來文氣重，哪裡是上戰場的料，屢受重傷，好歹撿回了一條命，聽說後來當上了一介小都尉。那時您正好十五，嫁給了老爺，當時您得知老爺並不上戰場而是一介文官時，您還挺失望的。後來您們倆相處下來，才知老爺雖是文官，可對戰事並不比那些將軍差，甚至還遠遠強過他們。其實夫人一直揣測的應當是對的，皇上是故意不讓老爺掌控兵權的，但老爺謀略過人，皇上平定叛賊還得依靠老爺，所以才讓老爺當宰相爺，這樣天下百姓會覺得皇上不但不過河拆橋，還重用老爺，是位明君。」

李妍此時更感覺到李念云以前與崔嬤嬤深厚的感情了，否則不會連她揣測的事都告訴崔嬤嬤。

崔嬤嬤忽然覺得自己說偏了話題，即使夫人可以妄議皇上，她也不該隨口說出來的，便再續之前的話題。

「子恒現在也是四品將軍了，前年他接到聖旨要去山東一帶剿山匪，他動身前來看過一次夫人，之後便再也沒來過了。這兩年他到處輾轉剿匪，也不知他現今身在何處。」

李妍暗想，蔣子恒現在應該身處離京城不太遠的地方，否則徐澄不會問起蔣子恒是否來看望過她。

李妍已經用膳完畢，崔嬤嬤喚雪兒進來將碗盤收了送回膳堂去。緊接著綺兒與晴兒進來了，她們倆眼神一遞一接，神秘兮兮的。

「妳們這是怎麼了？」李妍好奇地問。

綺兒與晴兒對望一眼，不知該怎麼說。晴兒性子急一些，憋不住了，便湊到李妍身邊，嫌惡地說：「那個迎兒好不要臉！」

李妍聽得一頭霧水。

「哪個迎兒？她怎麼不……不要臉了？」

「就是紀姨娘屋裡的迎兒呀！我們在路上撞見紀姨娘帶著她屋裡的人去後院的沁園，說是要剪些梅花將秋水閣好好裝飾一番，留下迎兒一人守在秋水閣。沒想到那個迎兒倒好，竟然把自己打扮得跟主子一般，化著濃妝，插著纏枝銀步搖，披著粉色提花錦緞斗篷，站在院門裡將頭往外探。」晴兒頓了一頓，還小聲地嘀咕了一聲。「說不定是在等男人呢。」

崔嬤嬤忙說：「晴兒，這種事妳可別胡亂猜疑。妳和綺兒怎麼沒在那附近躲一躲，看迎兒到底在等誰。」

綺兒走過來解釋道：「我和晴兒找個地方躲了一會兒，可是有一群小廝扛著掃把去那兒掃雪，我們倆就趕緊回來了。」

崔嬤嬤眼珠子一轉，對李妍說：「夫人，要不咱們也趕緊派個小廝扛個掃把過去，順便暗地裡瞅一瞅，看迎兒到底與誰私會？雖然迎兒是秋水閣的人，可夫人是當家主母，就連紀姨娘都歸夫人管的，她一個小丫頭若敢做出有傷風化之事，絕不能輕饒。」

李妍立即點頭。

「好，就讓馬興派個人去吧，他做事我還是放心的。還有，妳們不要聲張，即使迎兒真的與府裡哪位私會也不要當場捉拿，更不要去告訴紀姨娘。先不要打草驚蛇，以觀後續，說不定他們不只是私會這麼簡單。」

崔嬤嬤意會李妍的意思，便親自去找馬興了。

半個時辰後，紀姨娘等人回了秋水閣，馬興派去的小廝也回來了，他向馬興回話了。

馬興來到錦繡院，自責道：「夫人，奴才讓您失望了，宣子回來說……說他兩眼一直偷瞄著秋水閣的大門，壓根兒就沒見人進去。倒是在紀姨娘回來之前，他見屋頂閃過一道黑影，可是同他一起的那幾個小廝說屋頂上飛過一隻黑鳥。宣子已經糊塗了，他自己也說不清楚看到的到底是啥。」

崔嬤嬤遲疑道：「夫人，會不會是咱們搞錯了，或許迎兒並沒有與人私會？」

李妍嘴上沒說什麼，心裡卻有了點譜，那就是，與迎兒見面的一定是個武功高強之人！她讓崔嬤嬤拿來五十兩銀子，說道：「馬興，這些銀子是賞給你和宣子的，你和崔嬤嬤親如母子，而我與崔嬤嬤親如母女，說來咱們也算得上是一家人。今日沒瞧出什麼不打緊，以後你們得了閒多留意秋水閣，老爺政事繁忙，我得為他分憂將這個府操持好才是，絕不能出了亂子惹得老爺心煩。」

馬興聽得激動不已，跪下給李妍磕了個響頭，發自肺腑地說道：「多謝夫人瞧得起奴才，奴才定會忠心回報，萬死不辭！」

次日，徐澄便接到了封侯的聖旨。

食邑千戶，授田二十頃、宅六座，黃金萬兩、絹帛千疋。除了這些封賞之外，皇上還特意給了徐澄一個月的假，說是讓他留在府裡與家人及親友好好慶祝一番。

這很不符合鄴朝大律，宰相怎能告假一個月？但這是皇上的心意，徐澄自然要乖乖領旨，還得感恩戴德。其他大臣皆羨煞不已，暗地裡妒紅了眼的也不少。

徐澄去皇上的寢殿謝恩時，皇上話裡話外都透露著一個意思，那就是歷朝凡是帶官位且封侯的，特別是被封安樂侯的，已經不必每日上朝了，並且把官職內的事務分出去一部分，目的是減輕其負荷。

徐澄立馬磕頭謝皇上大恩，並主動交權，說道：「臣近來也覺身子疲乏，有些事確實應付不過來。以後臣就不去軍機處了，只過問內閣與六部各事宜，不知皇上是否肯答應？」

皇上心裡樂開了花，嘴上卻憐惜道：「若沒有愛卿每日為朝政操勞，朕真的如同失了臂膀啊。爾懷天妒之才，鬧之甚是可惜，可是朕若再不讓愛卿喘口氣，累壞了以後誰來為我大鄴效力？」

徐澄展露謙恭的笑顏。「皇上過譽了，無論何時何地，只要皇上一聲令下，臣必定鞠躬盡瘁！」

皇上大笑，命人布上酒菜，與徐澄一起吃肉喝酒，痛飲十幾杯，看似彼此都喝得暢快淋漓。

接下來七日，宰相府先是辦了一場慶封宴，親朋好友與同僚都來了。之後又辦了一場家宴，寶親王妃攜寶親王而來，二爺徐澤也帶著妻妾兒女們來了，就連太夫人的眼中釘伍氏也帶著徐修遠和徐蕪來了。

太夫人此前立誓想在有生之年將伍氏娘仨趕出老國公府，可是得知自己命不久矣，她反而對此事看淡了。

兩場宴席過後，徐澄每日除了早晚會去翠松院看望太夫人，其他時辰大部分都待在至輝堂。他大都與李妍共用晚膳，也有兩次去了秋水閣與紀姨娘共用。

但他未歇在她們房裡，每次都是用完晚膳閒談幾句便走了，很匆忙的樣子。轉眼半個月已過，紀姨娘又去了皇宮一趟，確定懷有龍嗣後，她更是喜不自勝，開始著手準備讓徐澄去她房裡歇夜的事了。

這一日，眼見著快到用晚膳的時辰，紀姨娘遣迎兒去請徐澄，她還備好了徐澄平時愛吃的菜，當然還有助興的酒，今夜無論如何也要讓徐澄歇在她的房裡。她也知道徐澄自從焦陽城回來只在李妍那兒歇過一夜，這半個月來他都未碰女人，今夜之事肯定水到渠成。

可是過了一會兒迎兒便來稟報，說老爺已經去了錦繡院。紀姨娘鎖眉尋思片刻，道：「不急，老爺今夜肯定會照常回至輝堂，到時候我肯定有辦法請得他來。」

晚膳還未上桌，徐澄與李妍坐在炕桌兩旁說些家事。徐澄從懷裡掏出一本冊子，遞給李妍，慢慢道來。

「夫人，皇上賞的那些田莊與宅院都交由妳來管吧，咱府只有一位林管事根本忙不過來，我已經命人請了一位齊管事去田莊幫忙，之所以不想請大管家來全權代管，是因為我還是比較放心妳親力親為，出了章玉柳這一事，咱府的家產可不能再出事了。」

李妍翻閱了第一頁，看著這些田莊與宅院的詳錄，心裡還真有些打鼓，她能打理好這些嗎？

徐澄瞅著李妍的眉眼，似笑非笑。「可不能隨意打理，最好能有個好收成。」

李妍雖有些心虛，但還是裝出很有信心的樣子點著頭，忽而問道：「除了打理田莊與宅院，我還能開幾間鋪子嗎？昨日我與崔嬤嬤去南面的坤寶街逛了逛，見許多商鋪生意都很興隆，說不定開鋪子比田莊來錢還要快。」

徐澄眉頭稍動。「妳有興致做這些？」

李妍笑了笑。「只要老爺同意，我就試試。」

徐澄眼角露有笑意，他依稀記得，以前她很反對做買賣的，說堂堂宰相府哪能去做些商行營利之事，現在她的想法竟然變了，還主動提出要開鋪子，他十分讚許，點頭道：「如此甚好，希望夫人旗開得勝，多為府裡掙些銀子。」

說到此處，他眼睛眨了眨，接著說：「章玉柳明日就要被發配西南了，李慶一家今日也已經出府，府裡沒有大帳房可不行，我已經為妳找好一位大帳房，名叫殷成。他……是從祈峨山來的，到時候妳跟大家就說殷成是妳找來的，因為他與妳表舅家的一位遠房姪子是同鄉，說出來大家能信服。」

表舅家的一位遠房姪子？李妍聽得有些暈，這是徐澄編的，還是真的？

徐澄又道：「以後凡是齊管事與殷成動用大筆銀兩的時候，只要出示我批的字，妳就不要過於細問，肯定是我大有用處，妳也不要向任何人聲張。」

他見李妍的神情有些不悅，忙解釋道：「我想私下在瀝州建一處與侯位相匹配的府邸，既然我已是安樂侯了，就想再過幾年便遠離京城去享樂人生。我現在仍處宰相之位，倘若過早讓皇上與那些朝臣們知曉了我的安樂之心不太妥當，還望夫人不要向任何人透露此事。」

他抓住李妍的手，緊緊地握著。李妍知道徐澄肯定有難言之隱，所以才拿這些話來應付她，但她的直覺告訴她，徐澄是為了她好。

徐澄見她怔怔地望著他，雖然她沒有細問，但她渴望他說些掏心窩的話，她想和他交心，他是能感受得到的。徐澄比誰都清楚，多告訴一個人，便多一分危險，何況李妍知道多了對她沒好處，只會讓她更煩憂。

儘管他不能告訴李妍，但見她用心與他相處，想與他像平常夫妻之間沒有隔閡，他心裡還是很欣慰的，感覺她是真的變了，或許這段時日經歷了這些事，她更加珍惜夫妻之情，便有了諸多變化。

以前，她什麼都聽他的，從來沒有異議，無論什麼事，只要他不說，她便不會問，相處久了便乏味得很。

如今她不再那般沈靜，似乎點燃了他那顆還算年輕的心。他凝望李妍，再次握緊她的手，真話不能說，但至少要讓她安心，便道：「夫人，這麼些年來，我一直為鄴朝除奸平叛，樹敵太多，咱們總該為自己留條後路不是？只要無人犯到咱們頭上，咱們就安安穩穩地過自己的日子，妳千萬不要憂慮過多。」

雖然他沒有具體說什麼，但對他來說，這已算是知心話了。李妍懵懵懂懂地點頭。「老爺放心，我……都懂。」

徐澄微笑，捏了捏她的手。這一笑，少了一分威嚴，多了一分溫情，深邃的目光也變得柔和起來。

接下來他又垂眉尋思一事，接著又幽望著她。「妳……給蔣子恒寫一封信吧，他年過二十八卻不肯成家，他的爹娘都快急出病來了，只要妳願親手給他寫一封信叫他趕緊成親，他肯定會高高興興地娶妻生子。」

李妍疑惑問道：「老爺如何知道這些事，蔣子恒如今在何處？」她本想問徐澄為何要關心蔣子恒的事，最終還是沒有問出口。

徐澄壞笑道：「夫人放心，我上次只是隨口一問，並不是疑心妳，我知妳心裡從未有過他。他現在身在祈峨山，殷成就是他手下的人，妳寫好了信，我會找人替妳將信送到蔣子恒手裡。」

李妍撇嘴道：「你真夠壞的，既然不疑心，當時還故意那樣問我，害得我回憶了好久，也沒想起和蔣子恒有什麼來往。你不會是哄我的吧，當時或許還吃醋來著。」

徐澄嗤聲一笑。「妳還真是說笑，我何須吃醋？妳當我是妳們這些小女人呀，動不動心裡就酸溜溜的。」

李妍傻傻地笑著，見徐澄這般輕鬆並展顏歡笑，她也很開心，這種夫妻之間沒有猜忌的相處，感覺很好。

兩人一起用過晚膳後，徐澄與李妍下了一盤棋，李妍輸得很慘。徐澄笑道：「夫人的棋藝仍是沒有長進啊。」

李妍紅著臉道：「棋藝這玩意兒還是要靠天賦嘛，老爺稟賦甚高，我自然是如何用功也趕不上的。」

徐澄放下棋子，望著李妍的眸子試探地問：「夫人今日身子可方便了？」

李妍微微一顫，手裡的棋子掉在地上，她慌忙彎腰到桌子底下尋找。待她找到棋子，心緒也平復下來了，淡然一笑，答道：「已經方便了。」

李妍以為徐澄會因此留宿錦繡院，沒想到徐澄先是淡然一笑，緊接著便是一臉哀愁之色，沈聲道：「夫人，太夫人這兩日身子大不如前了，妳給她請安時她一直強撐著，妳沒能察覺出來罷了，趁她意識還清醒，現在妳跟我一起去看看她吧。」

李妍心中一凜，聽他這意思，太夫人是真的活不長了。

他們兩人一起相伴著去了翠松院，不讓崔嬤嬤等人跟著，沒想到在途中卻遇到打扮得極為妖嬈的紀姨娘。紀姨娘遠遠瞧見他們，便腳下一崴，倒地哭了起來。

李妍見如花似玉的人這麼突然倒下去，嚇得「啊」了一聲，她以為紀姨娘是真的不小心扭到腳了。徐澄卻不動聲色，對李妍說：「夫人，妳先去翠松院，等會兒我再過去。」

「喔。」李妍應了一聲，轉身走了。可是她忍不住回頭，見徐澄朝紀姨娘走去，不知為何，心裡又泛起一股濃濃的酸味。

再往前走兩步，李妍又回頭，見徐澄扶起紀姨娘，還朝至輝堂走去，李妍徹底邁開步子走了，再也不肯回頭。

徐澄將紀姨娘扶到至輝堂門前，紀姨娘忽然停下，不肯進去。她知道徐澄從不在至輝堂碰女人的，便挽著他的胳膊說：「老爺，你扶妾身回秋水閣吧，你都好久沒去看過妾身了。」

徐澄笑了一聲。「前日我不是去過了，還與妳一起用了晚膳。」

紀姨娘撒嬌道：「老爺，妾身日日掛念著你，食不知味、夜不能寐。你倒好，這麼久只陪妾身用過兩次晚膳，莫非老爺心裡有了外面的女人，不願正眼瞧妾身了？」

徐澄仰頭一陣大笑，笑過之後他仍執意要進至輝堂。他背著手往裡走時，嘴裡還說道：「妳倒是一點沒變，總是扯些沒頭沒腦的東西。」

紀姨娘拽徐澄的袖子，急道：「老爺，你就真的不肯去一趟妾身的秋水閣嗎？」

徐澄回頭，意味深長地說：「至輝堂是由我說了算的地方，無論妳想做什麼，只要我不攔著妳，妳又何必著急？」

紀姨娘見徐澄說話時語氣曖昧，眼神閃爍，其意再明白不過了。她心裡禁不住一陣蕩漾，立即跟了進去，此時連剛才崴的腳也好了，走起路來利索著呢。

紀姨娘一進至輝堂便往內室走，然後坐在暖炕上，高高抬起腳。「老爺，你為妾身揉一揉好嗎？真的是疼死了。」

徐澄並不看她的腳，而是直接扯去她的腰帶，兩眼火熱地看著她，嘆道：「妳真美！」

紀姨娘沒想到徐澄變得這麼直接，才剛進來就扯她的腰帶，還誇讚她美！雖然這一點兒也不像他往日的風格，可是紀姨娘已經失了定力，完全陶醉在徐澄的讚美裡。

她也不再嚷著讓徐澄為她揉腳了，這等預熱的小動作都不需要了。她迫不及待地為徐澄寬衣解帶，剝得徐澄只剩下裡衣褻褲，她再脫去自己的兩層外衣，薄紗般的寢衣襯得她膚如凝脂，嬌媚生姿。

徐澄指了指她的寢衣，頗為玩味地說道：「這件也沒必要穿了。」

紀姨娘捏著小拳頭直捶徐澄的胸膛，還扭擺著腰肢，嗲聲嗲氣道：「老爺，你真是壞死了！」

徐澄往炕上一躺，斜覷著她，嘴角勾笑。

「我向來都很壞，妳又不是今日才識得我。」

紀姨娘就喜歡看他這種壞壞的樣子，她痛痛快快地脫下寢衣。徐澄乘機拉了一下炕頭的一個小把手，笑咪咪地欣賞紀姨娘脫衣的動作。

就在這時，蘇柏從外而入，一連推開兩道門，徑直來到徐澄與紀姨娘面前。

「啊！啊！……」紀姨娘嚇得一陣亂叫，把手裡衣物往蘇柏身上扔。「滾！滾出去！這個地方也是你能隨便闖的嗎？快滾！」

蘇柏沒想到一進來竟然見到這般情景，看著眼前只穿肚兜的紀姨娘，他也驚了一下，但想到是老爺叫他來的，那必定是老爺有意安排。

儘管紀姨娘白嫩嫩的胳膊脖頸及後背全裸露在外，他都視而不見，而是抱拳向徐澄作揖。

紀姨娘見蘇柏竟然不滾出去，她一下拉開被子將身子裹起來，氣得渾身發抖，咆哮道：「蘇柏，你是想讓老爺砍了你的腦袋嗎？」

蘇柏仍文風不動。

紀姨娘簡直要被氣瘋了，她轉向徐澄，大聲嚷嚷道：「老爺，他橫衝直撞進來，見咱們都躺在炕上了，而且妾身還……還脫……」她想到蘇柏一個下人竟然看到她的身子，突然敞開嗓門大哭起來。

徐澄見紀姨娘被羞辱了，心裡還挺暢快，不耐煩地勸道：「好了好了，蘇柏向來可以自由出入至輝堂，他肯定有要事向我稟報才直接進來。以前妳從未在至輝堂歇夜過，他沒顧慮這麼多，也是無心之過，妳何必大呼小叫的。」

徐澄又對蘇柏說：「你去外間候著，我等會兒就出來。」
蘇柏這才退了出去。
紀姨娘還在痛哭，覺得自己剛才太丟臉了。她是徐澄的妾室，身子卻被一個侍衛瞧見，還是當著徐澄的面，她以後還要不要見人啊！
徐澄坐起來，一邊穿衣一邊說：「妳趕緊穿好衣裳回秋水閣吧，我有事要處理。」
紀姨娘一下拽住徐澄胳膊。
「老爺，今日之事要是傳出去妾身還怎麼做人，你可千萬不要說出去，還有那個蘇柏，他要敢說出一個字，就將他殺了！」
徐澄拿起她的外衣，往她身上一拋，故作生氣道：「妳又胡說了，這等羞事我向何人去說？蘇柏隨我多年，何時多嘴過一句？妳休憂心，趕緊回去吧。」
紀姨娘想到此行目的，她不能就此甘休，得趕緊與徐澄行事才好。她抹著淚可憐巴巴地說：「妾身被蘇柏這麼欺負了，你還護著他，那你就得向妾身賠不是，等會兒你去秋水閣向妾身賠不是好不好？你若不去，以後妾身就再也不理老爺了。」
徐澄一邊快步往外走一邊說：「剛遭此事，我已經沒興致了，待明日吧，到時候我肯定好好向妳賠不是。」
明日？紀姨娘雖心有不甘，但也只好作罷，既然老爺說明日會去，那就是一定的了，他平時答應的事都不會反悔的。

紀姨娘這才破涕為笑，趕緊穿好衣裳出去了。她在出門之前，狠狠地剜了蘇柏一眼，然後氣哼哼地走了。

回到秋水閣，紀姨娘又想到她的身子被蘇柏瞧見的那一幕，越想越氣憤，她作為一個姨娘，竟然受這等屈辱。此時她見迎兒立在門邊上，便把她叫了過來。「迎兒，妳與陳豪是不是有五、六日沒見過面了？」

迎兒紅著臉點頭。

紀姨娘嘴裡嗑著瓜子，眼睛凝望著桌上那對瓷鴛鴦。良久之後，她朝迎兒招了招手，讓迎兒湊身過來，對著她耳語一番。

迎兒開始只是面紅耳赤，之後嚇得雙膝一跪，央求道：「姨娘，這等事迎兒真的不敢做，要是被外人知道了，奴婢只能尋死了。」

「傻丫頭，這有啥好怕的，只有陳豪在妳身上嚐到了甜頭，他才會日日惦記著想找妳，到時候我再跟老爺提一提，說你們情投意合，陳豪平時也頗得老爺器重，他再向老爺多求幾句，老爺豈會不肯？妳這麼矜持，陳豪雖對妳有點意思，但也不急著要成親，妳願意這麼一直等下去嗎？妳今年也十五歲，該嫁人了，不能再拖下去，年紀越大越不好嫁人。要是妳與陳豪成了，到時候我會為妳備一份像模像樣的嫁妝，讓妳風風光光的。」

迎兒被紀姨娘說得有些心動了，咬了咬牙便點下了頭。

紀姨娘起身，朝外走去，招呼著張春家的和巧兒。「妳們跟著我去沁園賞皇上恩賜的紅頂虎頭金魚，聽說觀賞了這種魚會鴻運當頭的。」

張春家的有些狐疑，小聲問道：「姨娘，天色都黑了，能……能瞧得見水裡的魚嗎？」

紀姨娘斜了她一眼。「妳老眼昏花的當然瞧不見了！」說完她氣嘟嘟地朝前走了，張春家的哪敢再多說一字，趕緊和巧兒一起跟隨著。

陳豪赴了迎兒的約，此時正與迎兒一起坐在秋水閣的小耳房裡。陳豪今年剛二十，雖然只是一介侍衛，長得倒也一表人才，走在人堆裡算是較突出的。他見迎兒乖巧溫順，也挺喜歡她，可是礙於她是紀姨娘身邊的人，所以他內心很糾結，他想和迎兒好，要是能娶她就再好不過了，可是他又怕被紀姨娘利用。

迎兒覺得他對自己不是太熱絡，抬頭眼巴巴地望著他。「你……你想娶我為妻嗎？」

陳豪心裡一熱，點頭道：「想，很想。」

迎兒喜出望外。「真的？」

陳豪鄭重點頭，卻又為難地說：「但是……妳我想結為夫妻，幾乎是不可能的事。我是侍衛，乃平民，而妳還是奴籍，夫人是不會同意咱們親事的。」

迎兒忙解釋道：「姨娘說她會幫咱們在老爺面前說話，而你平時不也一直跟著老爺嗎？老爺雖常常冷臉對待下人，但論起事來從未苛待過下人，或許此事並沒有你想像的那麼難。」

陳豪聽迎兒說紀姨娘會幫他們，他立馬心裡有了防備，所以沒接話。迎兒見陳豪不吭聲，以為他是瞧不起她的出身。她有些委屈地咬了咬唇，想到紀姨娘對她的囑咐，也不再矜持了。

她忽然起身，一下坐在陳豪大腿上，整個身子撲在陳豪懷裡，儘管她自己都害怕得抖了起來，還是堅持這樣做了。紀姨娘說了，只要男人嚐過女人的滋味，就會想得到她，肯定會不顧阻力與她成親。

她信了。

陳豪沒有推開她，那就表明他並不排斥。她窩在陳豪懷裡喃喃地說：「只要你心裡有我，願意娶我，我就滿足了。」

陳豪乃血氣方剛之男兒，哪裡受得了這個，何況他確實喜歡迎兒，此時聞著她清香的氣息，摟著溫軟的身子，他心跳加速，剛才顧忌的東西全都拋於腦後了。

迎兒送上香唇，陳豪情不自禁堵了上去，之後越來越情動，渾身熱血洶湧，而迎兒不但不阻止他越來越用力的摟抱，還主動脫去外衣。陳豪大腦一片空白，心裡除了迎兒，已經裝不下其他了。

他將迎兒抱上炕，兩人就這麼肆無忌憚地癡纏著……

紀姨娘確實瞧不清池子裡的金魚，因為此時池子裡已呈一片暗色。她很不服氣，往池子裡扔了一小把魚食，金魚頓時全湧了過來，躍起來一陣瘋搶。雖然天色灰濛濛的，她也瞧見金魚頭頂上的紅色。

她拍了拍手掌上的渣子，吩咐張春家的和巧兒。「妳們倆在這兒多餵一會兒魚，我累了，先回去了。」

巧兒不知趣，還要跟在身後。「姨娘，奴婢來攙著妳。」

紀姨娘直甩袖，皺眉道：「不必了，我心煩，想靜一靜。」巧兒頓住，不敢再跟著。張春家的挨了紀姨娘幾回罵，現在倒識趣，一心在旁餵魚。

紀姨娘算著此時迎兒與陳豪肯定正纏在一起呢，她快步走向秋水閣，要的就是抓個正著。她把耳朵貼在耳房門上，聽到裡面一陣陣嬌吟，她得意一笑，用力捶著門，咚咚直響，嘴裡還喚道：「迎兒，妳在裡面做甚？快開門！」

迎兒與陳豪嚇得身子一翻，雙雙滾落在地，身子還是纏在一起的。迎兒忙推開陳豪，心裡納悶，不是姨娘讓她這麼做的嗎？姨娘怎麼會口出此言，又為何要來壞事？

不會，姨娘不會壞她事的，或許……姨娘是來勸陳豪娶她的？

陳豪驚慌失措，趕緊拾起地上衣物胡亂往身上套。他邊穿邊質問迎兒。「是紀姨娘讓妳故意勾引我的嗎？」

迎兒大驚失色，拚命搖頭說：「不是的不是的，我是真想嫁給你，才願意將身子交給你的。」

迎兒委屈得淚如泉湧，眼巴巴地望著他。

陳豪見迎兒這副模樣，心有憐惜，覺得她不是城府極深之人，他看得出來她是真心喜歡自己的，他把迎兒的衣裳拾起來往她手裡一塞。「妳快穿上吧，我走了！」

他正要縱身飛上梁柱，打算從屋頂逃出去時，紀姨娘一腳踹開門。她朝屋頂嚷道：「陳豪，你獨留下迎兒一人，是想讓她被夫人杖斃嗎？」

陳豪見迎兒連衣裳都沒穿全，心一軟，往下一跳，落在紀姨娘面前。

迎兒爬著來到紀姨娘面前，摟著她的腿，求道：「姨娘，奴婢求您了，您千萬別為難他，您不是也希望我和他……」

紀姨娘懶得聽這些，從迎兒懷裡抽出腿，來到炕邊坐下，斜眼瞧了瞧陳豪，再瞧著衣衫不整的迎兒，慢條斯理地說：「迎兒，我是怕妳被他白睡了，倘若他轉頭就不承認碰過妳，再也不要妳了，妳找誰哭去？妳現在已不是處子之身，哪個男人會要妳？」

「我會求老爺同意我娶她的！」陳豪回答得擲地有聲。

迎兒聽了心裡踏踏實實的，只要有陳豪這句話，無論等多久她都願意的，即使最終他娶不了她，她也不會恨他。

紀姨娘哼笑了一聲。「你空口白牙的，誰信？若是你一出這個秋水閣，就翻臉不認人了，迎兒向誰訴苦去？」

迎兒忙說道：「姨娘，奴婢相信他，他不會翻臉不認人的。您趕緊放他走吧，若是巧兒她們來了撞見，可就不好了。」

「住嘴！」紀姨娘厲聲叫道。「妳是我的丫鬟，也只有我願意為妳出頭，妳別在那兒犯傻了！陳豪，你若是一個有情有義的真漢子，那就寫下承諾書，說你一定會娶迎兒。迎兒，擺筆墨！」

陳豪答得乾脆。「寫就寫！」

迎兒卻不肯動彈，央求紀姨娘。「姨娘，您別為難他了，不要讓他寫好嗎？他肯定說到做到，不會騙奴婢的。」

紀姨娘狠狠瞪了她一眼。「妳咋這麼傻，剛有了男人就不聽我的話了？我這是為妳好，妳缺心眼嗎？」

迎兒被罵得一愣一愣的，只好趕緊去擺紙筆和研墨了。

陳豪走過來剛要提筆，紀姨娘喝住。「慢！這個可不允許你隨意寫，而是按照我唸的寫。你可得聽好了，就寫……仁懷九年臘月十三，我陳豪與王迎兒在秋水閣的耳房裡私會，並占了迎兒的身子……」

陳豪眉頭一蹙，打斷紀姨娘。「姨娘為何要我寫這種東西，我只要寫一定會娶迎兒不就行了？」

紀姨娘瞥了他一眼。「你當我和迎兒有這麼好糊弄？真的以為你寫那麼一句話就相信你將來一定會娶她？到時候老爺和夫人問起來，說憑什麼你一定要娶迎兒，迎兒咋辦？只有寫下事實，你百口莫辯才行！」

陳豪遲疑了，不肯寫，感覺像是把柄被人攥住了。

紀姨娘催促道：「你再磨磨蹭蹭不肯寫的話，待巧兒和張春家的一回來，她們再一張揚，你還怕你和迎兒的事傳不出去？你忍心見迎兒被人辱罵，被打得半死不活扔出府去？你放心，你寫了後我就讓迎兒自己保管，若你將來翻臉如何都不肯娶她，她才會拿出來作證。若你對她真心實意，在你娶她的那一日，讓她自己燒了即可，不會有外人知曉的。」

迎兒向來懼怕紀姨娘，而且覺得她這是為自己好，也不敢插嘴。

陳豪看了看真心對待他的迎兒，覺得若真能讓她安心也好，便按照紀姨娘所說的全都寫下來了。

紀姨娘拿起來細瞧了一遍，得意地疊起來。

「陳豪，以後咱們也算是自己人了，我是迎兒的主子，你是迎兒的未婚夫，有空你就常過來玩，別客氣，你想單獨和迎兒相處，我也會幫你們支走張春家的和巧兒。剛才逼你寫下這個，也是我一片苦心怕她吃虧，你若轉頭就不要她了，她豈不是只能尋死，我哪裡忍心見她這般？」

紀姨娘這一番知冷知熱的話，迎兒聽了感動不已，過來向她磕了一個響頭。陳豪忽也覺得紀姨娘是個心疼奴婢的人，對她的戒心頓消全無。

他客氣地說道：「謝姨娘抬愛，您若對迎兒好，我陳豪萬分感激。」

紀姨娘臉上笑成一朵綻放的花。「嗯，果然是一個好男兒，迎兒的眼光還真是不賴。」

迎兒和陳豪相視一笑，兩人情意綿綿。

忽然，紀姨娘嘴角一抽，傷感地說：「見你們這般相好，我真是羨慕啊，剛才老爺還把我從至輝堂趕了出來，都是那個蘇柏害的。」

陳豪平時與蘇柏經常在一起，但是老爺更器重蘇柏，陳豪心裡也是清楚的，多少對蘇柏有些嫉妒。他笑了笑說：「蘇柏性子就那樣，不要說對姨娘您了，他對太夫人和夫人都是不講情面的，只遵從老爺一人。」

紀姨娘嘆道：「可不是，偏偏老爺護著他，我也只能忍氣吞聲了。陳豪，你說老爺最近在忙啥，他怎麼就沒空來我這兒呢？這般獨守空房的日子要我怎麼熬啊？」

迎兒也心疼紀姨娘，對陳豪說：「以後你多為姨娘遞個話吧，姨娘心裡整日記掛著老爺，也怪難受的。」

陳豪見迎兒都開口了，又想到老爺只不過是在籌備太夫人的喪事，覺得不關乎大事，偷偷告訴紀姨娘應該也沒關係，只要不把關於朝政與秘密調動人員的事說出來就行。

其實他一直納悶，太夫人身體不行了，老爺為何不告訴任何人，還偷偷為她辦喪事？想到此處，他覺得此事實在沒有隱瞞紀姨娘的必要，便說道：「姨娘，老爺不是不理您，他是真的忙，他最近在籌備太夫人的喪事，太夫人估摸著活不過這兩日了。」

「啊?!」紀姨娘一聲驚叫，兩眼圓睜。

陳豪正要細說，便聽到一陣腳步聲越來越近，他一個躍身，再挪開屋頂兩塊長磚，跳了出去。他站在屋頂上見到張春家的和巧兒一起向秋水閣走來，他快速蓋上屋頂，跳上旁邊的樹，轉眼就不見了。

紀姨娘有些害怕了，倘若太夫人今夜就亡了，徐澄就得丁憂。依大鄴朝大律，一般官員得守三年丁憂，而當朝三品以上官員因要上朝理政，皇上向來都會「奪情」，只允許守一百日。

可是她已經懷孕了，再等一百日，她的肚子就顯形了，徐澄還沒碰過她，她怎麼辦？即使一百日後徐澄真的眼拙，瞧不出她懷有身孕而碰了她，府裡的人也都能被瞞住，但她實在不能懷孕五個多月就生下孩子啊，否則大家豈不認為她生的是妖孽？

徐澄說他明日就會來，不行！等不到明日了，再等就晚了！她慌忙走出耳房，迎兒跟著追上來。「姨娘，您是去找老爺嗎？」

紀姨娘瞥了迎兒一眼。「妳快進去吧，瞧妳衣衫不整的。」

迎兒臉色緋紅，小聲地問：「陳豪寫的那份承諾書，姨娘不是說……要放在奴婢這兒？」

紀姨娘皺著眉頭道：「迎兒，這個東西放在我這兒，妳有啥不放心的？我是怕妳心軟，哪日他對妳說幾句好聽的，妳就依他把這個撕了怎麼辦？還是放在我這兒吧。」她說完就疾步跨出秋水閣大門。

迎兒只當紀姨娘為她好，傻傻笑著點頭說：「好。」然後回屋梳頭整衫去了。

張春家的和巧兒剛要進秋水閣，見紀姨娘急匆匆往外走，她們倆就立馬跟在後頭。因她們沒來得及進秋水閣，也就沒看到迎兒衣衫不整的模樣，對迎兒與陳豪的事她們是一字不知。

此時的李妍在翠松院焦頭爛額，因為太夫人突然說不出話來了，本來她說不出話也不關李妍的事，可是她躺著還緊拽著李妍的手不肯放開。

李妍當著徐澄的面又不好用力掙脫，就只好由太夫人這麼拽著。她感覺太夫人想把她一起拽到閻王爺那兒去似的，心裡憋悶得很。其實太夫人是想跟李妍說幾句話，可是她如何努力也說不出來。

徐澄知道太夫人即將仙逝，心裡一陣哀痛，雖然他們母子似乎離了心，但最終太夫人還是知錯了，只是沒有說出來而已。

徐澄見李妍滿臉眼淚，哭著說太夫人千萬要撐住，他的眼淚都快被李妍哭出來了——其實李妍是被太夫人拽得哭了，唯有用眼淚來發洩。

眼見太夫人喘不上氣，曾大夫跪在地上直磕頭，因為他無能為力，又害怕徐澄怪他，只好磕得咚咚直響。

徐澄和李妍就這麼親眼見太夫人嚥氣了，李妍嚇得渾身發抖，因為她的手還在太夫人手裡。徐澄見她眼淚一直流，渾身打著顫，就幫她把手抽出來了。

李妍總算鬆了口氣，然後與王婆子、夢兒、曾大夫跪在一起，加入痛哭流涕的行列。

紀姨娘趕來時，見裡面哭聲一片，大概知道是怎麼回事了。她扶在門框上，失聲大哭。

「太夫人……您怎麼能就此仙去，這叫我怎麼活啊！太夫人……」

她一口氣沒跟上來，眼見著她倒了下去，嚇得張春家的和巧兒慌忙接住她，嘴裡齊聲一陣驚呼。「姨娘！姨娘！」

第九章

紀姨娘竟然哭暈過去，李妍瞠目結舌，這是什麼情況？

太夫人平時對紀姨娘很寡淡，連話都不怎麼說的，論理，紀姨娘對太夫人不可能有深厚的感情，她至於如此傷心嗎？要說她是故意演給徐澄看的，看上去也不像啊。

徐澄擺了擺手，讓人把紀姨娘抬回去，並讓曾大夫前往。其實他也有些納悶，他因厭惡紀姨娘與皇上的苟且之事，所以拒絕碰她。至於她已有身孕之事，他還沒這麼快知曉，沒想到紀姨娘一見太夫人仙逝就暈了過去，徐澄覺得十分蹊蹺，此中必有隱情，他才不會傻到以為紀姨娘真的是為太夫人而傷心至此。

因為此前徐澄已做好準備，所以喪事井然有序地進行，靈堂很快就搭起來了，各項事宜都由徐澄安排。

李妍只需負責跪在徐澄旁邊，一直陪著流淚就行。過沒多久，宋姨娘和一群孩子們都聞聲而來，加入了哭喪隊伍。

宋姨娘跪在李妍身後，先是痛哭一陣，然後累了就是啜泣。孩子們皆傷心而哭，且都算得上是真情，而章玉柳的一兒一女哭得最慘，因為他們前些日子剛失了母親的倚恃，現在太夫人這個大靠山又倒了，他們為自己將來的處境而哭。

李妍發現嫡子徐驍與章玉柳那兩個孩子大不一樣，他並沒有哭出聲，但眼淚卻是一串接一串往下流，一直沒斷過。太夫人平時對他淡漠，他能如此傷懷，李妍覺得甚是難得。可是他這般真性情以後難免會遇到許多艱難之事，她不得不為這個兒子擔憂。

大小姐徐珺就沒弟弟那般傷心了，她只是啜泣幾聲，然後跪在一邊不吭聲。她不喜歡祖母，此時傷心雖然也是有的，但絕不會有多麼心痛，而她也不愛裝模作樣，更不管別人是否嚼舌。

李妍或多或少能感覺到李念云以前教養兒女很隨心性，所以他們才不會顧忌他人的眼色，都是赤心真誠的好孩子，可是這樣容易受別人欺負蒙蔽的。李妍稍扭頭往庶長子徐駿那邊偷偷瞧去，只見他哭得有些發狠，還咬牙切齒的，心裡應該是又傷痛又憤恨。

李妍不禁渾身不自在起來，感覺這孩子那股恨勁是衝著她的。果然，徐駿雙眼恨恨地往李妍這邊一瞧，見李妍正在看他，他又忙斂住恨意，只剩下滿眼哀痛。

一個十歲的孩子竟有這麼複雜心緒，李妍不得不感慨，這個徐駿定是遺傳了章玉柳的性子，長大後也會是個心狠手辣的角色。

過沒多久，二爺徐澤一家奔至而來，徐澤只是哀慟，而他的妻妾則是哭天喊地。之後便是寶親王和徐菁，寶親王乃尊貴王爺，當然是不必跪的，他上了幾炷香，拜了拜，便獨自走了，留下徐菁。

緊接著伍氏和她的兒女們也來了。徐修遠和徐蕪實在哭不出來，伍氏就偷偷地伸手掐他們，他們疼得齜牙咧嘴，只好做哭嚎之狀，之後上百名下人都跪在院子裡哭，整個宰相府一片悲泣嗚咽之聲。

這麼折騰了近一個時辰，李妍早就又渴又餓，崔嬤嬤從院子外的地上爬起來，為李妍送茶水來了。李妍咕嚕咕嚕一口氣喝了一碗，這時她見曾大夫從外面跑來，神色慌慌張張，附在徐澄耳邊說著什麼。

剛才紀姨娘暈過去後就被抬到秋水閣，曾大夫立馬前往，見他神色慌張成那般，李妍猜測，莫非紀姨娘身子有大症候？

她聽不清曾大夫在耳語什麼，便緊瞧著徐澄臉色，只見他的臉越繃越緊，額上的青筋都鼓了起來，兩眼冒著寒光，叫人看了不禁身子發冷。

徐澄終於明白紀姨娘為何急著要往他身上爬了，也知道她剛才為何還沒進門就暈倒了，果真是做了見不得人的事，鬼還沒來敲門呢，她自己就嚇掉半條命。

這時張春捧過來一杯茶水遞給徐澄，徐澄接過來連喝三大口，然後吁了口氣，對曾大夫說：「此事先不要聲張，過幾日我再處置她。」

曾大夫顫顫巍巍地退了出去，然後垂著頭跪在院子裡。

徐澄平時每夜歇在哪裡雖然無人記錄，但是他自焦陽城回來後並沒有在秋水閣歇過夜，這件事全府上下都是知道的，所以曾大夫為紀姨娘把到了喜脈嚇得不知所措，他本以為徐澄會惱羞成怒，然後命人將紀姨娘拖來杖責一番，令其落胎，再將其賣掉。倘若當場被打死，那就是破蓆一裹，拖出去埋掉。

沒想到徐澄雖生氣卻只是讓他別張揚，曾大夫深感自己愚笨，不懂宰相大人行事的深謀遠慮。

李妍見徐澄神色漸漸平復了，便小聲問道：「老爺，紀姨娘身子怎麼了，還沒醒過來嗎？」

徐澄瞧著李妍那雙哭得紅腫的眼睛，淡淡地說：「她好得很，妳不必為她擔憂。」

李妍「喔」了一聲，便不好再多問。

徐澄跪在火盆邊上不停燒紙，想起小時候母親對他的疼愛，想起母親經常帶著他們兄妹三人一起讀書，還常帶著他們外出遊玩，當年母子們一起開心歡笑的場景在他的腦海裡過了一遍又一遍。這幾年母子之間的許多不和，他都不想再憶起，曾經美好的情景，他希望自己能永遠記憶猶新。

徐澤跪在徐澄對面，他見兄長為母親燒紙錢，便神色哀戚地膝行而來，陪著兄長一起燒。他的眼淚滴落在竄著火苗的紙上，火苗暗了下去，瞬間又竄了起來。

屋裡就這麼忽明忽暗的，還夾雜著一陣陣悲泣嗚咽聲，太夫人應該已經喝了孟婆湯，順利過了奈何橋。紙錢燒了好幾捆，太夫人在陰間恐怕可以花好些年了。

直到半夜，大家都累了，徐澄讓膳堂的人去準備飯菜。跪在靈堂的人也可以歇息一會兒了，雖然不能起身，但至少可以不用哭了，下人們還可以過來給各自的主子們遞水喝。

待膳堂飯菜做好了，除了當值的人守在這裡，其他人可以回去吃飯睡覺，因為另外還有唱經的和尚班鎮守，不需要上百號人全跪在翠松院。

其實此時已是寅時三刻，回去睡不到一個時辰天就要亮了。

李妍實在是又累又睏，根本沒有胃口吃飯。且不說各位主子們都累得雙腿發麻走不了路，就連平時幹粗活的下人們都在心裡直叫苦，因為一口氣跪了幾個時辰，膝蓋早就沒知覺了。

李妍揉了揉麻木的雙腿，由崔嬤嬤和綺兒攙扶著，準備回錦繡院直接睡覺，飯就懶得吃了。徐澄與徐澤仍然跪在那兒，並沒有起身的意思，徐菁倒是早被僕婦們扶去用飯睡覺了，伍氏一家人也哭夠了，走了。

這時，徐澤的妻妾二人走了過去，要攙扶徐澤回去，可是徐澤慍臉甩袖，她們也不敢再纏他，便隨著他去，她們相伴著低頭走出去了。

崔嬤嬤小聲說道：「夫人，要不您勸勸老爺去歇息一會兒，這兒有二爺，還有幾個當值的人及幾十名唱經和尚，老爺再不去睡一會兒，明日怎麼撐得住？」

李妍搖頭道：「不必了，老爺體魄強健，能撐得住。再說了，即使我去勸他，他未必聽我的，咱們走吧。」

崔嬤嬤雖然十分心疼老爺，但也不好再多嘴。行至翠松院外，李妍忽然頓了足，腦子裡尋思著什麼。

崔嬤嬤早已睏得不行，一邊打哈欠一邊問：「夫人怎麼了，咱們還是趕緊回去歇息吧。」

「嬤嬤，看來還得辛苦妳跑一趟路才能回家睡覺了，妳讓馬興偷偷去盯著秋水閣，看有沒有外人進出。」李妍對馬興上回說的那個黑影一直放心不下。

崔嬤嬤被李妍這麼一說，也清醒了幾分，附和說道：「夫人考慮得極是，紀姨娘暈倒了，若那人與她走得近，必定是要來看她的。」

崔嬤嬤立馬往西北偏院找馬興去了，綺兒扶著李妍回錦繡院。

躺在暖炕上的紀姨娘此時是心急如焚，之前曾大夫為她把脈時，她還沒清醒過來，當她醒過來後曾大夫已經走了，而且迎兒還把熬好的藥端到她面前。

她嚇得打翻藥碗，抓著迎兒的手急問：「曾大夫剛才為我把脈了?他說了什麼?」

迎兒以為她是擔心自己的身子而已，乖巧一笑，安慰道：「姨娘，曾大夫說您是突聞噩耗而驚厥過去，只要喝幾服鎮定的藥便無礙了，您的身子根底好，別太擔憂。」

紀姨娘半信半疑。「他沒再說其他的?」

迎兒搖頭，彎腰收拾打碎的藥碗。一直守在旁邊的巧兒這時已經重新盛了一碗湯藥立在紀姨娘面前。紀姨娘猶豫再三，這藥還是沒敢喝，她不耐煩地擺手道：「放在一邊，我等會兒再喝，巧兒妳別候在這裡了，快睡覺去。」

巧兒早就睏得撐不住了，聽得此話，趕緊出去了。

迎兒將地收拾乾淨了，再拿出管事房送過來的縞色孝衣，她自己穿了一套粗質的，將另一套縫製精細的拿過來，伺候紀姨娘穿上了。

紀姨娘雖穿一身縞色孝衣，卻仍難掩嬌美的容顏，只是臉色稍顯蒼白，嘴唇也呈淺粉色。她看著這縞色，更是心焦難安，她不捨得墮掉腹中胎兒，她早就想生個皇嗣了，這是她這幾年來最大的願望。

可是她若還留著胎兒，徐澄能讓她活命？

想到這些，她心亂如麻，揪又揪不開，理又理不順，真是損心傷肺摧肝腸。再抬頭一瞧，見迎兒端著一碗燕窩過來了。

紀姨娘接過燕窩吃了幾口，說：「迎兒，妳找出紙筆，研好墨，然後去把陳豪叫來。」

迎兒有些吃驚地望著她。「姨娘身子不舒服，還要寫東西嗎？這個時辰把陳豪叫來是不是不太……合宜？」

紀姨娘把碗往迎兒手裡一放，眉頭直皺。「妳這個傻丫頭，怎麼一點都不開竅？妳不要以為陳豪喜歡妳，你們的婚事就一定能成，到時候還得靠我在老爺面前為你們周旋，妳也得學會哄著陳豪開心，牢牢拴住他的心才好。他肯定也惦記著想見妳，妳去把他找來，他一定高興，還管什麼時辰不時辰？」

迎兒滿面嬌羞，放下碗去找紙筆，再研好墨，然後興奮地小跑著出去找陳豪了。

迎兒出門後，紀姨娘便起了身，來到書桌前給皇上寫一封密信，大意是讓皇上趕緊想辦法把她接出去，最好能接到宮裡，即使不能以妃嬪的名義安頓她，但能讓她有一席之地安心心生孩子就行。至於位分之事，待生了孩子再說。

為了肚子裡的皇嗣，她不想再做徐澄的妾了。這麼些年，她仍然感覺徐澄像一個熟悉的陌生人，他從來沒有疼過她、愛過她，或許就是這種距離感，使她對徐澄更加迷戀。

而皇上則不同，每回只要她去了宮裡，她總能聽到皇上的甜言蜜語，也能從他那兒得到身心上的滿足。她對皇上雖然不迷戀，但也不討厭，至少皇上能滿足她諸多要求。

只要生下皇嗣，哪怕將來皇上厭煩她，她還有皇子或公主可以依靠。

她寫完後密封，便聽到耳房那邊有了動靜。迎兒與陳豪都以為紀姨娘的意思是讓他倆私會，成全他們時刻想在一起的好意，所以並沒來打擾紀姨娘，而是直接去了耳房。

紀姨娘心裡暗罵，這一對不要臉的東西，還真是不耽誤事，她本意是找陳豪來為她送信的，沒想到他們倒好，直接到耳房摟摟抱抱去了，還真當她紀雁秋是月老了！

過了一陣，紀姨娘猜想他們也差不多了，便敲門而入。

陳豪與迎兒耳鬢廝磨了許久還沒盡興，此時見到紀姨娘，他有些害羞，臉頰紅得通透。

「姨娘……還沒歇息？迎兒說，是您讓她去喚我來的，所以……」他沒好意思說下去。

迎兒低著頭連忙給紀姨娘端椅子。

紀姨娘走進來坐下，笑道：「喲，你個大男人害什麼臊，知道你們時刻都念著對方，我就尋個機會成全你們。你們放心，往後這樣的好事肯定不會少，見你們相處得這麼好，我真是羨慕啊。我心裡煩悶睡不著覺，想給玉嬪娘娘遞幾句話，你願意幫我跑這一趟嗎？」

紀姨娘心裡很清楚，陳豪平時常跟隨老爺入宮，對皇宮地形十分熟悉，憑他的功夫，夜闖皇宮沒問題的。

陳豪十分爽快地答應道：「姨娘放心，這等小事在下還是能做到的，不知姨娘想給玉嬪娘娘遞什麼話？」

紀姨娘拿出信交到他手裡。「我已經寫下來了，也就是姊妹之間訴訴苦，互相聊慰的話罷了。」

陳豪接了過來，往懷裡一揣，他正要告辭，紀姨娘又叫住他，問道：「陳豪，你知道老爺為何要瞞住太夫人病入膏肓近日要仙逝之事嗎？」

陳豪搖頭。「這個在下真的不知，老爺做事是不會跟我們解釋原因的。」

紀姨娘能感覺到他說的是實話，徐澄做事從來不向任何人解釋原因，何況陳豪只是一介侍衛，她又問：「這幾日老爺除了暗地裡準備太夫人的喪事，還有沒有安排其他事？」

陳豪心裡有些糾結，不知該不該告訴紀姨娘，可是想到紀姨娘讓他與迎兒相會，對他們真的很好，就挑了一件他認為不重要的事說了。「其實老爺忙的也不是什麼大事，就是為府裡找了一位管事和一位帳房，好像是從祈峨山來的。」

「祈……峨……山？管事和帳房？」紀姨娘聽得一頭霧水，這些事不應該是夫人去張羅嗎？想來覺得這些確實不是大事，也就沒再追問，擺了擺手讓陳豪趕緊送信去。

在路上時，陳豪心有疑慮，想拆信一閱。雖然信是密封的，但他跟隨徐澄多年，學得不少東西，是完全能做到看了信卻不會被人發覺的。

他猶豫再三，最終還是沒有打開。既然紀姨娘好心成全他與迎兒，他忠心為她做些事作為報答也是應該的。

一個多時辰後，天已大亮，李妍雖然還沒睡夠，但想到還得去靈堂，便早早起了炕。此時綺兒正在為李妍別上一朵縞色絹花，馬興溜了進來。

李妍讓綺兒出去了，只留崔嬤嬤在內。馬興一臉亢奮，像是發現了大秘密。「夫人，我和宣子躲在秋水閣旁的一棵大樹上，發現陳豪進了秋水閣！」

李妍一怔。「陳豪不是老爺身邊的侍衛嗎？那個時辰他跑秋水閣去做甚？」

馬興十分篤定地說：「一定是紀姨娘命迎兒把陳豪勾去的，我親眼見迎兒與陳豪進了耳房，孤男寡女的在裡面待了好一陣子，之後紀姨娘才進去的。」

崔嬤嬤在旁啐道：「真是齷齪至極！之前章玉柳就是利用手下的丫頭與許大夫勾搭在一塊兒，這個紀姨娘倒是有樣學樣，竟然讓迎兒去勾陳豪。迎兒是個沒心眼的丫頭，陳豪對老爺向來忠心耿耿，這下全被紀姨娘給拐帶壞了！」

李妍暗自尋思，徐澄的三位貼身侍衛都是千挑百選出來的，是徐澄極為信任的。紀姨娘籠絡徐澄的侍衛，肯定是想打探消息，一個妾室對老爺在外的事那麼關心，必定有歪心。

李妍想起上回見紀姨娘手上戴的羊脂白玉鐲子，當時她就有些疑心，玉嬪娘娘是不會將這麼貴重的鐲子轉送給紀姨娘的。紀姨娘是當年皇上賜給徐澄的，倘若紀姨娘的背後是皇上，也就是說皇上一直在防備徐澄？

李妍越想越覺得事態嚴重，她讓馬興先回去，匆匆用過早膳便來到靈堂。

徐澄也剛用過早膳，他見李妍這麼早就來了，說道：「妳該多歇息，別累壞了身子，這裡有我和二弟。」

李妍朝徐澄使了個眼色，讓他跟著她進了旁邊的小間。徐澄頗好奇，他極少見夫人這般小心翼翼的。

李妍開門見山地說：「老爺，陳豪以前與紀姨娘好似並不熟，是嗎？」

徐澄神色一凜。「陳豪他做什麼了？」

李妍在路上已經把說詞想好了，娓娓道來。「馬興帶人去秋水閣那邊掃雪，無意中碰見陳豪鬼鬼祟祟地進了秋水閣，好像是和迎兒在一起，馬興就來向我稟報了。紀姨娘肯定是知曉此事的，她縱容自己的丫頭行舉不檢點，這事本來我是可以自行處置的，但牽扯到老爺的貼身侍衛，所以還是由老爺處置為好。」

徐澄瞬間便明白了，陳豪被紀姨娘收買了！可是，陳豪知道他太多的事！

他神態顯得平靜，若無其事地對李妍說：「此乃小事，夫人莫憂，待太夫人下葬後，我們再處置此事不遲。」

李妍點了點頭。

徐澄又道：「還望夫人將此事吞進肚子裡，不要聲張，馬興等人妳也囑咐他們管好自己的嘴。這些日子肯定會有很多人來府祭拜太夫人，若讓外人知道咱府這些骯髒事，只會給府上蒙羞。」

李妍覺得他說得在理，便應聲出去了。只要徐澄知曉此事就好，她相信他會妥當處理，她才剛出來，蘇柏便被徐澄叫進去了。

徐澄沈思片刻，便道：「蘇柏，你快馬加鞭去祈峨山，讓蔣子恒轉移地方。還有，陳豪已被人收買，以後要防備著他，但絕不要打草驚蛇。」

蘇柏顯然沒想到陳豪會被人收買，他神色微驚，快步離開翠松院。

徐澄獨自嘆息了一聲，本來他打算過幾日將紀姨娘處置了，以她懷了野胎之名將她杖責，再逐出宰相府，皇上即使生氣也不能怎樣。

但是徐澄改變主意了，還是暫且留著紀姨娘為妙，這樣他就可以把假機密傳給陳豪，陳豪再把這些傳給紀姨娘與皇上，正好可以混淆視聽。

雖然他最近所做的只不過是自保的防衛舉措，但這種防備武力與規模也是巨大的，絕不能洩漏出去，否則功虧一簣。

徐家今日卯時開始正式舉喪，朝裡有些大臣消息靈通，早早就來祭拜。宋家和紀家及京城各大家族也是一群群的來。

幸好有崔嬤嬤在旁提醒，李妍才沒出錯，不過一一招架下來，才剛起身招呼客人，之後又要在旁跪著燒紙錢，待有人進來了，她又得起身，之後再跪下。如此反覆，李妍有些撐不住了。

就在她累得體力不支之時，見紀姨娘由迎兒和巧兒攙扶著過來了。紀姨娘來到李妍身邊，向她行了禮，然後在她後方跪下，與宋姨娘並在一起。

李妍見紀姨娘臉色蒼白，問道：「妹妹昨日暈倒，今日才剛好些就來跪著，不知能否撐得住？」

紀姨娘先朝太夫人畫像磕了幾個響頭，哽咽地答道：「多謝夫人關懷，只要能讓太夫人走得安心一些，妾身寧肯糟蹋自己的身子，也要硬撐住。」

李妍回道：「妳昨日驚聞噩耗當場暈了過去，太夫人恐怕是真的不能安心，她突然撒手人寰，並不希望後輩因她而傷身子的，妳不必勉強自己。」

紀姨娘噎住了，正尋思如何應對，卻聽得外面一聲鳴嗓。「皇上駕到！」

皇上聞太夫人突亡，便沒有上朝，而是找個藉口命人將張太醫關了起來，因為張太醫曾為太夫人看過病，卻未將病情向他稟報。他作為皇上，竟然被人蒙蔽，以至於讓紀姨娘不合時宜地懷了孕，他豈能不勃然大怒？

他在後宮胡亂發了一通火，嚇得眾妃嬪跪成一片，之後他才來祭拜太夫人。太夫人葉氏乃老國公遺孀，又是宰相兼安樂侯的母親，皇上是必定要來的，徐澄早就有了心理準備。

徐澄領著一家老小掉轉身子，朝門外跪著。院子裡的下人們更是把頭挨在地上，他們雖不敢抬頭看皇上巍峨的儀仗，但那威嚴的氣勢還是能感受得到的，有些膽小的奴才甚至抖了起來，如篩糠一般。

「平身。」皇上低吟了一句，徑直走進靈堂，他進來時首先不是尋徐澄的身影，而是看紀姨娘跪在哪兒。

紀姨娘聽說皇上來了，微微抬頭，向門口瞧去。皇上尋著了紀姨娘的身影，也只不過是朝她掃了一眼而已，然後來到徐澄身邊，扶他而起，緊握著他的手，勸他節哀。

皇上在為太夫人上香時，大家都得磕頭。皇上的貼身太監應公公趁大家都在磕頭之時從紀姨娘身邊走過，迅速往她手裡塞一個東西。

紀姨娘先是一滯，接著驚喜地將應公公塞給她的東西藏進袖子裡，她猜測皇上一定有了好計策，她不久就能進皇宮了！

皇上連上三炷香，完畢後徐澄便帶著皇上去前面的正堂了。君臣二人在正堂裡敘了些話，其實也就是皇上勸徐澄保重身子不要過於悲傷，也不必為朝中之事操心，只需安心料理太夫人的喪事即可。然後就是徐澄一而再、再而三地感謝皇上關懷，皇上能親自登門本就是皇恩浩蕩，他徐澄不謝可不行。

皇上走後，已臨至午時，李妍總算能回錦繡院了。用過午膳後，李妍在暖炕上躺一會兒，崔嬤嬤坐在旁邊打盹。

李妍昏昏欲睡，忽然驚覺一事，向崔嬤嬤問道：「紀姨娘這幾日都是迎兒近身伺候，以前不是張春家的嗎？」

崔嬤嬤揉了揉眼睛說：「張春家的今兒個在翠松院跪在一邊還跟我小聲埋怨呢，說紀姨娘這兩日根本不願瞧她一眼，也不支使她幹活，昨日午時還把本該是她的分例錢給了迎兒，之後又說待太夫人的頭七一過，紀姨娘就會打發她出秋水閣，隨夫人怎麼安排她。依我看，紀姨娘籠絡陳豪，肯定是因老爺不去秋水閣，紀姨娘便對老爺起了恨意，才尋思著打探老爺的事，說不定哪日她還會出賣老爺呢。」

李妍不好把自己猜測皇上與紀姨娘的事說出來，她稍稍凝神，心生一個主意。「既然張春家的還能在秋水閣待幾日，妳就讓她多留意紀姨娘和迎兒。但凡是為老爺好，咱們應當多費些心思，妳跟張春家的說，待她出了秋水閣，我定會給她安排個好差事，如此她才會更加上心。」

崔嬤嬤點頭。「還是夫人慮事周全，下午我就去把此話轉給張春家的。唉，老爺有著一妻三妾，個個出身名門，姿貌不凡，章玉柳放著好日子不過，非要生么蛾子，現在紀姨娘又心懷鬼胎，真是沒個安生的！京城裡男人們都羨慕老爺有此等豔福，可是也只有夫人是待老爺全心全意的。以前老爺不懂得夫人的心，對妳雖比妾室要厚待一些，可總是熱絡不起來，但近些日子老爺似乎對夫人上了心，雖然只是每日來錦繡院用晚膳，但那種眼神與舉止，跟以前不太一樣。」
「如何不太一樣？」李妍追問。
「就是……就是不一樣，我也說不好。以前老爺即使歇在夫人這裡，那眼神也是淡淡的，說話極少。而近些日子，夫人不覺得老爺與您說的話比以前多了？」
李妍根本沒法比較，她哪裡知道徐澄和李念云以前相處的日常之事？她微微帶笑，點頭道：「好像……是要多一些，或許是老爺也明白誰對他最為真心。」
其實李妍仍覺得他們之間說話極少，如此說來，徐澄與李念云之間的交流那更是少之又少了。
崔嬤嬤喜色道：「老爺終於明白夫人的心意了，而且以後再沒有太夫人為難夫人，將來這日子定能過好嘍。」
李妍故意瞪了崔嬤嬤一眼，噘嘴道：「妳可得收斂一些，要是讓老爺見到妳在太夫人舉喪的日子還喜上眉梢的，可就不好了。」
李妍話音才落，便聽得外面有腳步聲，緊接著就聽到雪兒稟報。「夫人，老爺來了。」
李妍與崔嬤嬤同時結舌，崔嬤嬤趕緊去門口迎接，李妍也掀被子起身。
徐澄臉色灰暗，經悲痛與疲憊雙重折磨，他平時的神采也被掩蓋了。他輕嗔道：「雪兒這個丫頭還是那麼不懂事，我朝她使眼色別出聲，怕她驚妳，她愣是沒明白，還是稟報了。夫人妳趕緊躺下別著涼了，今兒上午妳可是忙壞了。」

李妍暗道，幸好雪兒不懂他的眼色稟報了，否則他聽到崔嬤嬤那些話該多尷尬啊。

崔嬤嬤朝徐澄欠了欠身子出去了。

李妍扶著徐澄來炕邊上坐下，說道：「屋裡生的火旺，我不冷。你昨夜通宵未眠，趕緊躺會兒，我得去翠松院了，你不在那兒我擔心二弟和林管事他們忙不過來，下午來的人應該也不少。」

李妍拿起外衣正要穿上，徐澄拉了拉她的手，不讓她穿。「夫人這是忙糊塗了，哪有客人下午來祭拜的，二弟也回去歇息了，妳安心躺會兒。今晚還得行一個時辰的跪拜禮，待明日上午就更忙了，妳除了要招呼客人，還得與林管事一起安排後日的喪宴，估摸著到時候會有兩百多位客人，在排座位上千萬別出錯了。」

李妍聽得心驚肉跳，看來這一個星期要累掉一層皮不可！她一一應下，點著頭，見徐澄想躺下，她便伸手為他寬衣。

在這裡待了這麼些日子，平時看著綺兒為她穿衣、寬衣，她也學順手了。她為徐澄先脫去縞色孝衣，再為他脫掉棉袍，剩下的徐澄便自己動手了。「夫人，妳也累了，別管我了。」

徐澄躺下了，李妍在猶豫她是躺在徐澄身邊，還是躺在炕的另一頭，或許應該躺在榻上？榻上有裘毯，蓋著也很暖和的。

李妍倒不是怕徐澄會碰她，因為正在守丁憂，徐澄是絕不會碰她的，至少要等百日後。

若不是因為他身居高位被「奪情」只需守百日，那就得和一般品級官員般守三年了，三年夫妻都不能同睡的。

對了，不能同睡，意思就是不能同炕？李妍可不敢犯忌，尋思到這兒她趕緊去榻上躺下了，將裘毯嚴實地蓋在身上，火盆離得不遠，這樣睡著也挺舒服的。徐澄瞅了一眼榻上的李妍，知道她顧忌著規矩，便沒出聲，閉目小憩。

李妍一時睡不著，覺得徐澄有些奇怪，他昨夜通宵未眠，上午又招呼那麼多客人還應對皇上，應該是十分勞累了。論理，他應該回至輝堂好好睡個清靜覺才對，幹麼要來她的錦繡院？

實在猜不透，李妍也呼呼睡去了，畢竟昨夜她只睡一個時辰，今日上午也不比徐澄輕省。

而秋水閣的紀姨娘是無論如何也睡不著的，她手握著應公公偷偷塞給她的東西，氣得渾身顫抖。她再次打開小包，仍然不相信這是皇上下的命令。

這分明就是一包墮胎藥！紙上還寫了一行字——留得青山在，不怕沒柴燒。

皇上要弄掉自己的孩子！這可是皇嗣啊，皇上竟然忍心不要，還給她一包墮胎藥？紀姨娘不敢相信，卻不得不相信。應公公若不按照皇上的旨意行事，除非他不想要腦袋了。

紀姨娘把自己關在房裡，一陣淒厲地笑。皇上這是要她仍然留在徐澄身邊，反正想要生孩子還可以去宮裡與皇上苟且，這就是所謂「留得青山在，不怕沒柴燒」！

紀姨娘終於明白了，她這輩子是生不出皇子了，即使孩子確實是皇上骨肉，孩子的身分也不能公諸天下，因為皇上要她的孩子只能當安樂侯的兒女！待生了兒子，兒子也長大了，便將徐家的一切繼承過來。

皇上真是打的好主意，如此一來，皇室是他鄴氏的，安樂侯的後代也是鄴氏的，全天下都是鄴氏的，大好江山再淪落不到他人之手。

紀姨娘一哭一笑的，雙手輕按在腹部，雖然她現在什麼都感受不到，但她能想像孩子可愛稚嫩的模樣。她真的不捨啊，可是她留得住嗎？留不住！宰相府容不得她留，皇上也容不得她留，否則自己是怎麼死的都不知道。

她抖著雙手，將藥倒進水杯裡，然後端了起來，脖子一仰，全灌進肚腸。此藥苦不堪言，可她能感受到的卻是痛，剜心般的痛！

掌燈時分，迎兒輕輕敲著門，良久沒人開，她小聲道：「姨娘，您睡醒了嗎？晚膳已經送過來了。」

張春家的拎著一個大食盒立在邊上，她的胳膊都拎得痠疼了，門還不見開。以前是她近身伺候紀姨娘，迎兒跟在後面拿東西。現在她們調了個位置，張春家的心裡甭提有多委屈了。

她嫌迎兒聲音太小，自己便扯著大嗓門叫道：「姨娘，該用晚膳了，夫人說等會兒還得去翠松院跪拜呢。」

迎兒橫了張春家的一眼，不高興地說：「妳嚎什麼，別把姨娘驚著了。」

張春家的譏諷道：「喲！妳還真以為當個大丫鬟就了不得了，要說我在府裡吃的鹽比妳吃的米還多，妳一個臭丫頭片子竟然在老娘頭上耍起威風了，也不看看自己到底有幾斤幾兩！」

迎兒脹紅著臉，她不擅長與人爭吵，只是憑著護紀姨娘的心思說：「妳這麼大聲嚷著，就是對姨娘不敬。」

張春家的覺得迎兒一向嘴拙，沒想到她今兒個還挺會還嘴，她哼笑一聲。「還真沒瞧出來，平時看妳挺憨實的，沒想到才幾日工夫倒是有長進了，也不知妳到底用了什麼下三濫手段拍姨娘的馬屁，做人還沒學會就學會做鬼了！」

迎兒氣急又羞煞，想到她與陳豪做的那等事更是面紅耳赤，不知如何應對，兩行眼淚就這麼滾了出來。

隨後她倆聽到「哐」的一聲，紀姨娘把門打開了。她的臉色白得跟宣紙一般，兩眼惡狠狠地瞪著張春家的。平時再美的一張臉，此時看上去也有幾分凶煞，張春家的身上直發涼，不自覺地往後退了幾步。

紀姨娘一步步緊跟上前，兩眼一直睜得圓圓的盯著張春家的，就在張春家的嚇得腿都發軟時，紀姨娘揚起手掌。「啪！啪！」左右開弓，給了張春家的兩個大耳光。

紀姨娘一邊搧還一邊怒火沖天地說：「妳資格再老也不過是下賤奴才，再敢倚老賣老、不知天高地厚，看我不撕了妳的嘴！」

張春家的臉被打得左一偏再右一偏，身子也跟著踉蹌，手裡的兩層大食盒「哐！哐！」摔成兩半，碗盤碎了一地，菜和湯更是灑得一片狼藉。

迎兒嚇得呆若木雞，頓覺是自己惹出來的禍事，心有愧疚，緩了緩神便趕緊上前扶著紀姨娘。「姨娘，都是奴婢的錯，您可別動怒，奴婢扶您進去。巧兒！巧兒！快去膳堂，叫他們再做一份！」

在外屋打掃的巧兒被這一幕嚇呆了，聽迎兒這麼吩咐，她小跑著出去了。

張春家的雙手捂著腫臉，心裡恨得牙癢癢，被這麼搧了兩掌，她也只能啞巴吃黃連，把苦生生嚥進肚子裡。本以為再過幾日就不用伺候紀姨娘了，她也肆無忌憚起來，沒想到紀姨娘竟然發飆打她罵她。

這幾年來她可從未挨過打，她暗暗發誓，只要得了機會，一定要好好出這口惡氣！

她彎下腰準備收拾地上的殘局，卻聽得迎兒在屋裡一聲驚呼。「姨娘，您褲子上怎麼全是血！」

張春家的立馬抬頭一瞧，果然見紀姨娘的大腿根處殷紅一片。

紀姨娘這一下午都腹痛不已，剛才流了血，她自己弄淨了，沒想到這一會子又流了許多。紀姨娘忍住眼淚，平靜地說：「迎兒，快關門。」

迎兒以為自己聽錯了，這個時候關門幹麼，應該是去找曾大夫才對啊，她慌慌張張地說：「姨娘，奴婢這就去妙醫閣找……」

「我叫妳關門！」紀姨娘一聲厲吼，她再也平靜不下來了。

迎兒被吼得身子一顫，戰戰兢兢地過來關門了，將張春家的關在外面。張春家的趕緊湊過來，耳朵貼在門上聽。

迎兒伺候著紀姨娘換褲子，還心疼地嗚咽起來。「姨娘，您這是怎麼了，為何會流這麼多血？」

紀姨娘剛才又打人又吼叫的，本就是硬撐著才起炕開門的，現在勁頭一過，已經虛弱得往炕上躺都挪不動身子了。她有氣無力地說：「迎兒，我只是來月事了，妳把衣櫥裡那些月事帶都拿出來，隔一會兒就幫我換一次。」

「姨娘以前來月事可沒有這麼多血的，是不是別的症候？那個曾大夫真是個沒用的，他昨日說姨娘只需喝鎮定的藥……」

紀姨娘擺了擺手，不讓迎兒說了。「我的身子我清楚，沒什麼病症。這個月的月事比往日推遲大半旬了，身子不爽利就容易犯暈，現在月事來了，自然比原來的血量要多一些。」

迎兒是個好糊弄的，她聽了毫不懷疑，服侍紀姨娘躺下，便去小耳房熬燕窩。

張春家的見迎兒要出來了，便趕緊彎腰收拾地上殘物。張春家的生兒育女過，她猜得出紀姨娘不可能是來月事，八九不離十是墮腹胎，沒想到紀姨娘竟做出這麼不要臉的事！

她心裡冷笑一聲，剛才還在尋思以後必定要出這口惡氣，沒想到才過這麼一會兒機會便來了。無論紀姨娘是出宮在外面養了野男人還是與府裡的哪位勾搭，只要把這件事稟報給夫人，夫人定饒不了紀姨娘。

對了，她還要到處張揚，讓整座京城都知道紀姨娘的醜事！

如此一來，這可是她張春家的大功一件啊，她替夫人除掉紀姨娘，夫人肯定會給她安排好差事的。她心裡一陣歡喜，巴不得立馬離開秋水閣。

迎兒熬好燕窩端到紀姨娘面前時，紀姨娘渾渾噩噩的，根本坐不起來。迎兒見了實在心疼，她扶起紀姨娘坐著，一邊餵燕窩一邊流淚。「姨娘，您以前來月事可從未虛弱成這個樣子，您真的有把握自己身子無大礙嗎？」

紀姨娘見迎兒還算忠心，想來往後還有許多事需要迎兒從中幫忙，她也不忍心見迎兒有一日會落得和她一樣的下場。她把手伸進枕頭，吃力地翻了好一陣子才找出一包藥粉，遞給迎兒。「以後妳與陳豪做那事之後立馬泡兩錢藥喝了，知道嗎？」

迎兒還傻乎乎地沒明白紀姨娘的意思。

紀姨娘嘆了一聲。「妳真是個傻丫頭，就不怕懷了身子嗎？」

迎兒一怔，懵然想起這事，有些驚慌。

「妳別慌，我知道妳昨日來身子了，也就表明沒懷上。記住，以後事後一定要喝，只能待成親後，妳才不必喝此藥。」

迎兒緊捏著藥，心裡更是感激紀姨娘，便越發忠心了，從此在這世上，她只為兩個人而活，那就是紀姨娘和陳豪。

「迎兒，妳現在就把張春家的打發出去，別等太夫人的頭七了，她留在秋水閣對咱們沒好處，讓她去夫人那兒重新領差。」紀姨娘說著便閉目歇息，實在是筋疲力盡了。

迎兒出來按紀姨娘吩咐的對張春家的說了，張春家的巴不得立馬就走，她把手裡的抹布一扔，走了。

張春家的快步來到錦繡院，因下午崔嬤嬤跟她說過，只要她從秋水閣得知了什麼就過來稟報。她見了崔嬤嬤便把剛才見到的和猜疑的一股腦兒全說了，崔嬤嬤聽後神色驚恐，趕緊進夫人的內室去了。

張春家的便坐在外屋的椅子上等著夫人給她打賞錢和安排肥差。

徐澄下午在錦繡院小憩不到一個時辰便去翠松院了，李妍去管事房與林管事一起清點客人們送的喪禮，東西一一入了庫後，李妍才回來歇息一會兒，然後用晚膳。用過晚膳後她翻閱一本關於喪禮方面的書，此時正想放下手裡的書去翠松院行跪拜禮，沒想到崔嬤嬤進來說了這麼一件驚天動地的事！

紀姨娘竟然懷孕了，還偷偷墮了胎！再想到昨日傍晚曾大夫向徐澄稟報紀姨娘病情的情景，李妍忽然明白了，徐澄已經知道紀姨娘懷有身孕了，或許還知道是誰讓紀姨娘懷孕的。

李妍已猜測得差不多了，那個人應該就是皇上，所以徐澄不能聲張，他留著紀姨娘與陳豪都是有用的。

李妍深深感知做一朝宰相不容易，竟然連後院都被皇上盯緊了。所謂功高震主，看來是徐家接連幾代為朝廷立下汗馬功勞，麾下勇將和門生遍地，皇上早就有所防範了。

崔嬤嬤激昂地說：「夫人，您現在就可以命人將那個賤人拖來，哪怕活活將她打死了，老爺都不會怪您一句的，這些年來她憑著那張臉動不動就勾引老爺，現在老爺不理她了，她竟然還尋了個姦夫，真是不要臉的骯髒賤人，對了，還要將姦夫逼供出來！夫人，要不要老奴現在就吩咐家丁去秋水閣？」

李妍合上書，沈思一會兒，擺手道：「算了，這些事老爺應該都知道，曾大夫或許已經告訴老爺了。老爺不想聲張，咱們就不要多事，妳給張春家的打賞幾兩銀子，讓她去浣衣院管那些粗使丫頭，聽林管事說近來浣衣院的那些丫頭們成日撒潑打架，確實需要一個人去管一管。」

崔嬤嬤面露難色。「張春家的還以為夫人會給她安排個肥差，倘若去浣衣院她心裡肯定委屈。其實……她想在夫人跟前伺候，月例錢多些，說出去也有臉面。」

李妍搖頭。「絕不能讓她進錦繡院，她是受了氣就會背叛主子的人。她去浣衣院不用自己動手幹活，也不用看主子的臉色，而是管帶丫頭，輕鬆不少，再給她發每月三兩的分例，與妳持平，她豈有不樂意的？」

崔嬤嬤這麼一尋思，覺得那還真是個肥差，便轉身準備去告訴張春家的。

「慢！」李妍又叫住崔嬤嬤，因為她忽然思及一事，此事絕不能疏忽。「老爺雖知紀姨娘懷孕之事，但他讓曾大夫不要聲張，現在張春家的也知道了，她若到處張揚肯定壞了老爺的大事。妳給她打賞二十兩銀子，封她的口。」

「是，夫人。」崔嬤嬤點頭，出來見張春家的。

第十章

如李妍所料，張春家的見崔嬤嬤給了她二十兩賞銀，已經歡喜得不知該怎麼好了，以前靠拿月例錢，整整一年也只能掙二十多兩。

崔嬤嬤囑咐她，此事不能向任何人說，她信誓旦旦，說絕不會告訴第二個人。之後得知她被分派到浣衣院當個小管頭，以後不必再整日看主子的臉色，月例還和崔嬤嬤一樣，她沒有一丁點不樂意，對著崔嬤嬤謝了又謝，還說了許多夫人的好話，才歡喜地出了門。

至於要出口惡氣的事，她已經不放在心上了，儘管兩邊臉都還腫著。

崔嬤嬤心裡有些不痛快，她覺得夫人完全可以趁此機會將紀姨娘處置了，紀姨娘即使不死，也會被趕出府。這樣老爺就少了一個美妾，以後會有更多空閒來錦繡院。剩下的宋姨娘不愛出風頭，也不愛爭風吃醋，她的兩個兒子也影響不了徐驍的地位，與夫人能和睦相處，這樣多好。

可是李妍並沒有這麼做，崔嬤嬤站在旁邊唉聲嘆氣。「夫人向來心軟，真是便宜紀姨娘了。」

李妍並不這麼覺得，她見崔嬤嬤不暢快，安慰道：「倘若老爺真的知曉了，是不會便宜她的，只不過遲早的事。」

其實李妍覺得自己真的沒必要置紀姨娘於死地，依她看來，自己是徐澄的正妻，她的娘家人又都在西北大營，而且李祥瑞是老國公的部下，兩家聯姻又使其關係更加緊密。章家、紀家、皇上，甚至宋家，與徐家都是表面上十分融洽，而背後是互相防備的，誰知道徐澄是不是看透了這個原因，所以這次回來才格外厚待她？

這些日子以來，徐澄對她不冷不熱，較之那些妾來說，對她確實是夠好的了，陪她的時間也最長。可是她仍覺得不像夫妻相處，因為徐澄有太多事瞞著她，沒有那種相濡以沫的感覺。李念云與徐澄是多年夫妻，難道他們一直都是這樣相處的？

為了不讓自己深陷漩渦，她覺得還是不要投入太多感情為好。紀姨娘還遠算不上是仇敵，因為紀姨娘沒有像章玉柳那樣處處針對她，也沒有陷害她的意思，她沒必要急著逼死紀姨娘。

何況，倘若哪日徐澄忽然說，他愛的女人並非家裡的妻妾，李妍對他來說只不過是拉攏李祥瑞的籌碼，那她該怎麼辦？所以，只要她沒投入太深，還有後退之路。

儘管她對徐澄有好感、有期待，但絕不能全然託付於他，也不能百分百相信他，除非他能與她坦誠相對，將他的所有事都告訴她，夫妻兩人一起面對。

崔嬤嬤說：「紀姨娘長得太能勾人，有幾個男人能把持得住？我擔心她一直留在府裡，過了幾個月老爺不小心被她迷惑了可怎麼辦？」

李妍垂眸。「倘若老爺真的如此，即使紀姨娘死了，也會有其他女人代替。這個世上，別的不多，偏偏不缺美人。」

崔嬤嬤雖覺李妍說得在理，但還是惋惜地嘆了好幾聲。

李妍端起茶杯接連抿了三口，感覺嘴裡仍不舒服。

崔嬤嬤為她續上茶水。「夫人，您用晚膳過後都喝三杯茶了，是不是今晚的菜做得太鹹了？老何忙著去採買辦喪宴的食材，今日的飯菜都是老葛主廚做的。」

李妍搖頭道：「也不是鹹了，或許是調味料放多了，味道太重太香，午膳還好些，這晚膳更加香了，我向來喜歡吃清淡一些的。」

崔嬤嬤見李妍忍不住又喝了幾口，便道：「明日我去囑咐他一聲，叫他做清淡些。這個老葛也不知道怎麼了，前兩年他也知道夫人口味的，怎麼現在又不記得了，看來真是老糊塗了。」

李妍放下茶杯，手裡頓了一頓。「在這之前老葛是給誰做？」

「之前老葛和老潘一起給少爺小姐們做。」

李妍眉頭微蹙。「妳明日一早去膳堂看看，看老潘做的飯菜是不是也口味過重，妳親口嚐嚐。孩子們都還年幼，吃味道過重的菜餚對身子不好，都說禍從口出、病從口入，府裡一百多號人，膳食可得仔細盯著點。」

「夫人說得是，我明日定會去查看清楚。不過夫人放心，驍少爺和大小姐那兒我上次就已叫人留意著呢，用膳之前都必須讓下人先試菜。」

李姸點頭。「那就好，待老何忙過了這幾日，再讓他給我做，到時候讓老葛做些幫廚的活兒就行，他不適合當主廚。」

說完這些，李姸和崔嬤嬤一起來到翠松院跪拜，孩子們和宋姨娘、徐菁都來了，二爺徐澤一家和伍氏一家也都來了。

宋姨娘跪下時四處瞧了瞧，沒見著紀姨娘，她便挪動著膝蓋來到李姸旁邊，小聲問道：「雁秋妹妹怎的還沒來，她就不擔心老爺生氣發怒嗎？」

宋姨娘這意思似乎在說，夫人怎麼也應該叫人去秋水閣看看，把紀姨娘叫過來，否則老爺生氣起來不僅責怪紀姨娘，怕是連夫人也脫不了干係，說夫人是故意讓紀姨娘在這個關頭出差錯。

如此說來，宋姨娘還是好意，提醒著李姸別忘了此事。李姸知道宋姨娘是想在她面前做個老好人，便假意感激地望了她一眼。「多謝如芷妹妹提醒，本來我也是打算讓人去秋水閣的，但是張春家的剛過來稟報，說紀姨娘來月事了有些腹痛，已經躺下歇息了，我便沒讓人去打擾。」

宋姨娘神色微變，謙和地應道：「原來如此，既然雁秋妹妹身子不便，老爺也不會怪她的。」

這時徐澄從外面大步走了進來，他和平常一樣，冷峻威嚴，也不知道剛才忙什麼去了，或許也就他自己和蘇柏知道。陳豪和朱炎以前能知道個大概，現在陳豪得到的恐怕全是二手消息了，至於朱炎，李妍只是偶爾見過他幾面，也不知他在徐澄眼裡是不是值得信任的人。

李妍知道朱炎的婆娘在宋姨娘身邊伺候，不知徐澄對朱炎是否有所防備。

李妍一開始還在想，為何徐澄會把重用之人的婆娘放在妾室身邊伺候，就不怕後院的女人與其勾結嗎？例如隨從張春，幸好張春是個守口如瓶的，否則張春家的早就被紀姨娘籠住不放了，哪裡還會趕她出秋水閣。

不過，李妍轉念一想，其實這是一把雙利劍，用得不好的話，那些婆娘會向著姨娘們，從自己男人那兒得消息傳給姨娘；用得好的話，那就是監督姨娘們的第三隻眼睛。

一個宰相府，後院如此複雜，李妍覺得有些累。作為堂堂的宰相夫人，她又不能不弄明白，否則明槍暗箭的她怎麼躲。

說來奇怪，她身邊的崔嬤嬤和丫頭們都與徐澄身邊的人無關。或許是徐澄對她從無防範？李念云的娘家人遠在西北，確實也沒有什麼好防範的。

徐澄帶著一家人按照尊卑長幼的順序排著上前跪拜磕頭，接著讀唁文，之後再跪再拜，如此折騰一個時辰，已是深夜了，大部分人終於可以回去睡了。除了唱經班的和尚和當值的人，今晚徐澄又得熬夜守著。

徐澄讓徐澤回去歇息，明晚再讓他來守，兄弟兩個輪著來。

次日一早，崔嬤嬤從膳堂回來了，她和綺兒、晴兒一起伺候李妍用了早膳，然後才坐下來說道：「我跟老葛說了，叫他做清淡些，他還說他做得挺清淡的，被我罵了一頓。另外，老潘做的菜我也嚐過了，味道皆適中，他給少爺和小姐們做了多年飯菜，少爺和小姐們也都愛吃。」

李妍聽她如此說，放心了些。「那就好，既然味道不重，孩子們吃得也習慣，那就一直由老潘做。對了，妳先別跟老葛說過幾日不讓他當主廚的事，待老何忙過了，妳再跟老葛說。」

崔嬤嬤點頭，又道：「夫人，我覺得有些廚娘年紀太大了，而有些幫廚的丫頭又太小了，洗菜切菜和洗碗刷鍋這些她們都不利索，您說要不要換一批人？」

「妳把在膳堂幹活的那些人都跟我說一遍，我有些都忘了。」李妍說道。

崔嬤嬤便一一說來。「負責主子膳食的一共有三個主廚，老葛、老何、老潘，另外就是八個老廚娘幫廚、七個小丫頭打雜。負責奴才們的就是五個大師傅、七個小廝打雜。」

其實李妍自來到這裡就不習慣每頓等著膳堂的人送飯，她思慮了一會兒。「若是由幾位師傅負責採買食材，然後各院分一個主廚和一個幫廚、一個洗刷打雜的在各院子裡的小廚房做膳食，嬤嬤覺得如何？我覺得所有膳食都在膳堂做太亂，每次還得派人走那麼遠來送飯，也麻煩。」

崔嬤嬤聽了精神抖擻。「其實我也這麼想過，這樣夫人想吃點什麼，咱們隨時可以在小廚房裡做，這樣做啥菜、如何做，咱們都可以看在眼裡，一些包藏禍心的人也不敢動手腳，我們這些當下人的輪流去膳堂吃就行。」

李妍點了點頭。「嗯，待太夫人過了頭七，我跟老爺說一說此事，只要他同意了，就馬上分派人去各個閣院。」

李妍突然想起崔嬤嬤剛才說的，老葛他認為自己做得很清淡，那為何送過來的香氣那麼重呢，老葛是老廚子，不應該出這種狀況的。

難道是有人從中做的手腳？李妍警覺起來，問道：「昨日是誰給我送的飯菜？」

崔嬤嬤想了想。「是小籬，今年才十二歲，她是咱府的家生子，只不過她爹娘身子都弱，去年先後病亡了，留下一雙兒女。夫人難道忘了，還是您讓林管事多支些錢給他們下葬的。」

李妍揉了揉腦袋。「妳瞧我這記性，啥都忘了。」

崔嬤嬤道：「這些下人們的事，夫人倒沒必要費心思記。小籬在膳堂打雜，將來她也是要做廚娘的，她哥哥銘順機靈一些，這幾年一直在駿少爺屋裡伺候。」

李妍眉頭一挑。「她哥在駿少爺身邊伺候？」

崔嬤嬤驚道：「莫非夫人是懷疑……」

李妍也不敢確定，便說：「妳留意點，老葛既然是老主廚了，他做菜應該心裡有數的。」

崔嬤嬤緊張起來。「夫人昨日吃的飯菜莫非有毒？可是用銀筷吃著並沒瞧出異樣，難道是毒性太弱，驗不出來？」
崔嬤嬤的話讓李妍覺得此事更加可疑。
她再將昨日的事回憶一遍，嘆道：「該吃都吃了，剩下的也都被膳堂的人倒掉了，一早應該就拉出城外去了，查不出來什麼。想來不會是什麼毒，即使有毒應該也是輕微的，否則我哪能好好地坐在這裡。若真是有人害我，或許是慢性毒，想一步一步折磨我。當然，這只是猜測而已，倘若真是這樣，小籬行事也太不謹慎了，我才只吃一日的飯菜就察覺異常，妳派人盯著小籬和銘順，或許是咱們多疑了。」
崔嬤嬤卻更加肯定了，因為她想起上回綺兒說驍少爺和二小姐見夫人往秋水閣去，他們倆就在拂柳閣附近也不上前行禮問安，而是立馬跑了。他們定是因章玉柳而記恨夫人，想起夫人以前對他們也算是疼愛有加，崔嬤嬤一陣心寒。
崔嬤嬤心裡已暗下決心要查清楚，嘴上只是簡單地應道：「好，我讓馬興安排人去盯著。」
此時老葛卻坐在膳堂的門檻上發悶呆，因崔嬤嬤找了他，責怪他老糊塗了。他實在委屈，越想越難受，便把廚娘們罵一頓，說她們是不是另外放料進去了。廚娘們都慌得忙推脫，怪到那些小丫頭們身上，最後就怪到小籬頭上了。
老葛怕再出意外，便不讓小籬給夫人送飯菜了。

因為這樣，李妍吃的飯菜便清淡許多，味道也還不錯。現在不僅崔嬤嬤深信不疑，李妍也覺得那個小籬真的不能疏忽了，還有她的哥哥銘順。不對，應該是徐駿！

李妍再囑咐崔嬤嬤去驍少爺和大小姐那兒，讓伺候他們的人千萬馬虎不得。李妍知道，徐駿最排斥的一定是驍兒。

她還抽出一點空閒分別去看望了驍兒和珺兒，見伺候他們的下人個個看起來很忠心，照顧主子細膩入微，才總算是安了心。

接下來幾日李妍一直忙得焦頭爛額，待喪宴辦完了，太夫人也下葬了，李妍又瘦了一圈。

太夫人的頭七過了，府裡也沒啥事可忙的，徐澄便輕閒下來，因為他百日之內不用上朝。他自己暗地裡做的那些防備，這幾日也算是調停妥當了。

這一日傍晚，徐澄來錦繡院用晚膳。他已經有七日沒在錦繡院用晚膳了，當他坐下來與李妍面對面吃菜時，忽然說：「我吃得出來，這是老何做的菜，前幾日吃老葛做的菜，妳是不是不對胃口？」

「老葛第一日做的不大合我胃口，後來幾日做得也不錯，只不過老何現在也不忙了，我就讓他接著給我做了。」

李妍一直尋思著小廚房的事什麼時候該跟他說，既然此時他提到膳食，李妍便一股腦兒將想法說了，也不管食不言、寢不語的用膳禮儀。

既然是夫妻，還是隨本性的好，往後的日子還長著呢，時時拘著禮還怎麼過日常生活？

李妍近來時常有自己的主意和獨特見解，徐澄聽她細說了這麼多，已經不像最初那般感到驚訝了。

更不可思議的是，好像不管她提出什麼，他都贊同，這次他又痛快點了頭。「夫人此提議甚好，我毫無異議。以後我一日三餐都在夫人這兒用，我也喜歡吃老何做的，我知道妳一定會把他安排在妳的院裡，是嗎？」

他嘴角帶著清爽的笑意，李妍也朝他一笑。「老爺同意就好，明日我就開始分派人。」

可是一想到徐澄一日三餐都在她這兒吃，她是不是失去了許多自由？不對，即使他在這兒，她也應該依自己的性子行事，夫妻本來就應該多相處多溝通，如此才會更加契合，這日子才能過得舒心。

徐澄用筷子挾了一塊煎得酥脆的魚，並沒往自己的碗裡放，而是挾進李妍的碗裡。「妳要多吃點，最近又瘦了不少。」

在旁布菜的崔嬤嬤和綺兒見了都喜孜孜的，老爺何時為人挾過菜啊，今日他有此舉，可謂是對夫人近來的表現十分滿意呢。

李妍可不愛吃別人挾過來的菜，但想到徐澄是她的夫君，她當然得接受，還笑咪咪地說：「謝謝老爺。」

徐澄淡淡一笑，沒再說話，低頭吃飯。

兩人用膳完畢，徐澄淨了口洗了手。「夫人，明日妳隨我去一趟田莊，齊管事和殷帳房都去，既然府裡由妳當家，妳總該知道田莊在何處才好。另外，咱們再去瞧瞧那六座宅院，至於能做何用途，妳再和齊管事商量。上次妳說要開鋪子，我已經跟齊管事說了，他擅長做買賣，或許他能出不少主意。」

李妍聽了很開心，她終於有實事可做了，以後還可以趁去看田莊、宅院、鋪子的機會出去散散心。

她朝徐澄和煦一笑，點頭道：「好。」

徐澄拍了拍她的肩頭，出去了。百日沒過，他是不會在錦繡院歇夜的。

李妍有些興奮，她把崔嬤嬤、綺兒、晴兒叫著一起坐下來，聊聊當地百姓主要種什麼作物、哪些產量高又好賣，以及宅院用來做什麼、開什麼鋪子，她們幾人七嘴八舌的，想法還真不少。

李妍這是第一次有熱血沸騰的感覺，她下定決心，一定要將這些經營好，多賺銀子且不說，她也能在這裡實現自己的人生價值，否則這一輩子該怎麼過。這後宅住個一年半載的或許還行，待久了會渾身難受的。

次日用過早膳，李妍便帶著崔嬤嬤和綺兒去了膳堂，將這裡的人都分派到各個閣院。李妍怕老葛心裡因那件事不舒坦，還安慰他幾句，把他分到大小姐徐珺那兒。

老葛見夫人竟然還用心安慰他，啥氣都沒有了，高高興興地帶著一個廚娘和一個丫頭去徐珺的映君閣了。

老何肯定是要到錦繡院的，老潘被分到庶長子徐駿那兒。其實李妍想把老潘分給驍兒的，可是她作為主母實在不好將所有的好主廚都分配給自己這一房，只好將老潘分給徐駿。

宋姨娘和紀姨娘及二小姐、三少爺那兒沒有主廚了，就挑了幾位手藝也不錯的廚娘過去，宋姨娘的小兒子還是跟著宋姨娘一起住，就不用再分撥人。

至於徐澄那兒，李妍猶豫再三，並沒有分撥人到至輝堂，因為徐澄說一日三餐都在錦繡院吃，就沒必要放幾個人在那兒閒著了。

安排好了後，李妍剛回到錦繡院，林管事就派轎子過來。這頂轎子夠寬敞，崔嬤嬤隨著李妍一起坐上去了。

抬到大門前，崔嬤嬤又扶著李妍下了轎子，上了馬車。李妍坐穩後便掀開布簾向外瞧著，見徐澄和蘇柏、齊管事、殷帳房都在前面騎著馬，馬車後面跟著朱炎和陳豪，還有隨從張春和吳青楓，他們也都是騎著馬。

崔嬤嬤也朝外瞄了一眼，小聲說道：「老爺這幾年平定了好幾撥叛軍，京城裡不知藏有多少對老爺懷恨在心的人，可是老爺平時愛騎馬，不愛坐轎，他就這麼坐在馬背上，真是瞧著都覺得凶險。」

李妍放下簾子。「嬤嬤莫憂心，老爺經常出門，平時上朝也多是騎馬，不也一直相安無事？」

「夫人說得是，有蘇柏緊跟著老爺，那些賊子們怕是不敢出手。聽說蘇柏一人能抵百，明槍能躲，暗箭也能防，不知是真是假。」崔嬤嬤說到這兒忽然臉紅了起來。「我家容兒不是跟在大小姐身邊伺候嗎？大小姐每日都要去書院聽先生講課，容兒時常跟隨。每次去書院都要經過至輝堂，容兒這丫頭便見過好多次蘇柏，她每次回家沒事就提他，我瞧著啊，她八成是心裡有他了。」

李妍略微驚訝，崔嬤嬤的女兒竟然喜歡上蘇柏，這個容兒怕是注定要傷心了，要知道蘇柏簡直跟冷血動物似的，壓根兒沒人見他笑過，不要說笑了，幾乎連一點情緒都沒有過。

「嬤嬤，蘇柏這個人性情冷漠，不苟言笑，容兒若是真的喜歡上他，怕是要吃苦頭了，蘇柏不是個牽掛兒女情長的人，誰知道他願不願娶親。」

崔嬤嬤嘆了一口氣。「我和老伴也是這麼說的，要不早點將容兒配給馬興也成，馬興這個孩子實誠，對夫人忠心，對我們一家子也不錯，他喜歡容兒我也是知道的。蘇柏哪裡是個會疼女人的人，即使老爺看在我的臉面上願意從中牽線，容兒嫁過去也不會有好日子過。可是容兒這丫頭對馬興就是不喜歡，見了他就躲，您說糟心不糟心？」

李妍倒是想幫幫崔嬤嬤，可是兒女情長之事，又豈是幫忙能解決得了的。「這事慢慢來，別著急，往後叫雙兒跟著珺兒去書院，別再讓容兒跟著去了，只要長久不見蘇柏，她對蘇柏的那點小心思也會慢慢變淡的。」

崔嬤嬤無奈地點頭道：「也只能這樣了，回頭我跟大小姐說說。」

這時她們聽到徐澄說話的聲音。

「許久沒來這一帶看過了，山清水秀的，叫人看了神清氣爽。」

蘇柏應道：「是。」

李妍在馬車裡聽了忍不住輕聲發笑，這個蘇柏也太沒趣味了。

崔嬤嬤也跟著一笑，緊接著又苦起臉來，她的容兒怎麼就對這麼一個人上心了呢？

此時在浩海軒的徐駿卻是一臉沈鬱，與他那稚嫩的臉龐很不相襯。

他將自己畫的一幅畫折了又折，再撕了又撕。十四歲的銘順伺候徐駿有四個年頭了，忠心不二，他蹲在地上拾紙碎片，拾了一遍又一遍。

徐駿撕了一幅又一幅，銘順就這麼一直蹲著拾。

忽然，徐駿停下動作，哽咽地說：「銘順，老爺帶著夫人出去看田莊和宅院，他們倒是伉儷情深，而我的親生母親卻在遙遠的荒蕪之地吃苦受罪，她吃得飽飯嗎？會挨打受罵嗎？」

他說著說著就淚光閃閃，流淚不止。

銘順見小主子傷心，也不知如何安慰，只是遞上帕子。徐駿將帕子一扔，接著道：「我每日拚命讀書，只為博得父親一句稱讚，我在人前謙和有禮，對夫人恭敬有加，每日勉強自己做不想做的事。可是，活得這麼辛苦終究毫無用處，父親的眼裡只有夫人，只有那個徐驍！」

銘順慌忙跪了下來，自責道：「少爺，都怪小籬不會做事，她膽子太小，撒藥時手抖個不停，就……就撒多了。少爺別傷心了，您打奴才罵奴才吧，奴才讓您解解氣。」

徐駿用袖子抹了一把淚，瞅了一眼銘順。「銘順，你是不是也覺得我很壞？在此之前，我從未想過要害人，可是每次看到夫人，我就恨得牙癢癢，一看到她笑，我就心痛。本以為連下三個月的失心瘋藥，就能將她扳倒，沒想到才一日的工夫她便察覺異樣。難道真的是應了那句話，防人之心不可無，害人之心不可有嗎？」

銘順安慰道：「少爺別難過，下次您讓奴才去辦事吧，奴才定會小心行事，絕不出差錯。」

徐駿將手裡撕碎的紙片往空中一撒，頹敗地說：「罷了，此事以後再議。」

白色的紙片在空中旋轉，一片一片緩緩飄落在地。銘順在地上爬著，將一片一片拾起，他眼裡也含著淚，小主子傷心，他便也跟著傷心。

到了京城南郊，便是田莊。二十頃田地，綿延無邊，根本望不到頭，因上回下了好幾日大雪，地溝裡還有一些積雪沒有融化。

令李妍驚訝的是，這些田地竟然全都是荒蕪的。在這個季節，田裡是荒蕪的倒情有可原，但眼前這些肥沃的地裡應該有麥子才對。

徐澄穿著錦靴踩進積雪裡，用腳踢了踢，抬頭望著這一大片無垠土地，嘆息道：「自從去年春鄂黎王與京兵在此一戰，踐踏了這些麥田，死傷無數，此地血濺成河，因懼怕這裡的冤魂野鬼，竟無一人敢租賃官田，真是可惜啊。」

李妍聽了不禁身子一陣發麻，想像著當時這裡滿地都躺著士卒的屍首，她有些害怕。再想到那些為國捐軀的士卒，或許他們的爹娘也會常來此地哭一哭吧。

徐澄忽然回頭，問：「夫人，妳害怕了？」

李妍怔了怔，向前走幾步，鎮定地說：「我不怕，只是擔心招不來長工，這地沒人耕種。」

徐澄卻氣勢磅礴地說：「只要問心無愧，何以懼怕？但凡有人肯帶頭，且咱府給的工錢公道，管頭能善待他們，自會有人來！」

李妍再上前幾步，也跨進地溝裡，與徐澄並肩站著，此時她淡定許多。「老爺說得在理，是我多慮了。」

徐澄轉身上了土埂，還一把將李妍拉上埂。「夫人，我帶妳將這二十頃地繞一圈！」

李妍暗驚，二十頃地那得繞多久啊！

徐澄一下跨上馬，姿態優美。正在李妍惚恍之時，徐澄伸出手來順手一拉，將李妍往馬上一帶。李妍頓感自己飛了起來，一下騰躍到馬上，其實也是在徐澄的懷裡。

李妍驚魂未定，徐澄一手摟住她的腰，另一隻手持著韁繩，嘴裡一聲喝道：「駕！」馬立刻衝了出去。

這是李妍第一次騎馬，馬還跑得飛快，要不是徐澄坐在她身後，緊緊摟著她，她早嚇得滾下馬了。

其他人都呆呆地望著徐澄騎馬帶著李妍飛奔而去，他們根本沒想到徐澄會有如此一舉。蘇柏愣了好一會兒才反應過來，趕緊跨上馬跟隨其後，他要時時刻刻保護主子，任何時候都不能大意。

陳豪愣了愣，也騎馬隨後跟上。朱炎留在原地，覺得有蘇柏和陳豪跟著就夠了。齊管事、殷帳房還有隨從張春、吳青楓幾人都在土埂旁的幾塊石頭上坐了下來。

崔嬤嬤眼睛不太好，一直瞇眼瞧著徐澄與李妍共騎的那匹馬，可是過沒多久就模糊一片，啥也看不清了。儘管啥也瞧不見了，她還笑咪咪望著他們身影消失的那處，不肯收回視線。她心裡樂呵呵的，感覺老爺對夫人越來越好了，要說夫人嫁進徐府已經十二個年頭了，這還是頭一次見他們共乘一騎呢。

齊管事與殷帳房商議著待開春後耕種哪些莊稼為好，而張春和吳青楓在聊著如今已經年底了，府裡不知打算如何過年，太夫人剛逝，這個新年肯定不能過得太張揚。

「崔嬤嬤，夫人近日有沒有說過年的打算？」張春坐在那兒仰頭問道。

「嗯？」崔嬤嬤被張春驚了一下，終於回過神，不再往那處瞧了，她揉了揉眼睛。「張春你說啥？」

張春笑道：「難怪夫人對崔嬤嬤格外厚待，崔嬤嬤對夫人簡直比對自己的親閨女還要上心。」

崔嬤嬤有些臉紅。「那是自然，夫人可是我奶大的，她是我心尖上的肉。」

張春又道：「多謝妳在夫人面前說好話，讓我家那婆娘去了浣衣院，這幾日她安生多了，以前在秋水閣時，她每日回來都要埋怨幾句，那日子過得別提多彆扭了。」

「喲，你可是謝錯了，真不是我在夫人面前說的好話，這是夫人自己拿定的主意。你們能過上安生日子就好，夫人可是菩薩心腸，她知道你家婆娘在秋水閣日子難過，就給她安排了個好差事。」

崔嬤嬤與張春就這麼一句句聊著，而此時坐在馬上的李妍則忍受著飆馬的痛苦。馬跑得越來越快，風吹在臉上如同刀割。以前在電視裡看到男女主角騎馬，那叫瀟灑浪漫，她這叫受罪！

李妍真擔心這張臉要被冷風吹壞了，若是回府後她的臉凍得紫紅紫紅的，那還能不能見人啊？

徐澄似乎意識到這一點，他拉緊韁繩，馬頭上揚，前蹄懸空彈幾下，馬速便慢了下來。

「來，妳坐到我身後，靠著我的背，這樣冷風就吹不著了。」徐澄雙手將她一抱，扭著身子便把她挪到身後。

李妍剛才被冷風吹得有些哆嗦，現在將臉貼在徐澄背上毛絨絨的裘衣上，感覺舒服許多。

她的臉側貼在他的背上，眼睛可以看著遼闊的土地，還有零星的幾堆白雪，她終於緩過勁來，這才有點賞景的意境。馬速越來越快，徐澄大聲說道：「摟著我，可別摔下去了。」

「喔。」李妍應著，雙手環住他的腰。可是她的胳膊和手都很僵硬，渾身不自在，這姿勢就像她多麼愛他、多麼想依偎他似的。

其實沒容她尷尬多久，她便感覺徐澄的背部僵了一下，他稍稍側頭朝大路左邊的樹林裡瞧了一眼。緊接著李妍又聽到後面有一陣奇怪的聲音，好像是從蘇柏嘴裡發出來的。

徐澄勒住馬，停了下來。李妍鬆開雙臂，問：「怎麼了？」

「妳坐穩！」徐澄跳下馬。

跟在後面的蘇柏和陳豪也停了下來，不過他們只是停在遠處，沒有靠過來。徐澄朝蘇柏示意一下，蘇柏才立馬甩鞭抽馬奔過來，然後跳下馬，站在徐澄面前小聲地說了一陣。

顯然，蘇柏發現了異常之處，便向徐澄發出信號，而徐澄剛才也感覺到了異動。

說了幾句後，徐澄走過來跨上馬，這次他沒有再策馬狂奔，而是讓馬慢慢遛達著，蘇柏則騎馬往樹林裡去了。

陳豪也遛著馬，尾隨在他們後面。徐澄在外，無論身在何處，身邊必有一位侍衛。蘇柏既然處理事情去了，陳豪自然要跟著徐澄，不過他沒有靠近，即使徐澄與李妍說些夫妻間的話，他也聽不清楚的。

李妍心有疑問，實在憋不住，遂問道：「有人跟蹤？」

「夫人不必擔憂，這種事我常遇到，不過是些探子罷了，不會是劊子手。即使是劊子手，也不會是我們的對手。」徐澄毫不在意地看著右邊。「妳瞧，剛才那邊全是地，這邊倒有幾塊田，到時候種上稻子，咱府就可以吃上自己田莊裡產的穀子了，夫人和我一樣，偏愛米飯多一些。」

李妍坐在他身後，看著他的背，笑了笑。「其實麵粉做的餅子我也愛吃，老爺，你……為何從不將你的事告訴我，就像剛才，你瞧出了什麼異樣不可以跟我說嗎？」

徐澄扭頭瞧了瞧她。「妳對此很感興趣？」

「不是我感興趣，而是不喜歡這種糊裡糊塗的感覺。身邊發生什麼事，你知道，蘇柏也知道，只有我被蒙在鼓裡，換作是你，難道你不想知道嗎？還有其他許多事，你也……」李妍欲言又止，感覺說得太多，便沒再說了。

徐澄看著前方，沈默良久，才說：「有很多事我不跟妳說，是怕妳太擔憂。就像剛才，只不過是聽到樹林那邊有一陣馬蹄聲，我行事向來小心，而蘇柏跟隨我多年自然也行事謹慎，他對周圍任何一絲異常動靜都格外注意，所以他才騎馬過去查看一下。昭信王的餘黨很多，最近有幾撥在京城到處流竄，或許是他們盯上我了。」

聽他如此一說，李妍立馬朝樹林裡那邊瞧去，卻什麼也沒瞧出來，更沒聽到什麼馬蹄聲，只聽到自己坐的馬身下噠噠地響著。

雖然不過是一件小事，但是徐澄能這樣一五一十將事情說個明白，她心裡舒暢多了。「倘若老爺以後也能這樣，不要讓我心存疑慮就好。平時糊裡糊塗過日子雖然安生，但是心裡總像被什麼堵著，悶悶的。」

即使徐澄不會將許多秘密告訴她，但跟她說說一些平常之事也好，這樣她才能看出他對她是否真心。而近些日子，雖然徐澄對她不錯，但那也只是明面上的行動，暗地裡她總覺得徐澄有好些事瞞著她。

倘若徐澄的心裡真的有她，不可能不願與她說說心裡話。一個男人不願跟一個女人說心裡話，還有可能真正愛著她嗎？假若他對她不是真心實意，以後她再也沒必要在他身上多花心思了，只需管一管田莊再開幾間鋪子就行了。可是，憑著徐澄近來的表現，明明是喜歡她的，那笑容和眼神交會的感覺是裝不出來的。

徐澄一下勒住馬，跳下馬來，還將李妍抱了下來。李妍有些發懵，不知他這是要幹麼。

徐澄牽著她來到旁邊的一塊大石上坐下。「那好，今日我就跟妳說一說妳想知道的那些事。」

李妍睜大眼睛，她到底想知道什麼呢？呃……她想知道他的一切！可是，這好像不太現實，他不可能將一切都告訴她。

「妳想知道什麼？」徐澄的語氣頗帶調侃意味。

李妍自己也說不清楚，倘若說——你把一切隱瞞的東西全都告訴我，這樣也太勉為其難，何況說出這種話也不是當家主母該有的分寸。

她抿嘴笑了笑。「隨你，你說什麼，我就聽什麼。」

陳豪見老爺與夫人要談心，他牽著馬去遠處溜達著。

徐澄凝望著李妍那雙澄澈的眼睛，如盈盈秋波，眸光透澈。

他輕笑一聲，一針見血地說：「妳肯定想知道我內心是否有一位真心相待的女子，是嗎？」

李妍立馬點頭，她當然想知道了！

「夫人，妳我夫妻多年，或許妳早就知道了。雖然我有一妻三妾，但在此前我對妳們是一視同仁，妳們對我來說只是後宅裡的女人，沒必要付出真感情，不是我性情過於冷漠，而是我不想陷於不利之地。」

李妍眨了眨眼，她猜測的是對的。他沒有心愛的女人，這些女人只是陪睡的，只是滿足他身體的需要，那感情上的需要呢，就一直空虛孤寂著嗎？

他說的是此前，那現在又是如何呢？

徐澄見李妍一臉迷茫地看著他，只好細細道來。「章玉柳是我的表妹，若我對她過於用心，她必然恃驕想奪正妻之位，後宅不寧，我何以助君寧天下？紀雁秋之事妳也知道了，即使她容貌再美，我也不可能對她動一絲情。夫人，在此我還要謝妳瞞住她墮胎之事，既保住我的臉面，不至於讓天下人拿此當笑柄，也讓她能安心待在府裡，以後我行事還用得著她。」

李妍不好意思地笑了笑。「你是如何知道我瞞住紀姨娘墮胎之事？」

「我自有知曉的辦法。」

李妍手裡捏著絹帕沒說話，徐澄見她很不滿意這個回答，無奈地笑了笑。「張春告訴我的，他的婆娘告訴了他，他便來告訴我。」

李妍小嘴半張，驚愕道：「張春家的她……她收了銀子還敢亂說，就不怕我治她？」

「夫人放心，她不敢跟別人說，也只是跟張春說罷了。平時張春不會事事都跟她說，但她會事事都跟張春說的。若是與別人不能說，與自己的男人還不能說，她憋著豈不是太難受？」

李妍婉轉一笑。「還是老爺會管教身邊的人。」

徐澄接著道：「還有宋如芷，她是前宰相宋謙的庶女，自從來到府裡一直與人無爭，恪守本分。當時我在想，或許與她能說得上幾句體己話，可她自小是庶女，向來懼怕父兄，不能為自己而活，一個不能為自己而活的女人，又如何會待我真心？」

李妍垂眸，這樣的男人還真是不肯吃虧，只要對他不利，他絕對不會付出一絲感情。如此冷靜的人，他那顆心還能熱得起來嗎？

她低聲問：「那我呢？」

徐澄深邃的眸子轉了轉。「以前的妳，其實……我也是一直防備著。妳如此大度，能容得下三位貴妾，且這麼多年竟然一次都沒吵過鬧過，正妻之位確實非妳莫屬，但是……能容納百川的女人，倘若想用心做一件事，那必定是能成的。前些年昭信王與妳爹聯絡密切，妳若想從我這裡探機密易如反掌，為了防備妳，我自然與妳不能走得太近，只能因妳是正室，才對妳稍厚待一些。」

李妍沒想到徐澄竟將這些都說給她聽，她有些惶恐。「那你為何將這些都告訴我？」

徐澄伸手握住她的手，她的手過於冰涼，他便攥緊了些。他的手掌溫熱，一會兒就將她的手握暖和了。

徐澄抬頭看著前面冬季的荒涼。「夫人或許還不知道，當我被圍困焦陽城時，妳爹派人給我送過密信，還動用大軍想營救我。我派人回密信告知，這是我與皇上設計給昭信王下的圈套，他不必動用兵馬，自此我才確信李家與徐家是牢牢捆在一起的，因為在那不久之前昭信王與妳爹之間的通信我也知曉了，他對昭信王只是周旋應付，從未允諾過什麼。妳爹不愧為忠心赤膽，他與我爹亦師亦友，我爹早已不在了，但他對我爹的恩情卻永銘在心，他說只要他還活一日便會全心全意護著徐家。」

「你在我爹身邊安了探子？」李妍直言問道。她有些心驚，女婿在岳父身邊安排探子，這種事算少見的。「而且……你也安排了人在我身邊？」

徐澄毫不猶豫地點頭。「妳怪我了？我已經讓他們不再打探了，讓他們一心一意為妳爹做事。至於妳身邊的人，早幾個月前就打發了，這麼多年妳都未行任何背著我的事，因此……我完完全全信任了妳。」

李妍見他神情誠懇，算是相信他了。雖然她與那位將軍爹還未見過面，沒有深厚的感情，但總希望她爹好，不要被人暗中盯哨。至於她身邊的人，應該就是崔嬤嬤平時跟她說的鳳兒，在她來之前的兩個月鳳兒就已經去繡房了，至今她連鳳兒長啥樣都沒見過。

既然徐澄將這些全都告訴她，應該是出於肺腑的真心話，否則她轉身告訴她爹，他以後豈不是再也沒臉面對岳父？

這樣的男人雖然疑心過重，有些可怕，但好歹肯跟她坦白。李妍心緒有些亂，不知該說什麼，只是問：「就因為這樣，你便待我比以前要好？」

徐澄朝她眨眼一笑，點頭道：「這還不夠嗎？兩家聯姻且根基牢固，共榮共辱。妳因擔憂我差點病亡，而我以前……其實也想對妳好的，只不過有一些防備沒能敞開胸懷，如今這些顧慮都蕩然無存了，我當然要好好待妳，我們本就該是一對恩愛夫妻不是嗎？何況……」

「何況什麼？」李妍追問。

徐澄微微帶笑。「何況妳性情比以前開朗許多，相處起來很舒服。」

李妍有些臉紅。「哦，就因為這些？」

徐澄伸手捏著她羞紅的臉蛋。「可不只這些，無論是說話還是做事，妳都比以前更惹我歡喜了。妳給我好好說說，以前妳在我面前總是一副大度寬厚的模樣，也不愛跟我說心裡話，怎麼近來話變多了，愛笑也愛生氣了，還敢在我面前表現出來？」

李妍感覺臉已經紅得發燙了，趕緊解釋。「生氣憋在心裡多難受啊，以前我就是憋多了，身子才易生疾的。現在我想通了，你我是夫妻，何不有話直說？」

為轉移話題，她又趕忙問道：「那你以後能事事都說與我聽嗎？」

徐澄滯了一下，神情鄭重地說：「只要妳問我，我都會說。妳我夫妻十二年，這是我們第一次促膝而談，也是我畢生第一次與一個女人敞開胸懷說真心話，還望夫人與我攜手安心度過此生。妳是我的妻，我是妳的夫，本就該同心同德不是嗎？」

李妍審視地看著他，確實能感受到他的真心真意，她默默點了頭。忽而，她含笑問道：「那……上次從你身上掉下來的那塊玉是什麼，不太像是普通玉珮。」其實她沒指望徐澄能回答，只不過逗他玩而已。

徐澄將她拉了起來，再抱她上了馬，才說：「這個還真不能告訴妳，上次我已經跟妳說明原因了。妳摟緊我，駕！」

馬又開始跑了起來，李妍像之前那樣雙臂環著他的腰，雙手交叉於他的腹部，臉貼在他的背上。徐澄能與她坦誠相對，她真的很滿足。

無論他說的是不是真心話，他對自己確實不錯，她也不必再每日拘著性子過了。他已表明不會對紀姨娘與宋姨娘動真心，想要與她過恩愛夫妻的日子，她就暫且相信他吧，享受二人真誠相待的生活，比猜來猜去可要舒坦得多。

因為剛才停下來說了這麼些話，他們沒法把二十頃地全繞完，只不過再往前跑了半個時辰便返回了。等回到原處，他們已經足足在馬上顛了一個時辰。且不說李妍累了，就連遠跟在後面的陳豪都有些累了，騎馬雖然好玩，那也只是在短時間內，騎久了顛得渾身要散架一般，真的不舒服。

聽說皇上常派人六百里或八百里外出送信，那騎馬的人得有多強壯的體魄啊。

「沒想到夫人耐性還不錯，能撐得住這麼久。」徐澄將她抱了下來。

他完全可以扶著她，讓她自己下馬的，可他總是把她這麼抱上抱下的，而且還是當著侍衛和隨從們的面，崔嬤嬤也睜大了眼睛瞧著他們，李妍不禁臉上緋紅一片。

蘇柏早已停在原處等他們了。

崔嬤嬤扶著李妍坐上馬車，笑咪咪地說：「現在要去看宅院了，夫人跟著老爺騎馬，是不是很開心？這麼多年了，我這是頭一回見您與老爺相處得這般融洽，我心裡也跟著痛快呢。」

李妍打開牛皮水壺猛喝幾口，頓覺舒服多了，才微笑應道：「老爺這幾年來一直忙碌，這次終於能閒下來，便有空與我多相處了，也與我說了好些話，待回去我再跟妳細說。」

崔嬤嬤拿絹帕給李妍擦著額上細汗，眉開眼笑地說：「只要您們夫妻能恩愛相處，我才不想聽您倆的私房話哩，我老了，聽得臊。」

李妍憨笑一聲。「妳想哪兒去了！」

這時徐澄正在向蘇柏問話。「剛才跟來的竟然是一位女子？」

蘇柏點頭。「在下已經將她打暈了，將她捆在隱蔽樹林裡，待夜裡無人時再將她帶回去。」

「嗯，到時候我親自審問她。」徐澄沒多尋思便上了馬。

第十一章

徐澄在繁華鬧市中勒住馬，隨後的馬車也跟著停下來。李妍掀開簾子往外一瞧，徐澄向她投以一個清冽的笑。「夫人，到了。」

李妍發現，原來他也是愛笑的，只不過不輕易笑，平時府裡的人極少見他笑過，今日她卻見了好幾次。他平時不苟言笑，讓人不敢靠近，生怕一個行事不當會惹他冷臉，因為他冷臉時有一股殺氣，下人們會忍不住哆嗦。

而此時的他，這麼一個簡單的笑，卻讓李妍覺得很溫暖，她眉眼帶笑地與崔嬤嬤先後下了馬車，來到徐澄身邊。

徐澄指著眼前的大院子。「這裡曾是楊都督的府邸，去年他因與二皇子結黨被處了凌遲，因此百姓們都認為這是凶宅。另外相連的五座宅院也都是楊家的，楊家幾位兄弟雖然沒有被株連定罪，但也被抄了家。夫人，這樣的宅院是賣不掉的，也租賃不出去，妳覺得有何用處？」

李妍在想，她不是想開鋪子嗎？便道：「這些宅院都臨街的，把倒座房（注）開幾個大門就可以當鋪面了，院子裡還可以讓雜役們住著，咱們偶爾也可以過來到內院裡住，就當散心

注：倒座房，四合院中最南端的房子，因坐南朝北，採光不好，通常給下人居住。

了。」

徐澄眉頭一挑。「哦？凶宅妳不怕？」

李妍搖頭。「姓楊的是在法場行的凌遲，又不是在宅院裡死的，有啥好怕的。要是你怕，可以住其他幾個院子裡，那是他幾個兄弟們的，他們不都還活著？」

徐澄毫不在乎地爽朗一笑。「夫人真能說笑，我怎麼可能會怕？」

李妍暗想，皇上封徐澄為安樂侯，怎麼授的田莊與宅院全都帶著血光呢，聽上去很不吉利。幸好李妍不是迷信之人，若是一般女子肯定會說，這樣的宅院要它做甚？此時的崔嬤嬤就是這麼想的，認為留著毫無用處還讓人晦氣。

徐澄卻饒有興趣地讓張春掏鑰匙開大門，他想帶李妍進去瞧瞧。

崔嬤嬤覺得夫人不宜進這種不祥宅院，忙上前說道：「老爺、夫人，時辰不早了，您們肯定也餓了。老奴估摸著……此時老何已帶著廚娘們將午膳做好了，若是菜涼了再熱，那就走味了。」

徐澄仰頭一瞧，日頭已在正中，他點頭道：「也好，夫人怕是又累又餓了，咱們且先回府，往後有的是時候來看。齊管事，夫人說要將這裡開幾家鋪子，你與夫人商量好就可以著手準備了。」

「是，侯爺。」齊管事向前傾著身子拱手拜道。

「你還是叫我老爺為好，聽多了已經順耳了。」徐澄確實不喜歡侯爺這稱呼，特別是安樂侯的頭銜，他如何能安樂？

「是，老爺。」齊管事再次應道。

回府後，徐澄與李妍來到錦繡院，老何果然已經做好一桌子菜。這是他頭一回在錦繡院裡做飯菜，興致很高，做的全都是拿手好菜，這時全都熱氣騰騰的。

綺兒端著銀盆過來，伺候老爺與夫人洗手。李妍確實餓了，看著這一桌子的好菜，胃口大開。

這時秋水閣的紀姨娘卻吃不下飯。

迎兒勸道：「姨娘，這些日子您的身子一直虛著呢，多少要吃點，否則如何挨得過這一日又一日？」

紀姨娘坐在飯桌前，支著額頭嘆氣。「是啊，一日又一日，我還有一個月才滿二十歲呢，往後的日子那麼長，如何挨得過？」

迎兒給她布上熱菜。「姨娘養好了身子，老爺就會過來的，這還沒滿百日，老爺是不宜過來的。」

紀姨娘冷笑一聲。「不宜？只不過是藉口罷了，他不是說一日三餐都要在夫人那兒用嗎？為何就不能來秋水閣？如今大家都在小廚房裡做膳食，夫人倒好，好廚子她留著，竟然分兩個老廚娘來打發我。」

迎兒囁嚅地說：「其實……宋姨娘及驍少爺那兒也都是分撥廚娘的，主廚人手不夠。夫人說雖然也能從外面雇好廚子，但不如廚娘們好使喚，畢竟她們都是府裡的老人了，招生人進來怕惹禍。」

紀姨娘用筷子挑了挑碗裡的菜。「罷了罷了，抱怨又能如何，難不成夫人還能特意為我雇御廚來？對了，妳已有好些日子沒見過陳豪了，有空見一見，順便問一問老爺最近在忙啥。」

其實紀姨娘很想知道，徐澄是否清楚她懷了孕後又墮胎的事。依她猜測，徐澄是知道的，曾大夫醫術再不高明也不至於連喜脈都把不出來，何況近幾日她身子不好，徐澄也沒來瞧一眼。若按往常，他待她雖不用心，但也會過來做做樣子的。

徐澄知道此事卻不處置她，莫非是怕被傳出去丟了他的臉？

她如此猜測著，覺得陳豪應該知道一二，她認為徐澄至少會派人去調查姦夫是誰，倘若他懷疑皇上又會做出什麼舉動？

迎兒聽紀姨娘讓她與陳豪見面，心裡一陣歡喜，又朝紀姨娘碗裡布了些菜。「姨娘多吃點，把身子將養好了，待來年懷孕再生個胖哥兒，還怕老爺以後不惦記著您？」

紀姨娘雙手一滯，瞥了迎兒一眼。迎兒也不知自己說錯什麼，趕緊住了嘴。

紀姨娘心裡後悔啊，若是以前她沒有聽信皇上的話，沒有一直喝避子藥，她或許早就有了徐澄的孩子，也不至於現在無處傍身，這世上沒有後悔藥可吃，她只能在心裡一聲聲唉嘆。

此時宋姨娘所住的茗香閣也不平靜，三歲的四少爺驕兒不肯吃飯，嫌廚娘做的菜不好吃，把碗都給摔了。

宋姨娘氣急訓斥道：「你個小祖宗，這飯菜怎麼不好吃了，這桌上哪一樣不是上等菜，這一頓飯菜就得花好幾十兩銀子呢！你一個庶子，能吃上這樣的還有什麼不滿足？娘以前在宋府，吃得還不如一些老嬤嬤的，娘的身子不也照樣養得好好的？碧兒，再盛一碗來，餵他吃！」

宋姨娘一邊訓斥一邊流淚，她確實不敢埋怨什麼，她只是一個妾室，她生的兩個兒子都是庶子，能在府裡安生過日子，平時享用的並不比夫人差太遠，她覺得自己也該滿足了。

或許是她的茗香閣離她的大兒子的馳騁軒太近，六歲的徐馳聞聲而來，又是一陣吵鬧，埋怨飯菜不好吃，還說他在書院常被先生訓，說先生待兩位哥哥好，待他不好。

宋姨娘又是一通喝斥，才將大兒子訓走。

碧兒一邊給驕兒餵飯一邊為宋姨娘出主意。「姨娘，您長年不在老爺面前露臉也不行，這樣老爺不僅忘了您，連兩個少爺都給忘了。您的手那麼巧，繡鳥能飛、繡獸能跑的，為何不為老爺做幾件得體衣裳呢？」

宋姨娘嘆道：「當年因為一件裡衣沒做好，老爺就不讓我做了。」

「您先偷偷地做，與老爺平時穿的衣裳比對一下，若是合適，您再送給老爺，老爺能不喜歡嗎？」

宋姨娘興致不高，猶豫了一下。「再說吧，我也懶得在老爺面前討好，多一事不如少一事。」

碧兒覺得宋姨娘太不愛爭了，也不好再攛掇。

徐澄與李妍面對面開心用著飯菜，偶爾抬頭相視一笑，其樂融融，兩人都吃了不少。用飯完畢，徐澄側躺在榻上，一手支著額頭，一手執書翻看，李妍坐在火盆旁邊為他縫襪套，兩人都悠閒自在得很。

徐澄瞧了一眼她手裡的活兒。「這些不都是繡房在做嗎？夫人為何要親自動手，可別累了眼睛。」

李妍才剛跟崔嬷嬷學會這個，興致正濃呢，她全神貫注地抽著線。「不累，閒著怪慌的，手上有點活幹，這日子過得才實在。」

徐澄覺得她這話說得很貼心，再細瞧了一番她的神情，這日子祥和安穩，讓人甚是舒心。

徐澄就這麼窩在錦繡院看了一下午的書，與李妍一起用過晚膳，才離開此處去了至輝堂。這時天色已黑，蘇柏來報，說那位女子已被帶到禁房。

徐澄通過至輝堂地底下的秘密通道，來到了離府不遠的一處偏僻房子，他進來時，看守的人趕緊給他開門。

當他見到眼前女子時，頓時一驚，只見女子坐在一張破椅子上，雙手被綁在椅背上，嘴裡塞著布。此女看見他，一臉驚喜，眼睛直眨，想要說話。

徐澄上前，抽出她嘴裡的布。

此女子長得溫婉秀麗，眉如遠山含黛，目似秋水橫波，徐澄認得她。

在焦陽城時，昭信王將焦陽城圍得死死的，閒來無事時便想尋個女人，他聽說城郊有一位小有名氣的美人汪瑩瑩，年十七還未嫁。琴棋書畫樣樣精通，寫詩作賦信手拈來，說話出口成章，聽說騎馬射箭也不輸給一般男兒，很多文人騷客來此只為一睹她的容顏。

她的容貌或許不及紀姨娘般明豔動人，但氣韻獨出一格，整體上勝過紀姨娘。她是富賈汪仙翁之么女，焦陽城大多富賈都與徐澄的老師韋濟有一定的來往，唯獨他沒有，他說他只本分做買賣，從不寄望官家庇護。其實他是知道那些與韋濟走動的商賈也並未得到庇護，他是個聰明人，做買賣很有手段。

而他的女兒則是青出於藍而勝於藍，年紀輕輕便名傳千里，令萬千男子追慕。

昭信王以為自己這一戰必勝，心情大好，便命人將汪瑩瑩抓去，當晚他還沒來得及占有汪瑩瑩，就聞得各營大軍不是助他而來，而是助皇上圍剿他。之後各大軍助徐澄、韋濟將昭信王抓獲，也搜到了汪瑩瑩。

徐澄只見過她一面，但對她印象深刻，或許任何男人對此女都不得不另眼相看。當時徐澄並未與她說話，只是詢問韋濟如何處置她，韋濟當場便讓人將她送回家去了。

徐澄沒想到，今日她竟然會出現在京城郊外，還被蘇柏抓住。

她一見徐澄便兩行熱淚流了下來，看似十分委屈，但一張口卻咄咄逼人。「宰相大人，我是仰慕您而來，您為何不分青紅皂白就派人將我抓起來？」她說話時任淚直流，因為她手臂被捆著，沒法擦眼淚。但她卻高昂著頭，一副錚錚其骨、絕不向人低頭的傲氣模樣。

徐澄並未解開她的繩子，而是遠遠坐在她的前面，冷眼打量她，蹙眉問道：「姑娘為何仰慕我，妳又瞭解我幾分？妳一個姑娘家，騎馬跑了近千里的路只為來尋我，雖說是我的榮幸，但如何不叫我懷疑妳的良苦用心？」

汪瑩瑩忽然嫵媚一笑。「果然是我心目中的宰相大人，我大鄴朝有幾個女子不仰慕您？只不過她們未有幸一睹大人真顏，而小女子不僅親眼目睹過大人的氣宇軒昂，還有幸承蒙大人的搭救，才能安全無虞回到家中。您待我如此厚恩，又有著我夢寐以求的大男人氣概，我為何不能仰慕？我向來我行我素，自然不像一般女子膽小怯懦，騎馬奔馳不足千里的路，有何不可？宰相大人若說我別有用心，您說我的用心會是什麼？」

徐澄起身來到她面前，一邊為她解繩子一邊近看她，頗為玩味地說道：「自然是想同我相好，與我共享人生美事嘍。」

汪瑩瑩滿面羞紅。「我一個未嫁黃花閨女，仰慕大人而來，大人為何不能客氣待我，說話如此浪蕩，有辱大人的身分。」

徐澄將繩子一扔，大笑道：「我本性如此，讓妳失望了？妳喜歡的是有勇有謀氣概如天的大男人，但我不是，看來姑娘妳雖聰慧明事，也有看錯人的時候。或許平日裡妳被一群男人們圍著，早已分辨不出男人的好壞了，不過既然妳來了一趟，我倒不介意成全姑娘，與姑娘來一段纏綿悱惻的愛情故事。妳有如此美貌，聽說才情更是不淺，怎能叫我不動心？」

「聽說你後院有一妻三妾，個個貌美如花，你能對我與她們不同嗎？」汪瑩瑩兩眼直望著徐澄，自有一股攝魄的韻味。

徐澄哂笑。「天下好男人多的是，當初昭信王當之無愧就是其中一個，據說妳當時反抗他還被他傷了胳膊，那又是為何？」

「一個背叛皇上又背叛祖上的男人也能叫好男人？何況我見他一眼就知道他有勇無謀、狂妄自大，聽說他已經被砍頭了，真是可喜可賀！」

徐澄琢磨著眼前這個女人，他真的沒想到會突然冒出這樣一個女子，而且還不知有何用心。他不禁為自己的處境感到擔心，多年來他為皇上幹過多少大事，對自己暗中操縱的武裝力量也掌控得天衣無縫。

看來，在他背後還不知有多少爾虞我詐。汪瑩瑩到底是誰派來的，目的何在？她名氣那麼大，突然失蹤，此事定會引起很多人關注，可是她一個商賈家的女兒又能被誰利用？她是一個極聰慧的女人，誰能利用她？

汪瑩瑩淺笑道：「宰相大人，您只不過不信任我罷了，我有耐心等您來查我。我不信這天下有我不能打動的男人，要知道平時那麼多男人想見我，我還從未對誰動過心呢。能令我動心的男人，總有一日願意拜倒在我的石榴裙下，不信咱們等著瞧！」

「好，那就等著瞧。」徐澄托起她的下巴，湊近她，作勢要親她。

汪瑩瑩雙手一推，站起身，生氣地說：「我要的是你的真心，而不是輕薄於我。」

徐澄故作意興闌珊。「那好，我給妳安排一個好住處，會有手腳麻利的奴才盡心伺候妳。聽說妳琴彈得好，還有一副好歌喉，明晚我會到妳的住處，睹一眼妳的迷人風采如何？」

汪瑩瑩卻不高興地說：「我是良家女子，不是藝伎！」

「良家女子是不會為了仰慕一個男人而自投羅網的。」徐澄揶揄道。

汪瑩瑩眼露驕傲光芒。「我說過，我不是一般女子，我要讓你心悅誠服只愛我一人，總有一日你會將妻妾全拋下，只願與我共度此生，逍遙天下。」

徐澄不禁仰天大笑。「很好！我很期待！」

徐澄出了禁房，讓人帶汪瑩瑩去今日觀看的楊府，還囑咐他們只讓汪瑩瑩住在楊都督一個兄弟宅府的最偏僻內院，並不讓她住在楊都督正府。另外，派去伺候她的清一色全是男人，是徐澄手下訓練有素的士卒，還個個長相清俊，身材高大挺拔。

回到至輝堂後，徐澄對汪瑩瑩這個人有些琢磨不透，便來到錦繡院。只見李妍坐在書桌前一手打著算盤，一手執筆記數。

徐澄在門口做手勢示意雪兒不要稟報，這回雪兒不再像上回那樣不懂老爺的手勢了。他進屋後又示意讓綺兒、晴兒不要出聲，而崔嬤嬤到了晚上都會回自己的家，所以李妍沒察覺出動靜，坐在那兒算著帳。

徐澄輕手輕腳地走到她背後，看著她在本子上一筆一畫寫著字。見她寫著要雇多少夥計、要付多少工錢、進多少藥材和綢緞等等，寫得整整齊齊，算得很細，連開鋪子日常需要多少茶水錢都寫上了。

他不禁好笑，夫人是當家主母，竟然把帳房和管事要幹的活也攬上了。看她一心一意為府裡精打細算，就知道她是實打實想過安生日子的女人，不會像有些女人，腦子裡只想著如何打扮自己讓男人喜歡，或是爭風吃醋，或是圖謀利益。

李妍寫下一些數後，又撥弄算盤，她用起算盤來不太熟練，可又不敢在本子上列出現代數學公式，只好費勁地對著算盤撥了一遍又一遍。徐澄伸手握住她執筆的手，寫下了遒勁的「一千二百六十六」字樣。

李妍哪裡知道他在背後，頓時嚇得手一抖。但徐澄手勁很大，她那麼抖一下根本影響不了徐澄寫字。李妍抬頭往後仰望著。「老爺怎麼又來了？」

徐澄微笑。「怎麼，不喜歡我來？」

「不是，我以為老爺已經歇下了。」李妍連忙起身，準備給他沏茶。徐澄按下她的肩膀，不讓她起身，綺兒見勢忙為徐澄搬來椅子放在旁邊，再去為他沏茶。
徐澄挨著李妍坐下，笑問：「夫人把帳房的活兒都幹了，妳讓殷成幹什麼？」
「哪有，我只不過粗略地算一下開鋪子需要多少本錢。剛才算了這些，發現只開一間藥鋪和一間綢莊就得花一千二百多兩銀子呢，開銷真不少。」
「一千二百多兩也不多嘛，把六個鋪子都開起來的話，估摸著三千多兩就能打住了。夫人如此辛苦做事，來年肯定能掙不少銀兩，為夫就靠妳來養家嘍。」徐澄打趣道。
李妍臉紅。「能不能掙錢且先不說，可別賠了錢進去，老爺到時候可不許取笑我。」
「放心，有齊管事、殷帳房幫忙，不會賠錢的。還有，馬上就要年關了，夫人怕是又要忙起來了。」徐澄從李妍手裡抽出毛筆，輕輕攥住她的手。
李妍抽了一下手，卻沒能抽出來，也就作罷，她搖頭道：「不忙，太夫人仙逝還未過百日，一切從簡。左右不過是給那些有來往的、或親或疏的親戚家打點一些過年之禮，然後是收禮與清點，府內的事便是安排下人們打掃府院，還有採買和分派事宜，另外就是給下人們安排探親假，有林管事、崔嬤嬤幫忙，我也只不過是瞎操心罷了。」
徐澄欣慰地說：「有夫人操持這些繁雜家務，我無後顧之憂了。」
「這是我的本分，做後宅的女人本就該為夫分憂嘛。」其實李妍想說，她是閒得慌，倘若再不找點事做，她會發霉的。
徐澄卻道：「並非每個女人都想著為夫分憂，有些心機過深的女人，那簡直是海底針啊。」

李妍好奇。「老爺似乎深有體會，你指的是咱府裡的女人？」

徐澄搖頭，若有所思地說：「妳說世上會有那種本已集萬千寵愛於一身的待嫁姑娘，為了仰慕的男人，隻身奔馳近千里路去尋他嗎？」

「那個男人給她承諾說一定要娶她嗎？」李妍發問，不知徐澄說的到底是哪家的姑娘，仰慕的又是誰。

徐澄哼笑。「那個男人怎麼可能承諾娶她，他已經有妻妾了，兩人只有過一面之緣，見過之後壓根兒就不記得她了，而她趕著來找他，還擺著一副一定會將此男拿下的姿態，真是大言不慚！」

李妍吐槽道：「她要麼缺根筋，傻到無可救藥，要麼就是有利可圖。姑娘想嫁人不都是媒妁之言、父母之命嗎，再不濟也是兩情相悅，哪有趕著去找一個有妻有妾還對她滿不在乎的男人，莫非她天生愛受虐？」

徐澄覺得李妍說得挺有意思，便想捉弄她一番。「倘若我在別處金屋藏嬌，夫人可會怪我？」

李妍有些懵，吞吞吐吐地說：「你……你金屋藏嬌？」

徐澄見她有些迷糊，更多的則是醋意滿滿。他心裡十分舒暢，看到她吃醋，他似乎很開心，對著李妍直點頭。

李妍見他十分肯定地點頭，腦袋一陣嗡嗡作響。今日上午才聽他說要夫妻恩愛，怎麼到了晚上就說金屋藏嬌了？想來也是，在古代，夫妻恩愛與金屋藏嬌似乎不衝突，她這正室必須大度，好像還要恭喜他擁有美人才好。

李妍做不出恭喜的姿態，心裡一陣泛酸，白日才剛準備放開一切與他好好過日子，看來是自己想多了。不是說好不要深陷其中嗎？李妍朝徐澄苦澀一笑。「老爺既然金屋藏嬌了，如此良辰美景為何還來錦繡院？你該陪你的美嬌娘才是。」

徐澄卻咳了一聲，好整以暇地說：「我正在守丁憂，不能近女色，自然是不能去那兒了，夫人應該比我更清楚。」

「老爺說得甚是，時辰已晚，你該回去歇息了。」李妍說完用力從他的手掌裡抽出自己的手，再提起筆統籌開首飾鋪的本錢，可是提筆半晌都不知該寫什麼。

徐澄見她這般模樣越發喜歡，情不自禁地把她的臉扳過來，捧著她的臉頰，對著她的唇狠狠覆壓過來。李妍睜大雙眼望著他，他卻閉目很享受似的。

她推他胸膛卻推不開，徐澄緊含著她的唇不放，緊接著他還伸出一隻手用力托住她的後腦勺，另一隻手摟住她的腰，讓她掙脫不開。

剛才李妍一直掙扎，卻完全動彈不了，不經意間才開始感受起這個吻，發現他已經含住自己的舌尖吮吸起來。這種緊緊的纏綿，這種津液交混的親密使她一度忘了反抗，甚至吸引著她積極配合他。

再想到他剛才說金屋藏嬌，她忽然用力一推。徐澄終於放開她，他還滿臉帶著紅暈，朝她曖昧地暖暖一笑。

李妍卻很生氣，他一面說金屋藏嬌又一面對她這般，他這到底是何意，認為她一定會大度容忍？還是他在跟她開玩笑？

徐澄含情脈脈地說：「夫人，今日我們已經說好要恩恩愛愛，攜手此生，剛才妳又為何要拒絕我？」

李妍語結，他還好意思問？誰聽了自己的丈夫在外面金屋藏嬌還有心思和他接吻，她是正室夫人，可不是負責給他拉皮條的！

徐澄見她一臉醋意翻滾，再湊過來啜了一下她的臉頰，然後站起身，很滿意地走了。

李妍拿著筆發怔，這個徐澄到底怎麼了？仔細一尋思，覺得他所說的金屋藏嬌一定是故意試她的，不過是想看她吃不吃醋。現在見她吃醋了，他便開心地索吻，然後樂呵呵地走了。

為了不讓自己陷入太深，她就這麼想著讓自己開心起來。果然，這麼一想，她就舒服多了，腦子也清晰許多，便開始琢磨開首飾鋪的事了。

次日清晨，她才剛用過早膳，紀姨娘便來了。紀姨娘由迎兒攙扶著過來，她的氣色雖較前些日子好了許多，但比最初還是差了不少。

紀姨娘福了福身，柔聲軟語地說：「夫人，就要過小年了，我有些禮想要送給玉嬪娘娘，能否准允妾身進宮一趟？」

紀姨娘從陳豪那兒得了不少消息，想轉告皇上，正好可以藉此從皇上那兒撈些價值連城的東西回來，另外再讓皇上提拔她的父兄。她的父親只不過是從五品官員，而兄弟們還連個差事都沒有，整日遊手好閒。

既然打算以後不再與皇上苟且，那就得把這幾年的付出換成實在的東西。

李妍沒有理由不同意她去，溫和地說道：「妹妹與玉嬪娘娘姊妹情深，想去的話派迎兒來說一聲就是了，我自會命人去讓林管事準備轎子，妳又何必親自走這麼一趟？」

「來此一趟是想向夫人請安，這些日子一直沒來給夫人請安，夫人不但不怪罪，還待妹妹如此寬厚，妹妹真是感激不盡。」紀姨娘恭謙地說幾句話後再行過禮便走了。

她打算以後好好與李妍相處，只待他日懷上徐澄的孩子，將來她就有依靠了，再加上從皇上那兒撈來的東西，這輩子都花不完。

紀姨娘才走，宋姨娘又來了。

宋姨娘一來便向李妍行大禮，打扮得中規中矩，那副小家碧玉的模樣倒是很可人。

「夫人，馬上就要過年了，聽說繡房近日特別忙碌，我尋思著自己每日太清閒了，何不去繡房幫一幫，好多做一些新衣裳出來，讓個個都能穿上新裝過新年。要是哪位哥兒、姊兒的新衣裳趕不出來，怕是要哭鬧的。」宋姨娘琢磨了一晚上，覺得還是讓自己露露手才好，否則她的父兄又不停埋怨她沒用，還催她採這個採那個。

李妍聽她說要去繡房，還真是吃驚不小。「如芷妹妹，妳可是正經的姨娘，哪能去做下人的活兒？我已經派人拿出一部分的活兒到外面繡房和裁縫鋪裡做了，妳要是累壞眼睛，我如何向老爺交代？」

宋姨娘懇求道：「還望夫人先別跟老爺說此事，我只是閒著想找點活幹而已，聽說繡房裡有些老繡娘越來越偷懶，我去了也好管一管她們。」

李妍感同身受，覺得閒著確實難受，便同意了。「好，妹妹執意要去我也不好攔著，但妳一定不要太勞累，否則我可擔當不起。」

宋姨娘笑道：「夫人是越來越愛說笑了，有啥擔當不起的，我可比不得夫人的身子金貴，老爺怕是連茗香閣的路都找不著了，哪裡還會因為我而遷怒夫人。只不過我自己也知道疼惜自己，好待兒子將來娶了兒媳，我給他們看小孩兒罷了。」

李妍盈盈笑道：「妹妹尋思得真夠長遠，如此說來，我也是要等著抱孫子的人了。」

兩人笑著搭了幾句話，宋姨娘才告辭了。

李妍是個急性子的人，她一心想著開鋪子的事，便坐立不安，又見今日甚是晴朗，就想去看看楊府屋裡的情形，而且趁過年前將楊府清掃乾淨也好，新年新氣象嘛。

心思一定，她便讓綺兒去通知林管事備馬車，再叫上二十幾個家丁與丫頭們，浩浩蕩蕩地去打掃楊府。

到了楊府，李妍命下人們開始打掃，她與崔嬤嬤四處瞧瞧。楊都督的府院雖比宰相府差了許多，但也是四進四出的宅院，後面也有一個小園子。除了倒座幾間房到時候用來開鋪子，剩下的房間空著還真是可惜。

逛了楊都督府，她們再去楊家兄弟們的幾個宅子。這幾個宅子雖然小一些，也都還算別致，來到最後一座宅院的最深處時，她和崔嬤嬤發現有一道拱門緊鎖著，門前還站著兩名守衛。

這兩名守衛明顯不是普通小廝，李妍一看他們的身形與站姿就知道是練家子。他們也不認識李妍，見她能進得來，想必是宰相大人的妻妾，他們只是上前默默地給李妍行禮，再回歸站位。

李妍與崔嬤嬤對望一眼，感到好奇，這裡面難道還住著人？

李妍正色問：「你們是宰相大人派來守在這裡的？」

「是。」兩名守衛站得筆直，異口同聲，神情嚴肅。

「裡面是放著物什還是住著人？」李妍又問。

他倆緊閉著嘴，不作答。徐澄交代過他們不能走漏風聲，他們便不會向任何人透露一個字。

崔嬤嬤見他們竟然敢不回答夫人的問話，便板著臉說：「你們將眼睛睜大了，這是夫人，你們也敢隱瞞？」

兩名守衛聽聞是夫人，又上前單膝跪下行大禮，並道了聲「夫人萬福」，後又回歸站位，但就是不肯回答李妍的問話。

崔嬤嬤張口正要厲聲訓斥，被李妍拉住了。李妍想起昨夜徐澄說的金屋藏嬌，本以為徐澄是逗她玩的，想必是真有此事了。此時她心裡五味雜陳，難以言表，徐澄早上也知道她要來此處，卻一句阻攔的話都沒有，他壓根兒就是想讓她知道。

就在這時，拱門內突然響起極為婉轉動聽的琴聲，緊接著還伴著黃鶯般的歌聲，清亮又甜美。

崔嬤嬤臉色驚變，咋呼道：「夫人，這……這裡面竟然住著女人！」

李妍淡然一笑，轉身說：「嬤嬤，咱們走。」

「夫人！咱們不能走，好歹也要看看裡面住的是啥妖精，這麼多年來可從未聽說過老爺在外面養女人，一定是弄錯了！」崔嬤嬤不可置信地看著那道門，再看了看李妍，聽到裡面的琴聲一陣又一陣、歌聲一句又一句，她的臉憋得通紅，似乎比李妍更難以接受這個事實。

崔嬤嬤大聲質問守衛。「果真是老爺讓你們守在這裡？你們若敢說一句假話，夫人可饒不了你們！」

其中一位正色回答說：「在下不敢妄言，確實是宰相大人讓在下守在這裡的。」另一位也誠懇地點頭。

「裡面住的到底是哪裡來的妖精？」崔嬤嬤厲聲問道。

他們倆又緊閉著嘴，其實他們也不知道裡面女人的來歷，即使想回答也回答不出來。

李妍拉著崔嬤嬤。「咱們走，別為難他們了，他們不過是聽老爺之命，並不知道事情原委。妳在這兒大呼小叫，豈不是讓裡面的女人聽了笑話，覺得咱們跟潑婦一般，哪裡還像個正經夫人。」

崔嬤嬤雖覺李妍說得有理，可她吞不下這口氣啊！老爺與夫人明明親密許多，怎麼可能還會在這裡藏著一個女人呢？

崔嬤嬤氣狠狠地瞪了守衛一眼，然後跟上李妍，怕李妍難過，她又安慰起來。「夫人，或許這個女人只是老爺別有用處的，並不是故意藏在這裡。您想啊，老爺讓您管著這六座宅院，還偏偏把她放在這裡，這不是明擺著不想瞞您？既然不想瞞，那必定是他與此女人毫無瓜葛。」

李妍心裡雖不是滋味，卻朝嬤嬤釋然一笑。「嬤嬤別費苦心安慰我了，老爺多個女人也沒什麼大不了的，咱們府裡不是還有紀姨娘與宋姨娘嗎？也不怕再多一個。老爺昨夜已經跟我說過了，我都不在乎，嬤嬤又何必糾結呢？」

崔嬤嬤連老淚都流出來了，哽咽地說：「我是瞧著老爺待夫人越來越好，與往日相比可是大不同了，而且老爺近來都沒去秋水閣、茗香閣，我還以為老爺自此收心，以後心裡只有夫人一人，這往後的日子定是安穩祥和了，沒想到又冒出一個狐媚子。」

她拿絹帕子擦淚，怕李妍跟著傷懷，又說道：「不過……既然老爺願意告訴夫人，那肯定是將夫人看得更重些，倘若老爺要將這個女人抬進府裡，夫人萬萬答應不得！」

「嬤嬤，妳想多了，老爺是不會把她抬進府的，這女人在這裡過自己的日子有何不好，何必要進府在咱們的眼皮底下過日子呢？」李妍說話時見齊管事和兩名家丁在倒座房量地長，便快步走上前。

「齊管事，你覺得在這裡開家茶鋪如何？」李妍現在只想一心一意做自己的事，徐澄與那女人是怎麼回事，她不想管了，雖然心裡揪得發疼，但她相信很快會恢復。

齊管事笑咪咪地說：「夫人，最近茶鋪的行情確實不錯，應當是可行的，我還有一個想法，就是把這第一進的八間屋子設成茶樓，並且在這院子裡搭上臺子，請說書先生或賣唱的人來。如今許多達官貴人都愛出來喝喝茶和聽書聽曲，這麼一張羅，會引來不少客人呢，不知夫人意下如何？」

「齊管事果然有頭腦，難怪老爺要我多與你商量，這個法子當真是妙！」李妍是真的開心，以後自己也能常來聽書聽曲了，日子就不會過得太悶。

「不過……楊都督正府比這座宅院要大，更適合開茶樓，不知夫人覺得用哪個院子開茶樓好？」齊管事認真詢問李妍。

李妍還沒仔細尋思，便被崔嬤嬤拉到一旁。「夫人，要我說呀，就在這宅院裡開茶樓為好。這裡是三進三出的院子，若第一進是茶樓的話，到時候說書或唱曲的肯定能使這裡喧鬧起來，那個妖精在內院也就能聽見了，越吵鬧越好，讓她沒個清靜日子過，躲都沒處躲！最好讓整座京城的人都知道她，還都以為她只不過是個唱戲的伶人而已，她不是會彈會唱嗎？哼！」

李妍心裡雖堵得慌，不過她很快說服自己不要將此事放在心上，紀姨娘和宋姨娘也都是厲害的角色，不也沒能將徐澄困住？但是李妍覺得自己也沒必要做大好人，何況崔嬤嬤都這麼說了，她肯定要給崔嬤嬤一個面子。

她走過來對齊管事說：「茶樓就設在這個院子裡，那個正府我是有大用處的，除了倒座房用來開綢莊，裡面我會讓人收拾出來，閒暇之時我和老爺偶爾會去住。若是茶樓開在那處，實在太吵鬧了，人多口雜的老爺不喜歡。」

齊管事聽李妍這麼說，忙應道：「是是，那就聽夫人的，這個院子雖然小些，若是把第二進的屋子也都開出來，那就完全夠用了。」

李妍點頭。「嗯，如此甚好，就把第二進屋子也收拾出來吧。」

此時汪瑩瑩已停止彈唱，剛才她聽到外面有女人說話的聲音，就猜測是徐澄的女人來了。為了給徐澄多添些堵，為了讓吃醋的女人把徐澄推到她這兒來，她便邊彈邊唱起來，以此激起李妍的憤怒。

她若知道李妍在外面開心地說開茶樓的事，她恐怕會大為失望。此時她放下琴，走出屋子，見有人守著院門，她氣勢洶洶地走過去，對著小領頭說：「你去轉告你們宰相大人，這樣一間小院我連練劍都施展不開，至少也該讓我在大院子裡自由走動才是，快去！」

這小領頭長得儀表堂堂，他朝汪瑩瑩淡淡一笑。「還望姑娘體諒，在下從來不知宰相大人行蹤，無處稟告。」

汪瑩瑩哼笑道：「哦？你們宰相大人莫非是想把我當牢犯看待，關在這個破籠子裡？」

小領頭左瞧瞧右瞧瞧。「這內院裡有四間講究的屋子，還有這麼一大片青磚鋪的地，那邊還有幾棵銀杏樹和幾個花壇，一般人家的小姐能住上這樣的院子已算是不錯的了，姑娘為何說成是籠子？」

汪瑩瑩上下打量著這名小領頭，發現他不僅長得像模像樣，還談吐不俗，徐澄把這樣的人安排在自己身邊是何用意？

這會子從耳房裡走出一位士卒，同樣長相俊朗，身材挺拔，他端著一個果盤，雙手呈遞在汪瑩瑩面前。「請姑娘品嚐果子。」

汪瑩瑩盯著他的眸子瞧了瞧，發現他眼裡竟有一股風流倜儻的韻味。哼！這個徐澄是在向她施美男計？

嘎吱！拱門開了，汪瑩瑩走過去，見一名長相儒雅的士卒提著菜籃和大糕點盒進來了。他一進來，那道拱門又被外面兩名守衛飛快鎖上。

汪瑩瑩心裡不禁暗笑，連個廚子都是美男，這徐澄還真是煞費苦心啊。她若面對這些男人毫不動心，只對徐澄一人戀戀不捨，他是不是很滿足？

當廚子的那位士卒走了過來，溫文爾雅地問道：「小姐，不知妳中午想吃雞肉還是鴨肉，吃蘿蔔還是青筍，喝素湯還是喝肉湯？」

汪瑩瑩忍不住用帕掩嘴格格直笑，見他認真問話的模樣倒覺賞心悅目，她嬌笑著答道：「隨你，只要你做得好吃，我都喜歡。」

廚子轉身進廚房，汪瑩瑩回到臥房後才發現自己剛才被那個傢伙迷住了，不行，她絕不能輕易上當。

「姑娘，請喝茶。」剛才那位遞果子的士卒又端著茶進來了，光聽他的聲音就能斷定此男有誘惑力。

「滾！」汪瑩瑩大喝一聲，她並沒抬頭瞧他一眼，因為她怕被這些男人誘惑了，雖然這些士卒毫無誘惑她的舉止。

那士卒只好退了。

她又朝門外一嚷。「以後非我傳，誰也不許進來！」

她來到妝檯前細細瞧了一番鏡中的自己，憑她的相貌、憑她的才情，怎樣的男人得不到？她不信徐澄能矜持多久。眼前不過是兩個守衛、一個小領頭、一個廚子、一個端茶倒水的，區區五個男人而已，她什麼樣的男人沒見過，怎麼可能會被這五個人迷住？徐澄也太小瞧她了！

她站起來，走到門前將房門閂住，再坐下來好好打扮，她相信等會兒徐澄就會來看她的。

李妍想去看看別家鋪子的生意如何，便與崔嬤嬤一起逛著，才剛出院門，便見徐澄騎馬而來，後面跟著蘇柏、朱炎、陳豪三人。

徐澄見到李妍，立即跳下馬來。

李妍掃了他一眼，上前叫了一聲老爺。崔嬤嬤站在後面氣嘟嘟的，好似徐澄得罪的是她。

徐澄當即明白是怎麼回事，早上他就猜測著李妍今日應該能逛到汪瑩瑩所關的地方。他笑得意味深長。「夫人知道了？不知夫人是否有興趣同我一起去見見她？」

李妍搖頭。「不了，我和崔嬤嬤還想去逛逛鋪子，好取些經回來。那位姑娘既然是金屋藏嬌，就不是隨便哪個人都能見的，我又何必擾她的清靜。」

崔嬤嬤卻上前急著說：「夫人，您幹麼不見，她一個連妾都算不上的人，怎麼也該拜一拜夫人才是！」

「嬤嬤，妳怎麼糊塗了，她要拜我那也該她來找我，而不是我去見她。」李妍拉著崔嬤嬤走了。

徐澄朝朱炎、陳豪招了一下手，示意他們跟在李妍後面，保護她的安全。

崔嬤嬤實在沒心情逛了，佯稱頭暈，李妍只好和她坐上馬車打道回府。

回府後，崔嬤嬤尋思著這件事該讓宋姨娘、紀姨娘知道才好，可別只是夫人心裡堵啊，得讓她們倆都跟著堵。她便讓綺兒、晴兒出去走走，有意無意地向紀姨娘、宋姨娘的丫頭透露此事。

李妍見崔嬤嬤如此行事，不禁笑了起來。「嬤嬤，妳讓綺兒和晴兒這麼出去一張揚，怕是全府的人都知道老爺在外面藏女人了。」

崔嬤嬤坐下來大口喝著茶水，仍然生氣得很。「老爺連夫人都不瞞著，還怕府裡的人知道？最近老爺對夫人好些，紀姨娘和宋姨娘肯定記恨夫人呢，現在咱們把矛頭轉到那妖精頭上去，看她們倆會不會鬧出什麼事來。只是……唉，她們倆大門不出、二門不邁的，怕是也做不出什麼出格的事。」

李妍又坐在書桌前，邊算帳邊笑著說：「妳給她們倆心裡添堵了呀。」

——未完，待續，請看文創風274《當家主母》下

2015年3月出版

當家主母

文創風 273～274

且看史上最衰穿越女，如何施展絕妙馭夫術——
左打小人、右抗小妾，夫君的心手到擒來～～
古代女子的端莊＋現代女子的勇敢＝自己幸福自己爭！

自成風流　妙筆生花／于隱

別以為穿越成了宰相夫人，就能從此過得前程似錦！
李妍尚未從穿越的震驚中回神，就遇上家賊盜賣財產的糟心事，
更別提丈夫在外遭叛軍包圍、性命堪憂，令她不免驚呼——
難道她連夫君的面都沒見過，就要直接當寡婦了？!
此番內憂外患苦不堪言，好不容易盼到相公歷劫歸來，
才明白先前的艱辛不過小菜一碟，這宰相夫君才是最不好惹的主！
他看似溫文爾雅，實則心思深藏不露，任眾妻妾勾心鬥角也不為所動，
那彷彿洞悉一切的雙眸更令她頭皮發麻，深怕「冒牌」身分被揭穿！
擔心歸擔心，日子總要過下去，誰教一家大小的吃穿用度全靠她張羅？
唉，就盼夫君大人高抬貴手，別再尋她開心，主母難為啊～～

福妻稼到

全套二冊

妙語輕巧，活潑悠然／于隱

不管事業或愛情，一旦出手，便要通通都幸福！

當個和尚娘子，
為了幸福，她不介意做一回豪放女，
幸好，他孺子可教也……

雖說穿越已不稀奇，可她鄭晴晴怎偏偏來到這農村貧戶，
沒得玩宅鬥也就罷了，什麼都沒搞清楚就被迫披上嫁衣，
聽說，她相公還是個剛剛還俗的和尚?!
幸好他未捨七情六慾，人又可愛得緊，會將她時時放在心窩裡，
得此夫君，往後以櫻娘的身分活著似乎也挺稱心，
反正身為現代女，她滿腦子創意，在古代謀生絕不是問題，
她教人織起了線衣，還真在豪門間掀起流行，讓她狠賺了幾筆，
不僅幫助夫家迅速累積家產，還扶持丈夫維護家族和樂，
在旁人眼裡，她持家有道又會掙錢，
看來有妻如此，是他幾輩子修來的福氣啊……

文創風196-198《在稼從夫》，勾起溫馨回憶！

在稼從夫

全套三冊

妙語輕巧，活潑悠然／于隱

現代剩女穿越到古代農村，
卻意外撿到好丈夫！

在雷雨天被逼出門相親已夠無奈，
竟然還發生意外穿越到古代農村，
一覺醒來稀裡糊塗地嫁為人妻。
幸好這新婚丈夫既有莊稼漢的老實，又有書生的溫文儒雅，
非但不遠庖廚，還懂得「尊重老婆」，簡直是新好男人一枚！
然而，要在這兒過好農村小日子可不容易啊，
平日不僅得處理田裡的農活生計、家宅內的婆媳妯娌問題，
也得應付朝廷徵兵、地痞惡吏及天災糧荒等事，
所幸來自現代的她能及時發揮機智來化解難關，
且懂得經營雜貨鋪子來幫襯夫家，讓一家子過得順順當當！
在丈夫一本初衷與她白頭相守之下，
共擎人生許多風雨，也共賞無數良辰美景，
兩人情牽一世猶嫌不足，
誰知，這老天爺許諾的「來生」竟來得如此之快……

流浪貓狗介紹所

為流浪貓狗加油 和貓寶貝 狗寶貝 廝守終生(一定要終生喔!)的幸福機會

對人來說，貓寶貝狗寶貝只是生活的一部分，但妳(你)對牠們來說，卻是生活的全部，領養前請一定要考慮清楚——

▲傻女孩黑麥想窩窩

性　別：小女孩
品　種：三花貓
年　紀：9個月大
個　性：親人愛打呼嚕
健康狀況：已結紮，已施打狂犬病及三合一疫苗，患有貓愛滋加上貓白血陰性
目前住所：台中市

本期資料來源：http://www.meetpets.org.tw/content/57805

『黑麥』的故事：

黑麥和牠的兄姊們在生活艱難時，經由網友通報而獲得救援。牠從小就是個食慾旺盛的女孩，用餐時間常能看到牠津津有味地大啖，吃得滿嘴都是的呆呆模樣讓人莞爾。也許傻貓有傻福，黑麥因此幸運地熬過貓瘟活下來。

當初由於剛痊癒的黑麥還在排毒高峰期，不適合待在經常有新貓的中途家庭，所以牠便和另一隻同樣幸運跨越貓瘟難關的小布一起來我家。有同伴就是比較好，兩隻小貓互相扶持，之後陸續施打疫苗、結紮，並且順利度過排毒高峰期，來到能安心找家的時候。原本我們希望牠們能一起去新家，沒想到小布先一步找到專屬家庭。

還在找家的黑麥呼嚕聲很大，最喜歡一邊磨蹭撒嬌，一邊咕咕噥噥的，是個親人、有點不甘寂寞的小女孩。牠也愛檢查我的嘴邊，好奇我剛剛吃了什麼，不自覺露出貪吃的可愛本性。除此之外，可能是我陪伴家中狗狗較長時間，稍微冷落了牠，因此黑麥偶爾也愛咬手手，為了賠罪，此時我便會貢獻牠最愛的腋下，黑麥一聞立刻進入興奮狀態，簡直比貓草還靈驗！

而這麼喜歡撒嬌的黑麥，也想快快找到一個可以依偎取暖的主人～黑麥適合只想養一隻貓的家，也適合新手飼主，如果你想要貓咪陪伴，並且有自信好好照顧牠一輩子，歡迎來信saaliu@yahoo.com.tw，主旨註明「我想認養黑麥」；或填寫認養評估表http://goo.gl/RdHTm8。

（編按：黑麥貓瘟痊癒超過半年，雖已過排毒高峰期，但仍建議勿接觸疫苗史不完全的貓咪。另，有貓愛滋的貓咪免疫力較弱，然而在適當照料下，健康狀況幾乎與一般貓咪無異。）

認養資格：

1. 認養者須年滿20歲，男須役畢。
2. 有適合養貓的環境，並獲得家人的同意，在外租屋者也需室友和房東同意，確認家中無對貓過敏者。
3. 具備照顧貓咪的基本常識與獨立經濟能力，且能提出絕不棄養的保證。
4. 注意居家安全，出門使用提籠，不讓黑麥走失流落街頭。
5. 能同意送養人日後之追蹤探訪。
6. 認養者需有自信即使自己生活上有變動或貓咪年老、生病也不離不棄，愛護牠一輩子。

來信請說明：

a. 個人基本資料：姓名、性別、年齡、家庭狀況、職業與經濟來源等。
b. 想認養「黑麥」的理由。
c. 過去養寵物的經驗，及簡介一下您的飼養環境。
a. 若未來有當兵、結婚、懷孕、畢業、出國或搬家等計劃，將如何安置「黑麥」？

文創風
273

當家主母 上

國家圖書館出版品預行編目資料

當家主母 / 于隱著. --
初版. -- 臺北市 : 狗屋, 2015.03
冊 ; 公分. --（文創風）
ISBN 978-986-328-426-0（上冊：平裝）. --

857.7 104001126

著作者	于隱
編輯	余一霞
校對	黃薇霓　周貝桂
發行所	狗屋出版社有限公司
地址	台北市104中山區龍江路71巷15號1樓
電話	02-2776-5889～0
發行字號	局版台業字845號
法律顧問	蕭雄淋律師
總經銷	知遠文化事業有限公司
電話	02-2664-8800
初版	2015年3月
國際書碼	ISBN-13　978-986-328-426-0
原著書名	《当家主母》，由北京晉江原創網絡科技有限公司授權出版

定價250元
狗屋劃撥帳號：19001626
網址：love.doghouse.com.tw　E-mail：love@doghouse.com.tw